KB176566

을유세계문학전집 · 54

서푼짜리 오페라 · 남자는 남자다

을유세계문학전집 · 54

서푼짜리 오페라 · 남자는 남자다

Die Dreigroschenoper·Mann ist Mann

베르톨트 브레히트 지음 · 김길웅 옮김

을유문화사

옮긴이 김길웅

서울대학교 독어독문학과를 졸업하고 같은 대학 대학원에서 「브레히트 시의 변증법적 구조와 기능」이라는 주제로 박사 학위를 받았다. 서울대학교, 충북대학교, 숭실대학교, 한남대학교 등에서 강의하였고, 현재는 성신여자대학교 독어독문학과 교수로 재직 중이다. 저서는 『문화로 읽는 서양문학 이야기』, 『독일문학과 예술』(공저), 『신화와 사랑』(공저)이 있고, 역서로는 『보르헤르트 전집』(총 2권)이 있으며, 논문은 「문학의 혁명, 혁명의 문학 1960년대 페터 바이스의 시학을 중심으로」, 「시간과 문화(2) 하이데거에 있어서 시간형식으로서의 순간과 미적 현상으로서의 장엄함」, 「시간의 문화적 기억 : 크로노스/사투르누스의 문학적 이미지와 회화적 아이콘의 비교」 등이 있다.

을유세계문학전집 54

서푼짜리 오페라 · 남자는 남자다

발행일 · 2012년 7월 25일 초판 1쇄
지은이 · 베르톨트 브레히트 | 옮긴이 · 김길웅
펴낸이 · 정무영 | 펴낸곳 · (주)을유문화사
창립일 · 1945년 12월 1일 | 주소 · 서울시 종로구 수송동 46-1
전화 · 734-3515, 733-8152~3 | FAX · 732-9154 | 홈페이지 · www.eulyoo.co.kr
ISBN 978-89-324-0386-1 04850 978-89-324-0330-4(세트)

• 값은 뒤표지에 표시되어 있습니다.
• 옮긴이와의 협의하에 인지를 붙이지 않습니다.

차례

남자는 남자다

1925년
킬코아의 병영에서
제품 포장공 갈리 가이의 변신

희극
[1926년 판본]

등장인물

우리아 셸리, 제세 마호니, 폴리 베이커, 제라이아 집 – 인도에 주둔하는 영국군 자동화기 분대 소속 네 명의 군인

찰스 페어차일드 – 별명 '피의 다섯 방', 하사

갈리 가이 – 아일랜드 출신의 제품 포상공

갈리 가이의 아내

왕 씨 – 티베트 어느 절의 승려

마 싱 – 왕 씨의 불목하니*

레오카디아 벡빅 – 영내 술집 주인

홉자, 베시, 앤 – 벡빅의 딸

남녀 혼성 재즈 밴드

세 명의 티베트 사람

군인들

1

[킬코아]

갈리 가이와 그의 아내

갈리 가이 여보, 나 오늘 결심했소, 우리 수입에 맞게 생선이나 한 마리 사기로 말이야. 그렇게 한다고 해서 제품 포장공의 분수를 넘어서는 것은 아닐 거요. 난 술도 안마시지, 담배도 거의 안 피우지, 열정적으로 뭔가에 빠져 있지도 않으니까 말이오. 생선을 큰 걸로 살까? 아니면 조그마한 것이 필요해?

아내 작은 게 필요해요.

갈리 가이 어떤 생선이 좋겠어? 어떤 게 필요해?

아내 물 좋은 넙치가 좋겠는데요. 생선 파는 여편네들 조심하세요. 그런 여자들은 음탕하고 남정네들만 보번 딤벼들거든요. 당신은 또 마음이 약하잖아요, 갈리 가이.

갈리 가이 당신 말이 맞아요. 그 여편네들이 집적거리지 않았으면 좋겠네, 재산도 없는 항구의 포장공에 불과한 나에게 말이요.

아내 당신은 꼭 코끼리 같아요. 짐승 가운데 제일 무거운 코끼리 말이에요. 몸은 무겁지만 일단 달리기 시작하면, 마치 열차처럼 내달리지요. 저기 군인들이 있어요. 세상에서 제일 나쁜 사람들이죠. 역으로 떼거리로 몰려온다잖아요. 이들은 모두 장터에 진을 칠 거예요. 침입하여 해치지나 않으면 다행으로 생각해야죠. 군인들은 혼자 다니는 사람에게도 위험해요. 그들은 늘 4인조로 다니니까요.

갈리 가이 항구의 평범한 포장공에 불과한 나에게까지 무슨 짓을 하겠어!

아내 그거야 모르죠.

갈리 가이 생선 끓일 물이나 올려놓아요, 벌써 배가 고프네. 곧 돌아오겠소.

아내 제발 쏘다니지 마세요. 난 문 걸어 잠그고 부엌에 들어가 있을래요. 이리저리 싸돌아다니는 저 군인들 때문에 당신이 불안해하지 않도록 말이에요.

2

[오래된 황인사(黃人寺) 옆 도로]

네 명의 군인 우리아 셸리, 제세 마호니, 폴리 베이커, 제라이아 집이 자동화기를 들고 막사로 간다. 그들은 위스키를 마신 상태에서, 「남자는 남자다」 노래를 부른다.

제세 모두 정지! 킬코아다! 길고도 긴 이 황금의 땅에 난, 저 저주받을 도로 위로 여왕님의 막강한 탱크가 굴러가는 모습을 보려면 석유가 그 안에 가득 차 있어야 하듯이, 군인에게 위스키가 없어서는 안 되지.

집 위스키가 얼마나 남았지?

폴리 우리는 넷이야. 위스키는 다섯 병 남았고. 그러니 열한 병이 더 배급되어야지.

제세 그러려면 돈이 필요한데.

우리아 군인을 싫어하는 사람들이 있어. 이런 식의 절 가운데 한 절에는 가끔 동전이 수북하기도 하지. 막강한 연대 병력이 캘커타에서 런던까지 행진하는 데 필요한 것보다 더 많은 동전이 말이야.

폴리 건물은 곧 무너질 것 같고, 파리가 득실거리지만, 동전이 수북이 쌓여 있다는 우리아의 말을 믿고, 이 절에 좀 더 가까이 가보자고.

집 나는 더 마셔야겠어, 폴리.

우리아 조용히 좀 해 봐, 귀여운 녀석. 이 아시아 대륙에는 개구멍이 있어서, 그 안으로 들어가 볼 수 있어.

집 우리아, 우리아. 우리 엄마는 늘 내게 이렇게 말씀하셨어. 귀여운 제라이아야, 뭐든지 해도 좋다만, 행여 재수 없는 일이 생길 수도 있으니 조심하라고 말이야. 그런데 지금 그런 느낌이 드는데.

폴리 문이 살짝 열려 있군.

제세 조심해, 우리아. 저 뒤에 악마가 숨어 있을 거야.

우리아 여기 창문은 왜 있지? 허리띠로 긴 낚싯줄을 만들어 시주함을 낚아 올리자. 그래. (그는 창문에 기대어 낚기 시작한다.)

폴리 뭘 좀 건졌어?

우리아 아니. 내 철모가 안으로 빠졌네.

폴리 빌어먹을, 철모가 없으면 막사에 갈 수 없는데.

우리아 뭔가 걸린 것 같은데! 굉장한 건대! 여기 좀 봐! 쥐덫이야. 발목 쥐덫.

제세 포기하자! 이곳은 평범한 절이 아니야. 이것은 덫이야.

우리아 절은 절이야. 철모를 꺼내야지. 종치기 대나무 막대로 시도해 보면 어떨까?

폴리 그래, 그러면 될 것 같은데.

우리아가 걸어 올라간다. 막대가 휜다.

우리아 여기 좀 봐, 발코니 위에서 막대가 휘었어. 길이가 충분하지 않아. 내 몸이 너무 가볍군. 이리 올라와, 폴리.

폴리가 걸어 올라간다. 종치는 막대가 크게 휜다. 종도 큰 소리를 내기 시작한다.

우리아 저 녀석들 주둥이 좀 틀어막아, 제세!

폴리 너 명사수 맞아? 쏘라고!

제세는 종을 쏘아 떨어뜨리고 폴리는 소리 지른다.

제세 뭐야 넌? 종 다섯 개에서 나는 소리보다 더 시끄럽게 떠들다니.

우리아 종이 저 녀석의 발에 떨어졌어! 이제 내가 뛰어갈게!

뛰다 떨어진다. 발코니 바닥이 받쳐 주지 못하기 때문이다.

우리아 아야!

폴리 누가 발코니에 톱질을 했나? 맙소사, 몸을 더 이상 지탱하기가 힘들어.

제세 완전히 불공평한데.

우리아 겁쟁이야, 내려와!

폴리 말은 잘하네!

우리아 내가? 왜? 뛰다가 다리가 다쳤는데.

폴리가 미끄러져 쥐덫에 빠진다.

폴리 아야!

제세 쥐덫에 빠졌어!

폴리 엄청나게 아픈데.

집 돈 찾았어?

제세 너무 마셔서 우리가 이 특이한 일을 감당할 수 없다고 생각하는 건 아니겠지? 특이하기는 저절로 일들이 벌어지는 이 절도 마찬가지야!

우리아 그래. 이제 난 더 이상 그만두지 않겠어. 폴리를 봐! 이제 일은 심각한 단계에 접어들고 있어. 신분증을 이리 줘. 군인 신분증이 훼손되면 안 되거든. 사람은 언제든지 다른 사람으로 대체될 수 있지만, 신분증이야말로 대체할 수 없을 정도로 성스러운 것이야.

이들은 그에게 신분증을 건네준다.

폴리 폴리 베이커.

집 제라이아 집.

제세 제세 마호니.

우리아 우리아 셸리. 모두 8연대 소속. 칸커르단 소재, 자동화기 분대, 전진!

이들은 소방용 사다리를 타고 지붕 위로 올라가서 절 안으로 기어든다. 위쪽 채광창에서 왕 씨의 노란 얼굴이 나타난다.

집 안녕하시오? 당신이 주지요? 풍광이 멋지군요.

우리아 (안에서) 빵칼 좀 이리 줘, 제세. 시주함을 깨뜨려야겠어.

왕 씨가 웃는다. 집도 웃는다.

집 저런 하마들과 한 패가 되다니, 끔찍한데! 어서들 나와! 2층에서 누군가 왔다 갔다 하는데.

안에서는 일정한 간격을 두고 전기 종소리가 울린다.

우리아 들어가는 길 조심해! 무슨 일이야, 집?

집 2층에 누가 있어!

우리아 누가 있다고? 어서 나와! 이봐!

(세 사람의 비명과 저주가 뒤섞인다.) 어서 발을 빼라니까! 나와! 난 이제 발을 움직일 수가 없어! 군화도 없어졌고! 제발 축 늘어지지 마, 폴리! 절대로! 이제 윗도리야, 우리아! 윗도리가 어떻게 된 거야! 이놈의 절이 없어져 버렸으면 좋겠네! 무슨 일이야? 염병할, 바지가 걸렸어! 서두르다 보니 그리 된 거야! 집, 이 송아지 같은 놈아!

집 뭔가 찾아냈어? 위스키야? 럼이야? 진이야? 브랜디야? 아니면 맥주야?

제세 우리아의 바지가 대나무 막대에 걸려 찢어졌고, 멀쩡한 발에 신겨 있던 폴리의 군화는 신발 밑창 발굽 쇠에 걸렸어.

폴리 제세도 전깃줄에 걸렸는데.

집 그럴 줄 알았어. (문 안으로 들어간다.)

이 세 사람은 옷이 찢어지고 피 흘리며 창백한 모습으로 위쪽으로 나온다.

폴리 반드시 복수하고 말겠어.

우리아 이 절에서 벌어지는 것은 결코 공정한 싸움이 아니야. 짐승 같은 짓이야.

폴리 피를 보고야 말겠어.

집 (안에서) 안녕!

폴리 (피에 굶주린 듯 지붕 위로 올라가 기어 나오다, 군화가 걸려 매달려 있다.) 이제 군화 다른 한 짝도 날아갔어!

우리아 이제 마구 갈겨 대겠어.

세 사람은 내려와서 자동화기로 절을 겨눈다.

폴리 사격!

이들은 사격한다.

집 아휴! 뭐하는 짓이야?

우리아 어디 있었던 거야?

집 여기. 커튼 받침대가 머리 위에 떨어졌어. 그런데 지금 너희들이 내 손가락에 총을 쏘았어.

제세 빌어먹을 놈아, 쥐덫에서 뭐하는 거야?

집 돈을 꺼내려 했지. 자, 여기 있어.

우리아 우리 가운데 제일 취한 녀석이 제일 먼저 손에 넣었군. (큰 소리로) 당장 이 문으로 나와!

집 (위쪽으로 머리를 내민다.) 어디 말이야?

우리아 이 문으로 나오라니까!

집 아, 이게 뭐야?

폴리 저 녀석이 가지고 있는 게 뭐지?

집 이것 좀 봐!

우리아 또 뭐야?

집 내 머리카락이야! 아아, 내 머리카락! 더 이상 오도 가도 못하겠네! 아아, 내 머리카락! 뭔가에 단단히 걸렸는데! 우리아, 이것 좀 봐, 뭔가가 내 머리에 붙어 있다고! 아아, 우리아, 나 좀 풀어 줘! 머리카락이 걸렸어!!

우리아 제세, 네 빵칼 좀 줘. 저것 좀 잘라야겠는데! (자른다.)

폴리 머리카락이 한 움큼 빠졌는데, 누구나 다 알아볼 수 있겠어.

제세 살아 있는 지명수배 전단이야!

우리아 저 머리통 때문에 우리가 들키겠어! 저 녀석을 가죽 가마 안에 넣어 두자. 저녁에 다시 와서 이 녀석의 머리를 박박 밀어

버리면, 머리카락 빠진 부분이 눈에 띄지 않겠지.

이들은 그를 나무들 사이에 놓인 가마 안에 가두고, 급히 떠난다.

3

[킬코아와 막사 사이로 난 시골 길]

피의 다섯 방 하사가 나무 뒤로 가서 나무에 못질하여 현수막을 건다.

피의 다섯 방 피의 다섯 방, 킬코아의 호랑이라는 별명의 영국군 하사인 나에게 이처럼 특이한 일은 일찍이 없었어! (손가락으로 현수막을 가리킨다.) 황인사에 강도가 들고, 총알이 날아들어 지붕엔 구멍이 숭숭 뚫렸어. 증거물로 머리카락 1/4파운드가 역청에 붙어 있고 말이야! 지붕에 구멍이 뚫렸다면, 자동화기 분대가 그 뒤에 있을 것이고, 1/4 파운드의 머리카락이 현장에서 발견되었다면, 1/4 파운드의 머리카락이 빠진 놈이 있을 것이야. 자동화기 분대에 머리카락이 빠진 자국이 있는 놈이 발견되면, 그가 범인이겠지. 아주 간단한데. 그런데 저기 오는 놈들은 누구야?

세 사람, 오다가 깜짝 놀라며 현수막을 바라본다.

피의 다섯 방 (앞으로 나오며) 머리카락이 빠진 놈 못 봤나?

폴리 못 봤습니다.

피의 다섯 방 대체 당신들은 뭐야? 개미 더미 안에 들어가서 아침 식사라도 한 사람처럼 보이는데. 철모 좀 벗어 봐. 네 번째 놈은 어디 있어?

우리아 아, 하사님. 용변을 보러 갔는데요.

피의 다섯 방 그러면 기다려 보지. 혹시 그 녀석 머리카락이 빠진 자를 보았을 지도 모르니까.

이들은 기다린다.

피의 다섯 방 용변을 오래도 보네.

제세 다른 길로 갔나 봅니다.

피의 다섯 방 분명히 말하는데 말이야, 너희들이 오늘 점호 때 네 번째 놈과 함께 오지 않을 바엔, 차라리 계엄법에 따라 배에 대고 서로 총알을 갈기는 편이 좋을 거야. (퇴장)

우리아 점호 북소리가 울리기 전에, 네 번째 분대원을 한 명 구해야겠어.

폴리 저 녀석이 우리 하사가 아니라면 좋겠는데. 이 방울뱀이 점호를 하면, 우린 즉각 담장에 세워지겠지, 우리아!

폴리 저기 한 남자가 오는데. 숨어서 지켜보자. (그들이 숨는다.)

갈리 가이가 온다. 그는 과부 벡빅에게 오이 광주리를 가져다준다.

레오카디아 인적이 거의 없는 길이네! 이런 곳에서 붙잡으려 달려드는 남자를 만나면 여자란 참 많은 어려움을 겪을 수밖에 없지.

갈리 가이 당신은 직업상 영내 술집을 운영하는 사람으로, 이 세상에서 제일 흉측한 군인들을 상대합니다. 그러니 당신은 대처하는 방법도 잘 아실 텐데요.

레오카디아 아하, 신사 양반. 여자에게 그런 말씀을 하시다니요. 여자에겐 듣기만 해도 피가 끓는 말이 있다오.

갈리 가이 난 항구의 평범한 포장공에 불과해요.

레오카디아 곧 신병 점호가 실시돼요. 곧 북소리가 들릴 거라고요. 이제 아무도 돌아다니지 않아요.

갈리 가이 시간이 정말로 늦었다면, 난 서둘러 킬코아로 되돌아가야 합니다. 생선을 한 마리 사야 하거든요.

레오카디아 신사 양반, 아니 제가 제대로 들었다면 갈리 가이 씨, 한 가지 물어봐도 좋겠습니까? 포장공이라는 직업도 힘 센 사람을 필요로 하나요?

갈리 가이 오늘 뜻밖의 일로 또다시 열 시간 동안이나 지체하여, 생선도 못 사고 집에도 못 갈 줄은 미처 상상도 못했소. 하지만 일단 달리기 시작하면 난 열차처럼 빨라요.

레오카디아 두 가지 일이 있네요. 퍼먹을 생선을 사느냐 아니면 여자의 광주리를 들어 주느냐 하는 일 말이죠. 하지만 여자란 생선 맛을 능가할, 몸매의 아름다움을 보여 줄 수 있잖아요.

갈리 가이 솔직히 말하면, 차라리 생선을 사러 가고 싶소.

레오카디아 알겠습니다, 신사 양반. 그러나 지금 시간이 늦었다고 생각하지 않으세요? 가게는 문을 닫았고, 생선은 다 팔렸을 테니.

갈리 가이 보세요. 상상력이 뛰어난 나는 예를 들면 생선을 보기도 전에 배불리 먹었다고 상상할 수도 있습니다. 사람들은 생선을 사러 가서, 먼저 생선을 사고, 이어 집으로 가져오죠. 그 생선을 말입니다. 그런 다음 요리하죠, 이 생선을. 그러고 나서 마구 처먹지요, 이 생선을요. 소화가 다 되었다고 생각되는 밤이면 이들은 비로소 이 슬픈 생선에 대해 몰두하기 시작하죠. 상상력이 부족한 사람들이기 때문이죠.

레오카디아 그렇다면 제안하겠습니다. 생선을 사려던 돈으로 이 오이를 사시오. 내가 선심을 써서 떨이로 싸게 드리겠소.

갈리 가이 하지만 난 오이가 필요 없는데요.

레오카디아 당신이 나를 이렇게 무안하게 만들 줄은 몰랐소.

갈리 가이 생선 끓일 물을 벌써 올려놓았으니 그렇죠.

레오카디아 알겠소. 마음대로 하시오, 마음대로.

갈리 가이 아니에요. 당신 뜻대로 할 테니 믿어 주세요.

레오카디아 더 이상 말하지 마시오. 공연히 말참견이나 하고 그러니.

갈리 가이 당신을 실망시켜 드리고 싶진 않아요. 오이를 제게 팔아치우고 싶으면, 여기 돈을 드리겠어요.

우리아 (제세와 폴리에게) 이 사람은 거절할 줄 모르는 사람이네.

갈리 가이 조심하세요, 여기엔 군인들이 있어요.

레오카디아 그들이 여기서 뭘 찾는지 누가 알겠소. 곧 점호가 시작될 거요. 어서 광주리를 이리 주세요. 여기서 당신과 시간을 허비한다는 것은 아무 의미도 없을 것 같아요. (퇴장)

우리아 이 사람이 우리가 찾던 사람이야.

제세 거절할 줄 모르는 사람이지.

폴리 이 사람은 또 집과 마찬가지로 머리색도 붉어. (앞으로 나선다.)

제세 선물 받은 농어의 입을 들여다봐서는 안 되지.

폴리 멋진 저녁이군요.

갈리 가이 네, 군인 나으리.

폴리 참 특이하기는 하지만, 당신이 킬코아에서 온 분일 거라는 생각을 떨쳐버리기가 어렵군요.

갈리 가이 킬코아에서요? 물론이죠. 거기에 오막살이 제 집이 있으니까요.

폴리 이것 참 반갑군요. 그런데 이름이…….

갈리 가이 갈리 가이입니다.

폴리 네, 당신네 집이 거기 있지요?

갈리 가이 그걸 알다니, 저를 알고 계신가요? 아니면 내 아내라도?

폴리 당신의 이름이, 잠깐만요, 당신의 이름이 갈리 가이라.

갈리 가이 맞아요. 제 이름이 그래요.

폴리 네, 저도 즉각 알았어요. 내기할까요? 당신은 결혼했죠? 그런데 왜 우리는 지금 여기서 이러고 있나요, 갈리 가이 씨? 여기 내 친구들이 있어요, 제세와 우리아죠. 우리 영내 술집으로 가서, 함께 담배라도 피우죠.

갈리 가이 고맙습니다. 하지만 유감스럽게도 내 아내가 킬코아에서 저를 기다리고 있어요. 그리고 당신들에게 우습게 들릴진 모르겠지만, 선 파이프가 없어요.

폴리 그러면 시가라도. 어때요? 이것은 거절 못하겠죠. 참 좋은 저녁이네요?

갈리 가이 어쩌나, 나는 거절을 못하는데.

폴리 시가는 내가 주겠소.

네 사람 모두 퇴장한다.

4

[과부 레오카디아 벡빅의 영내 술집]

군인들이 「과부 벡빅의 술집」이라는 노래를 부른다. 세 딸도 흥을 돋우며 음악을 연주한다.

군인들

과부 벡빅의 술집에서
20년은 피우고, 자고, 마실 수 있지.
싱가폴에서 쿠치비하르까지
맥주 파는 이 객차에서 말이야.
후렴:
델리에서 카마트쿠라까지

누군가 오랫동안 보이지 않으면
과부 벡빅의 술통 안에 있었던 거야.
야자술과 껌 그리고 하이, 하이, 하이
천국을 지나, 지옥을 따라서
주둥이 닥쳐, 토미야. 모자를 꽉 잡아, 토미야.
소다 산에서 위스키 언덕으로 가는 길에선.

과부 벡빅의 술집에는
원하는 것은 무엇이든 얻을 수 있지.
술 파는 이 차량은 인도를 헤집고 다녔지.
네가 위스키 대신에 엄마 젖을 마실 적에도.
후렴:
델리에서 카마트쿠라까지
누군가 오랫동안 보이지 않으면
과부 벡빅의 술통 안에 있었던 거야.
야자술과 껌 그리고 하이, 하이, 하이
천국을 지나, 지옥을 따라서
주둥이 닥쳐, 토미야. 모자를 꽉 잡아, 토미야.
소다 산에서 위스키 언덕으로 가는 길에선.

펀자브의 계곡에서 전투 소리 요란해도
우리는 과부 벡빅의 술통에 빠져
담배 피우고 흑맥주 마시며

유색인들의 전선을 따라다녔지.

후렴:

델리에서 카마트쿠라까지

누군가 오랫동안 보이지 않으면

과부 벡빅의 술통 안에 있었던 거야.

야지술과 껌 그리고 하이, 하이, 하이

천국을 지나, 지옥을 따라서

주둥이 닥쳐, 토미야. 모자를 꽉 잡아, 토미야.

소다 산에서 위스키 언덕으로 가는 길에선.

레오카디아 (등장) 안녕들 하시오, 군인 나리님. 나는 과부 벡빅이오. 그리고 이것은 내 맥주 파는 객차고. 군용 수송선에 매달려, 인도 전역의 철도를 누비죠. 그 안에서는 맥주 마시며 이동하면서 잠도 잘 수 있으니, 과부 벡빅의 맥주 객차라 부르지요. 하이다라바드에서 랑군까지 잘 알려져 있죠, 이 차량이야말로 모욕당한 군인들의 안식처라는 사실이. 흡자야, 과부 벡빅의 재즈밴드에 맞추어 부른 멋진 노래를 듣는 대가로 우리 군인 나리께서 동전들을 던져 주시면 주워라. 그렇지 않으면 저 돼지 같은 놈들이 다신 돈을 내려고 하지 않을 터이니. 하지만 공손하게 굴어라. 군인들이 가는 먼짓길에 피어난 꽃과 같은 내 딸아.

흡자 왜요? (그녀가 주워 모은다.)

세 군인이 갈리 가이와 함께 들어온다.

세 군인 이곳이 제8연대 술집이오?

군인들 그렇소. 당신들은 모두 세 명뿐이오? 네 번째 대원은 어디에 있소?

우리아 저 하사는 어떤 사람이오?

군인들 친절하지 않은 사람이오.

폴리 하사가 친절하지 않다니, 기분이 안 좋은데.

흡자 저 분은 피의 다섯 방라고 하죠, 킬코아의 호랑이예요. 인간 태풍이라고 부르기도 하죠. '조니-너-술이 그리우니-담장'에 어울리는 어떤 사람을 보면, 저 분은 '조니, 짐을 꾸려!'라는 말로 체포 명령을 내리죠. 이분은 초능력에 가까운 후각을 가지고 있어요. 범죄의 냄새를 맡을 수 있으니까요. 범죄의 냄새를 맡으면, 저 분은 바로 노래를 부르죠. '조니, 짐을 꾸려!'라고.

제세 그래요, 그래.

군인 킬코아가 어떤 곳인지, 당신들은 잘 아실 것으로 믿습니다.

폴리 (갈리 가이에게) 여보시오. 당신은 곤경에 처한 세 군인에게 자그마한 호의라도 베풀 수 있겠죠. 그렇다고 당신에게 뭐 특별히 해가 가는 것도 아니니까요. 우리의 네 번째 사내는 아내와 작별 인사를 나누느라 조금 늦었습니다. 점호할 때 네 사람을 맞추지 못하면, 우리는 킬코아의 어두운 감옥에 처넣어질 것입니다. 그러니 당신이 우리 군복을 입고 신병의 숫자를 셀 때, 거기 서서 그의 이름을 외쳐 주신다면, 우리에게 많은 도움이 되겠어요. 이것이 전부요. 시가 한두 대 정도는 아무 문제가 되지 않아요. 시가 값은 우리가 내게 될 테니까요.

갈리 가이 여러분들에게 도움을 드리고 싶지 않은 것은 아니에요. 허나 미안하게도 저는 급히 집에 가야 합니다. 따라서 하고 싶어도 할 수가 없군요.

폴리 고맙소. 솔직히 말하자면, 난 당신이 그렇게 해 주길 기대했소. 당신은 하고 싶어도 할 수 없다는 것이지요. 당신은 집에 가고 싶지만, 그럴 수 없어요. 당신을 본 순간 믿음이 갔는데, 이제 당신이 믿을만한 사람인 듯하니, 고맙군요.

제세 손 좀 줘 봐요.

우리아 이런 목적을 위해 당신에게 대영제국의 군인제복을 입히게 해 주시오.

그가 벨을 울린다. 레오카디아가 들어온다.

폴리 우리와 이야기를 나누고 있는 사람이 영내 술집 주인이자, 세계적으로 유명한 과부 벡빅이 맞습니까? 우리는 8연대의 자동화기 분대원입니다. 당신에게 솔직히 말씀드려도 될까요, 과부 벡빅 부인? (그녀의 귀에 뭐라고 속삭인다.)

레오카디아 그렇군요. 당신들은 군복을 잃어버렸군요?

폴리 네. 우리 동료 집이 군복을 잃었는데, 목욕탕에서 어떤 중국 놈이 훔쳐 갔어요.

레오카디아 그래요, 목욕탕에서요?

제세 과부 벡빅 부인, 솔직히 말씀드려서, 이건 장난삼아 그런 것이죠.

레오카디아 그래요, 장난이라고요?

폴리 그게 사실 아니오? 장난으로 그런 것 아니냐고요?

갈리 가이 맞습니다, 말하자면 시가 때문이죠. (웃는다. 세 사람도 웃는다.)

레오카디아 이렇게 건장한 네 명의 사내 앞에서 연약한 여자는 얼마나 무기력한지! 과부 벡빅이 한 남자에게 바지를 갈아입게 해 주지 않았다는 말을 들을 수는 없지.(퇴장)

갈리 가이 (급히) 대체 무슨 일이요?

제세 아무 일도 아니오.

갈리 가이 발각되면 위험하지 않나요?

폴리 전혀. 특히 당신에겐 한 번쯤은 아무렇지도 않아요.

갈리 가이 맞습니다. 한 번쯤은 봐준다고들 하잖아요.

군인 이 사람들은 유명한 자동화기 분대원입니다. 이들은 하이다라바드 전투를 종결지었고, 인간쓰레기라고도 불리지요. 이제 이분대가 우리 소속입니다. 이들의 범죄는 마치 그림자처럼 이들을 따라다니게 될 것입니다.

군인 한 명이 수배 전단을 가지고 들어와서 붙인다.

군인들 이들 뒤에 곧 다시 이런 전단이 있게 될 겁니다.

모두 퇴장한다.

레오카디아 군복을 가지고 돌아온다.

폴리 당신을 위해 구입한 예복이오. 옷을 입으시오, 갈리 가이 형제!

폴리와 우리아는 갈리 가이에게 옷을 입힌다.

레오카디아 10실링이오. 거저야, 거저.

폴리 10실링이라고!

우리아 피를 빨아먹는군. 기껏해야 3실링 정도일 텐데. 치수도 작고.

제세 (창가에서) 갑자기 무지개가 떴어. 지금 비가 오면 가마가 젖고, 가마가 젖으면, 가마를 절로 가져가게 될 것이고, 가마를 절로 가져가면, 집이 발각되고, 집이 발각되면, 우리는 끝장이야.

갈리 가이 너무 작아요. 몸이 안 들어갑니다.

폴리 들립니까? 몸이 안 들어간대요.

갈리 가이 군화도 너무 꽉 끼어요.

우리아 모든 게 너무 작군. 못쓰겠어! 2실링만 합시다!

폴리 조용히 해, 우리아. 모든 게 너무 작고 또 특히 장화가 너무 꽉 끼니, 7실링만 합시다. 어때요?

갈리 가이 어휴 불편해. 아주 꽉 끼어.

우리아 이 사람은 자네처럼 그렇게 고통을 참지 못하네, 폴리!

레오카디아 좋소! 8실링 내시오. 그렇지 않으면 중대가 이 범죄에 휩쓸려 들지도 모르니까요. 저기 현수막에 씌어 있는 이 개똥 같은 짓거리에 말이오!

제세 과부 벡빅 부인, 비가 올 것 같지 않소?

레오카디아 그래요. 난 피의 다섯 방 하사나 지켜봐야겠어요. 비만 쏟아지면 그는 성욕이 발동하여 안팎으로 변해 간다고 군대에 소문이 자자해요.

제세 우리가 재미있게 놀 때면 절대로 비가 와서는 안 되겠네요!

레오카디아 그 반대죠! 일단 비가 오면, 인도의 군대에서 제일 사나운 피의 다섯 방도 어린아이 젖니처럼 온순해지죠. 비가 오면 피의 다섯 방은 피의 오입쟁이로 변하고, 피의 오입쟁이는 사흘 동안이나 여자들에게만 몰두하며 지내니까요.

한 군인 (안으로 소리친다.) 황인사 사건 때문에 점호한다! 한 사람이 부족하니, 점호를 하며 신분증을 검사한다. (퇴장)

제세 (갈리 가이에게) 우리 동료의 이름을 외치기만 하면 돼요. 가능하면 크고 똑똑하게 말이오. 별 일 아니니까!

폴리 사라진 우리 동료의 이름은, 제라이아 집이오.

갈리 가이 (공손하게) 제라이아 집.

폴리 어떤 상황에서든 처신하는 법을 잘 아는 교양 있는 분들을 만나서 좋군. (네 사람은 서로 고개를 숙이고 뒤로 퇴장한다.)

제세 (퇴장하며) 비가 안 오면 좋겠는데!

레오카디아 이제 피의 다섯 방의 눈앞에 한 남자가 도열해 서게 될 거야. 군인도 아닌 녀석이 말이야. 킬코아 출신의 포장공 갈리 가이는 특이한 사람이지. 저기 피의 다섯 방이 오네.

흡자 저 하사는 왜 저렇게 총 받침대처럼 걸어가고 있어요?

피의 다섯방이 등장한다. 끔찍할 정도로 변해 있다.

레오카디아 (그를 바라본다.) 흡자야, 어서! 술집 지붕에 천막을 덮어. 비가 올 거야.

피의 다섯 방 (8연대가 이름을 댄다.) 웃고 있군요. 하지만 분명히 이야기하는데, 난 이 모든 것이 불타 버리는 꼴을 봤으면 속이 시원하겠소. 이 술집 테이블과 흔들의자 그리고 당신이 있는 소돔 같은 이 술집이 말이오. 당신은 고모라일 뿐이요. 그렇게 집어 삼킬 듯이 나를 쳐다보지 말라니까요. 석회 바른 바빌론 같은 사람!

레오카디아 알겠어요, 찰리. 남정네가 그렇게 정열적인 모습을 보여 주면 여자들은 좋아하지!

피의 다섯 방 바보 같은 어떤 놈이 단추를 잠그지 않음으로써, 인간의 타락이 시작됐소. 주둥이 닥치시오! 훈련교범은 단점투성이 책이긴 하지만, 인간으로서 의지할 수 있는 유일한 책이기도 해. 그것은 우리를 지탱해 주고, 신 앞에서 책임을 져 주니까. 실제로 우리는 땅 속에 구멍을 파고, 그 안에 다이너마이트를 장전한 후 온 땅덩어리를 허공에 날려 버려야 비로소 사람들이 진지해지는 모습을 보게 되지.

명령 소리가 밖에서 들린다. "자동화기 분대 점호 준비!"

피의 다섯 방 (콧노래를 부르며) 조니, 짐을 꾸려! (세 사람이 각각 자기 이름을 외치는 소리를 듣는다.) 그래, 이제 잠시 틈이 생겼군.

갈리 가이의 목소리 제라이아 집.

피의 다섯 방 (실망하여) 이놈들이 다시 뭔가 새로운 짓을 꾸몄군!

레오카디아 하사님, 말씀드릴 게 있는데요. 네팔의 검은 비가 이틀 밤도 채 내리기 전에 당신은 인간의 죄를 너그럽게 봐줄 겁니다. 당신은 아마도 이 세상에서 가장 여자를 밝히는 사람일 테니까요. 당신은 그러나 명령 불복종을 따지며 테이블에 앉아 있겠죠. 그리고 절을 약탈한 녀석들이 당신의 눈을 빤히 쳐다보게 되겠죠. 당신 자신의 범죄도 마치 바닷가 모래알처럼 그렇게 무수히 많을 테니까요.

피의 다섯 방 에이, 그러나 우린 철저하게 해낼 거요. 믿어도 좋아, 레오카디아. 젊고 겁이 없는 이 피의 다섯 방을 내세워, 우린 철저하게 해낼 거요. 아주 간단해. (퇴장)

피의 다섯 방 목소리 (밖에서) 머리카락을 규정에 맞지 않게 자른 여덟 놈을 뜨거운 모래 속에 배꼽까지 묻어 주겠어!

세 군인이 갈리 가이와 함께 술집 테이블로 온다.

폴리 당신의 건강을 위해 위스키로 건배!

갈리 가이 아아, 남자들 사이의 사소한 호의는 전혀 문제될 게 없죠. 보세요, 이제 제가 위스키 한 잔을 마치 물 마시듯 마시며, '이렇게 해서 이분들에게 도움이 되었겠지'라고 말하고 싶어요. 문제는 이런 것 아니겠습니까. 한번이라도 얼큰하게 취해 불그스레한 얼굴이 되어, '제라이아 집'이라고 말하는 것 말입니다. 마치 사람들이 '안녕하세요'라고 인사말을 건네는 것처럼 말이죠. 누군가를 원한다는 것은 바로 그런 것이죠. 그것은 아주 쉬운 일이거든요.

폴리 미안하지만 우린 매우 바빠요. 비바람이 위험하거든요. 난 한 사내의 머리카락을 밀어야 합니다.

갈리 가이 도와드릴까요?

우리아 모든 일에 코를 박고 참견하는 사람들이 있어요. 그런 사람들은 우리가 새끼손가락 하나만 건네도 손을 덥석 잡곤 하죠.

폴리 돈은 우리가 낼 테니, 칵테일이라도 몇 잔 마셔요. (퇴장하며) 우리가 집의 머리를 이 가위로 밀면, 머리카락 빠진 자국은 없어지겠지. 비가 안 와야 할 텐데. 비가 안 와야 해!

세 사람이 퇴장한다.

레오카디아 (갈리 가이에게 칵테일 한 잔을 가져다준다.) 오늘 우리가 벌써 만나지 않았던가요?

갈리 가이 (고개를 흔든다.)

레오카디아 당신 이름이 갈리 가이 아니오?

갈리 가이 (고개를 흔든다.)

레오카디아 오이 광주리를 들고 갔던 사람 아닌가요?

갈리 가이 아닙니다. 난 그 사람이 아니에요.

레오카디아 (창가에서) 이제 비가 오네.

5

[황인사 내부]

왕 씨와 그의 중국인 불목하니.

불목하니 비가 옵니다.

왕 가죽 가마를 비에 젖지 않을 곳으로 가져가거라! (불목하니가 나간다.) 이제 우리의 마지막 수입원까지 도난당했군. 그리고 총알이 뚫고 간 이 구멍을 통해 내 머리 위로 빗물이 떨어지고.

불목하니가 가마를 끌고 들어온다. 안에서 끙끙대는 소리가 들린다.

왕 무슨 일이냐? (안을 들여다본다.) 가마가 이렇게 더러워진 꼴을 보고, 방금 난 아마 백인이 그랬을 것이라고 생각했다. 어허, 저 놈이 군복을 입고 있네! 머리엔 머리카락 빠진 자국도 있고, 저 도둑놈이. 그놈들이 저 녀석의 머리카락을 잘라 버렸구먼. 저 녀석을 어떻게 할까? 저 녀석은 군인이니, 제대로 판단을 하지 못하겠지. 토한 오물로 뒤범벅이 된, 여왕의 군인이야. 병아리보다도 더 힘이 없어. 하도 취해서 엄마도 못 알아볼 지경이네! 경찰에 넘겨줄 수도 있겠는데. 그래봐야 뭐 도움이 되겠어? 돈이 없어졌는데, 정의가 무슨 소용이야? 저 놈은 구시렁구시렁 대기만 하겠지. (화를 내며) 양젖으로 만든 치즈 속에 뚫린 구멍 같은 놈아, 저 녀석을 꺼내어, 기도실 안에 집어넣어라. 그러나 머리가 위로 오도록 조심해. 잘만 하면 저 녀석을 부처로 만들 수 있을지도 모르겠네. (불목하니는 짐을 기도실로 데려간다.) 종이 가져와! 건물 앞에 곧장 종이 깃발을 내걸어야겠어. 손과 발로 당장에라도 현수막을 그려야겠어. 아주 크게 만들 거야, 아끼려다 낭패 보지 말아야지. 못 보는 사람이 없도록 아주 큰 현수막을 만들 거야. 이리저리 소문을 내 주는 것 말고, 부처님이 하시는 일이 뭐가 있어? (문 두드리는 소리) 누가 이 늦은 시간에 문 앞에 와 있을까?

폴리 세 명의 군인입니다.

왕 저 녀석의 동료군. (세 사람을 들어오게 한다.)

폴리 우리는 한 사람을 찾습니다. 군인이죠. 풍족하고 멋진 이 절 맞은편에 놓여 있는 가마 안에서 잠든 채 누워 있는 군인을 말입니다.

왕 잠에서 깨어날 때 상쾌하기를 바라겠소.

폴리 그런데 이 가마가 사라졌습니다.

왕 당신들이 초조해 하는 것을 이해하겠소. 불안하기 때문이겠죠. 나도 역시 찾고 있는 사람이 몇 명 있는데, 모두 합하면 세 명이오. 정확히 말하면 군인이고. 모습이 안 보이네요.

우리아 어려울 것입니다. 포기하고 말 거예요. 그런데 가마에 관하여 뭐 좀 아시는 것이 있죠?

왕 미안하지만 없소. 군인 나리들께서 모두 똑같은 옷을 입고 있어 불편하군요.

제세 그건 불편한 게 아니죠. 말씀드린 가죽 가마에는 현재 몸이 몹시 안 좋은 한 남자가 타고 있어요.

폴리 그 사람은 현재 병으로 머리카락이 약간 빠져서, 급히 도움을 필요로 해요.

우리아 그런 남자를 보지 못했나요?

왕 미안하지만 못 봤소. 머리카락은 발견했지만, 당신들 군대의 하사가 가져가고 말았소. 군인 나리에게 되돌려 주고 싶다면서요.

제라이아가 기도실 안에서 끙끙댄다.

폴리 저게 뭐죠?

왕 제 젖소입니다. 지금 누워 자고 있죠.

우리아 이 젖소는 잠자리가 불편한가 보죠?

폴리 여기 이것은 우리가 집을 넣어 두었던 가마인데. 가마 좀 조사하겠소.

왕 사실을 말씀드리는 게 좋겠군요. 이것은 말하자면 다른 가마요.

폴리 이 가마는 성탄절 세 번째 날에 토한 것을 받아 낸 대야처럼 오물로 가득 차 있는데. 제세, 틀림없어, 집이 저 안에 있을 거야.

왕 저 안에 없을 거요. 저렇게 더러운 가마 안에 누가 들어가겠소.

집은 기도실에서 큰 소리로 끙끙댄다.

우리아 네 번째 분대원을 구해야 하는데. 그 대가로 우리 할머니를 죽인다 해도 말이에요.

왕 당신들이 찾고 있는 그 남자는 여기에 없소. 당신들은 지금 여기 있다고 하고, 나는 없다고 하는 그 사내가 현재 이 가마에 있는 사내가 아니라는 것을 알게 해주기 위해, 그림을 그려서 설명해 주겠소. 미천한 소인이 여기 분필로 네 명의 범죄자를 그리겠습니다. (그는 기도실 문에 그림을 그린다.)

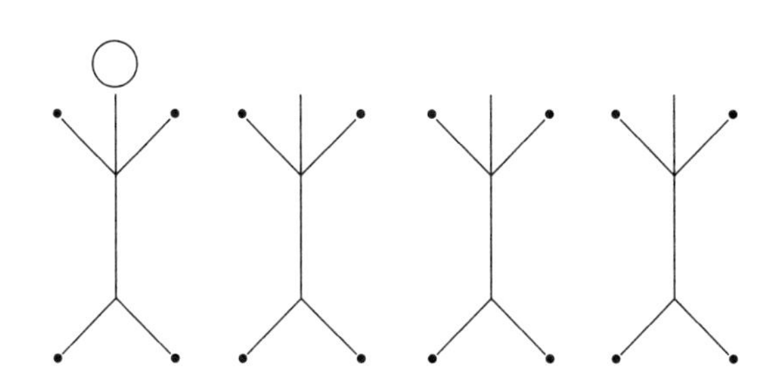

이들 가운데 한 사람은 얼굴이 있어서, 누구인지 알 수 있소. 그러나 이들 가운데 셋은 얼굴이 없소. 그러니 누가 누군지 알 수 없소. 얼굴이 있는 사람은 돈이 없소. 그러니 그는 도둑은 아니오. 돈이 있는 사람들은 얼굴이 없소. 그러니 식별할 수 없소. 이들이 서로 나란히 서 있지 않는 한, 그렇게 됩니다. 그러나 이들이 나란히 서게 되면, 머리가 없는 이 세 사람에게서 얼굴이 자라나게 되고, 우리는 이들에게서 남의 돈을 찾아내게 되지요. 여기에 있을 수 있는 사내가 당신들이 찾고 있는 사내라는 말을 저는 절대 믿을 수 없습니다.

세 사람은 무기로 그를 위협하지만, 왕의 눈짓에 따라 불목하니가 절에 온 중국인 손님과 함께 나타난다.

제세 밤에 쉬시는데, 방해하고 싶지 않습니다, 스님. 스님의 차도 입맛에 안 맞고요. 어쨌든 스님이 그리신 그림은 매우 재치가 뛰어납니다. 가자!

왕 당신들이 떠나시는 모습을 보니, 가슴이 아픕니다.

우리아 어디서든 우리 동료가 깨어나기만 하면 말 열 마리로 그가 우리에게 되돌아오는 것을 막을 수 있다고 생각하시는 것은 아니겠죠?

왕 말 열 마리로 그를 붙잡아 둘 수는 없겠죠. 하지만 누가 알겠소, 말의 작은 한 부위로도 될 수 있을지 말이오?

우리아 위스키 술기운이 머리에서 빠져 나가면, 그가 올 겁니다.

세 사람은 큰 절을 하고 퇴장한다.

왕 오래된 위스키를 다 마셨다면, 새 위스키를 마시게 되겠지.

집 (함 속에서) 여보세요!

왕은 손님들에게 부처님을 늘 생각하라고 당부한다.

6

[영내 술집]

늦은 밤. 갈리 가이는 나무 의자에 앉아서 자고 있다. 세 군인이 창가에 모습을 드러낸다.

폴리 저 녀석이 아직도 여기 있네. 저 녀석 모습이 아일랜드 매머드 같지 않아?

우리아 아마 가고 싶지 않았을 거야, 비가 오니까.

제세 그거야 모르지. 하지만 이제 우리는 저 녀석이 다시 필요하게 될 거야.

폴리 집이 다시 돌아올 거라는 생각이 안 들어?

제세 우리아, 집은 다시 돌아오지 않을 거야.

폴리 저 포장공 녀석에게 또다시 그런 부탁을 할 수는 없어.

제세 우리아, 넌 어떻게 생각해?

우리아 난 지금 침대에 눕고 싶은데.

폴리 이 포장공 녀석이 지금 일어서서 문 쪽으로 나가면, 우리의 목은 대롱대롱 매달리겠지.

제세 맞아. 그래도 누울래. 한 사람에게 너무 많은 것을 요구할 순 없지.

폴리 우리 모두 침대에 누우러 가면 제일 좋겠는데. 너무 마음을 가라앉게 만들어. 모든 것이 비 때문이야.

세 사람이 퇴장한다.

7

[황인사 내부]

아침 무렵. 여기 저기 커다란 현수막이 걸려 있다. 낡은 확성기와 북소리. 뒤쪽에는 꽤 규모가 큰 종교 의식이 거행되는 듯하다.

왕 (기도실로 다가가서, 마 싱에게) 어서 더 빨리 낙타 똥 덩어리를 빙글빙글 돌려서 공을 만들어 봐, 이 똥 같은 놈아! (기도실에 대고) 아직도 자나요, 군인 나리?

집의 목소리 곧 내리는 거야, 제세? 이 차가 정말 지독하게 흔들리네. 수세식 변기처럼 비좁고 말이야.

왕 군인 나리, 기차에 타고 계신다고 생각하진 마시오. 흔들리는 것은 당신의 소중한 머릿속에 든 위스키일 뿐이오.

집 말도 안 돼! 확성기에서 나오는 이 목소리는 대체 뭐지? 그만두지 못해?

왕 밖으로 나오시오, 군인 나리. 암소 고기라도 한 점 드시오.

집 고기 한 조각 먹어도 될까, 폴리? (기도실을 두드린다.)

왕 (뒤쪽으로 달려간다.) 조용히 좀 해, 이 불쌍한 놈들아. 부처님께서는 5타엘을 요구하신다. 부처님께서 성스러운 기도실 판자

두드리는 소리 들리지? 부처님의 자비를 누리기를! 마 싱, 집어 넣어!

집 우리아, 우리아, 여기가 어디지?

왕 다른 쪽을 조금만 더 두드리세요, 군인 나리, 장군님. 두 발로 힘껏!

집 여보시오, 이게 뭐요? 여기가 어디요? 너희들은 어디에 있어, 우리아, 제세, 폴리!

왕 식사와 술로 뭘 원하시는지, 비천한 소인에게 알려 주시오, 군인 나리.

집 여보시오, 누구시오?

왕 (살찐 쥐 같은 목소리로) 살이 도톰한 쥐와 같은 소인은 왕이라고 합니다. 텐진 출신입죠, 장군님.

집 지금 내가 있는 이 도시의 이름은 뭐요?

왕 비참한 도시죠, 대자대비하신 나리. 킬코아라고 하는 작은 도시죠.

집 나 좀 풀어 주시오!

왕 (뒤쪽으로) 낙타 똥을 말아서 공을 만들었다면, 그것을 접시 위에 잘 배열해 놓고, 북을 친 다음 불을 붙여라. (집에게) 달아나지 않겠다고 약속만 해 주시면 당장에 꺼내 드리죠, 나리!

집 문 열어, 사향쥐새끼 같은 목소리를 내는 놈아. 문 열어, 안 들려?

왕 잠깐! 잠깐만요, 신도님! 잠시만 서 계세요! 부처님께서는 천둥소리를 세 번 울려 당신들에게 말씀을 하실 거요! 소리를 잘 세

시요. 넷, 아니 다섯! 안됐소, 시주해야 할 돈이 5타엘이오. (기도실을 두드린다. 친절하게) 군인 나리, 당신 입에 들어갈 소고기 스테이크요.

집 아아, 이제야 알겠어, 내 창자가 완전히 구멍이 뚫리는 것 같네! 독주를 창자 안으로 부었나봐. 아아, 너무나 마셔댔어. 이제 그만큼 먹어야 해.

왕 암소 한 마리는 통째로 먹어야겠습니다, 군인 나리. 소고기 스테이크는 벌써 준비되었소. 하지만 당신이 도망갈까 봐 걱정인데, 군인 나리. 도망가지 않겠다고 약속해 주시오.

집 하지만 먼저 봐야겠는데요.

왕이 그를 꺼내 준다.

집 내가 어떻게 여기에 오게 되었지?

왕 바람을 타고 왔지요, 장군님. 바람을 타고 왔어요.

집 처음 발견했을 적에 대체 저는 어디에 있었습니까?

왕 낡은 가마 안에서 기거하시는 듯이 푹 쉬고 계셨소, 귀하신 분.

집 내 동료들은 어디에 있소? 제8연대는 어디에 있소? 자동화기 분대는 어디에 있소? 열두 대의 열차와 네 마리의 코끼리는 어디에 있소? 영국 군대 전체는 어디에 있소? 모두 어디로 갔소? 실죽거리는 이 황인종 놈아, 가래침 받는 대야 같은 놈.

왕 지난달에 펀자브 산맥을 넘어 떠나갔습니다. 여기 소고기 스테이크가 있습니다.

집 뭐! 그런데 나는? 나는 어디에 있었소? 그들이 행진하는 동안 난 뭐했냐고?

왕 위스키, 아주 많은 위스키를 마셨죠. 수천 병이나요. 그리고 돈도 벌었고요.

집 나에 대해 묻는 녀석들도 없었소?

왕 미안하지만 없었습니다.

집 참 기분 나쁘군.

왕 그들이 와서 하얀 군복을 입은 사람을 찾으면, 당신께 데려다 드릴까요? 전쟁부 장관 나리?

집 그럴 필요는 없소.

왕 방해받고 싶지 않으시면 이 기도실 안으로 들어가시죠, 죠니. 꼴 보기 싫은 놈들이 오면 말이죠.

집 소고기 스테이크는 어디 있소? (앉아서 먹는다.) 너무 적군! 저건 무슨 끔찍한 소리죠?

북소리가 울리며 낙타 똥으로 만든 공 모양의 덩어리를 태워 연기가 천정으로 오른다.

왕 여기 뒤쪽에 무릎을 꿇고 있는 신자들의 기도 소리입니다.

집 질긴 소고기로 만들었네. 저 사람들은 누구에게 기도합니까?

왕 그건 그들만의 비밀입니다.

집 (더 빨리 먹는다.) 이 소고기 스테이크는 좋은데, 내가 여기 앉아 있는 것은 잘못된 거야. 폴리와 제세는 분명히 나를 기다렸을 거야. 아마도 아직도 기다리겠지. 버터 맛이 나는데, 이걸 먹는다면 내가 나쁜 거야. 들어 봐, 이제 폴리가 제세에게 말할 거야. 집은 분명히 올 거라고. 술이 깨면 집이 올 거라고. 우리아는 나쁜 사람이니, 그렇게 끈질기게 기다리지 않을 거야. 그러나 제세와 폴리는 집이 올 거라고 말하겠지. 온갖 술이란 술은 다 마셨으니, 술 마시고 난 다음에 먹는 음식치고는 괜찮아. 제세가 집을 그렇게 확고하게 믿지 않아도 분명히 이렇게 말하겠지, 집은 우리를 배반하지 않을 거라고. 난 그것을 참을 수 없어. 내가 여기 앉아 있는 것은 완전히 잘못되어 있어. 그러나 이 고기는 좋군.

8

[영내 술집]

이른 아침. 갈리 가이는 나무 의자에 앉아서 잠을 잔다. 세 사람은 당구를 친다.

폴리 집이 올 거야.

제세 집은 우리를 배반하지 않을 거야.

폴리 술이 깨면, 집이 오겠지.

우리아 그거야 알 수 없지. 어쨌든 이 포장공을 놓치지 말자고. 집이 나타나지 않는 한 말이야.

제세 그 녀석이 떠난 것은 아닌데.

폴리 그 녀석 몸이 꽁꽁 얼었을 거야. 나무 의자에서 밤을 지새웠으니.

우리아 지난 밤 우린 어쨌든 푹 잤고, 몸 상태가 다시 최고가 되었는데.

폴리 잡은 올 거야. 푹 자고 난 뒤, 나의 건강한 군인 감각으로 보면, 분명해. 그 누런 황소개구리 같은 놈 때문에 그렇잖아도 피곤한데, 더욱 피곤해졌어. 위스키가 바닥나면, 집이 올 거야.

왕이 들어온다. 식탁으로 가서 종을 울린다. 과부 벡빅이 온다.

레오카디아 난 날 때부터 냄새를 풍기는 사람들과 황인종들에게는 술을 팔지 않아요.

왕 백인에게 줄 건데, 오래 되고 품질 좋은 빅토리아 위스키 일곱 병만 주시오.

레오카디아 백인에게 빅토리아 위스키 일곱 병을 준다고요? (그에게 일곱 병을 준다.)

왕 그렇소, 백인에게 줄 거요. (네 사람을 향해 고개를 숙이며 퇴장한다. 그의 뒤를 이어 레오카디아가 퇴장한다.)

제세, 폴리 그리고 우리아는 서로를 바라본다.

우리이 빅도리아 위스키 일곱 병? 이제 더 이상 집은 안와. 이제 킬코아 출신의 포장공 갈리 가이가 철저히 제라이아 집이 되어야겠어. 우리 동료 집 말이야.

세 사람은 잠자는 갈리 가이를 바라본다.

폴리 그런데 어떻게 그렇게 하지, 우리아? 우리에게 있는 것은 집의 신분증밖에 없는데.

제세 그거면 충분해. 그거면 새로운 집을 만들 수 있어. 사람들을 가지고 너무 요란스럽게 군단 말이야. 사람 한 명 정도는 아무것도 아니야. 2백 명도 안 되는 사람들이라면 말할 것도 없어. 누구나 의견이 다를 수 있지. 그러니 하나의 의견이란 대수롭지도 않아. 차분한 사람이면 둘 혹은 세 사람의 의견을 조용히 받아들일 수도 있어. 머리통이 이상하게 생긴 놈들은 내 똥구멍이나 빨라지 뭐.

폴리 우리가 그 녀석을 군인 제라이아 집으로 변신시키면, 그 녀석은 뭐라고 할까?

제세 그런 놈은 스스로 변신할 거야. 저 녀석을 웅덩이에 내동댕이치면, 이틀만 지나도 저 녀석의 손가락 사이에서 물갈퀴가 자라날 거라고.

우리아 저 녀석이야 어떻게 되든 말든, 네 번째 남자를 구해야 해. 저 녀석 좀 깨워!

폴리 (갈리 가이를 깨운다.) 여보시오, 떠나지 않아서 다행이군요. 우리 동료 집에게 일이 생겨서, 정각에 이곳에 나타날 수 없게 되었습니다.

우리아 아일랜드 출신인가요?

갈리 가이 그렇습니다.

우리아 그것 참 잘되었군요. 당신은 아마 40세 미만이시죠, 갈리 가이 씨?

갈리 가이 전 그렇게 나이가 많지 않습니다.

우리아 멋집니다. 평발은 아니신지요?

갈리 가이 약간 평발입니다.

우리아 그것이 중요한데. 당신의 행복은 이미 정해졌습니다. 당분간 여기에 머물러 계셔도 좋습니다.

갈리 가이 미안하지만 내 아내가 생선 때문에 저를 기다리고 있습니다.

폴리 당신의 걱정을 이해하겠습니다. 당신의 걱정은 존중할 만하고 또 아일랜드 출신 사나이답기도 합니다. 당신이 오셔서 저희는 기쁩니다. 게다가 제 때에 오셨으니, 더욱 잘 된 일이고요. 당신은 군인이 될 가능성이 있습니다.

갈리 가이 (침묵)

폴리 군대 생활은 매우 편합니다. 군화를 신고 인도 전체를 돌아다니며 이 도로와 절을 둘러본다는 한 가지 이유로 매주 톡톡히 돈을 받지요. 또 쾌적한 가죽 침낭을 갖고 싶으면, 데베레트 회사의 상표가 붙은 이 소총에 눈길을 한 번 주기만 하세요. 물론 침낭은 공짜로 군인에게 제공되죠. 즐겁게 지내기 위해 우리는 주로 낚시를 하죠. 그럴 때면, 엄마가 — 이것은 우리가 군대를 농담

삼아 부르는 이름이기도 하죠 — 우리에게 낚시 도구를 사 주고 또 몇몇 군악대가 번갈아 가며 연주도 해 주죠. 하루의 여가 시간을 당신은 방갈로에서 담배를 피우며 빈둥거릴 수도 있고 아니면 라자 왕들 가운데 한 사람의 황금 궁전을 빈둥거리며 바라볼 수도 있어요. 물론 기분 내키면, 그를 쏘아 버릴 수도 있고요. 여자들은 우리 군인들에게서 많은 것들을 기대하죠. 하지만 돈을 기대하지는 않죠. 이것 또한 또 다른 재미입니다.

갈리 가이 군대 생활이 매우 즐겁다는 것을 알겠소.

우리아 물론이죠. 당신은 즉각 멋진 황동 단추가 달린 군 제복을 입고, 사람들이 당신을 집 나리라고 부르게 할 권리를 갖고 있소.

갈리 가이 불쌍한 포장공을 불행하게 만들고 싶진 않겠죠.

우리아 그럼 가겠소?

갈리 가이 네, 지금 가겠습니다.

제세 폴리, 이 사람이 입을 옷 가져와!

폴리 (옷을 가져오며) 당신은 왜 집이 되고 싶지 않소?

피의 다섯 방이 창가에 나타난다.

갈리 가이 난 갈리 가이니까요. (문 쪽으로 간다.)

세 사람은 서로 바라본다.

우리아 잠깐만 기다려 주세요.

폴리 '서두르되, 천천히'라는 말을 아시오?

우리아 우린 낯선 사람에게서 뭔가를 선물 받는 것을 좋아하는 그런 사람들이 아니오.

제세 이름이야 뭐든, 당신은 호의에 답할 뭔가를 가지고 계시겠죠.

우리아 이건 거래요. 조용히 손으로 문고리나 잘 잡고 계시오.

갈리 가이는 가만히 서 있다.

제세 이 거래는 킬코아에서 할 수 있는 최고의 것이야, 안 그래 폴리? 너도 알겠지만 우리가 저 바깥에 있는 저 사람을 붙잡을 수만 있다면…….

우리아 이 짜릿한 거래에 참여하도록 당신에게 권유하는 것은 우리의 의무요.

갈리 가이 거래라고요? 방금 거래라고 했소?

우리아 그럴 수 있죠. 하지만 당신에겐 시간이 없소.

갈리 가이 시간이 있다는 말이 늘 같은 의미는 아니죠.

폴리 아하, 시간쯤은 있군요. 이 거래를 알게 된다면, 시간쯤이야 늘 있게 될 겁니다. 키체너 경도 이집트를 정벌할 시간이 있었죠.

갈리 가이 그렇습니다. 그것은 수지맞는 거래인가요?

폴리 페차바의 왕에겐 이건 아마 수지맞는 거래가 될 거요. 당신과 같은 위인에겐 아마 소소한 거래가 될 거고요.

갈리 가이 난 물론 언제든지 되돌아 올 수 있어요. 그러니 일단은 그냥 집에 가겠어요. (앉는다.)

피의 다섯 방이 창문에서 사라신나.

폴리 저 사람은 순수하기 이를 데 없는 코끼리네.

갈리 가이 코끼리요? 코끼리라. 그것은 당연히 금덩어리와도 같은데. 코끼리를 한 마리라도 갖게 되면, 양로원에서 초라하게 죽어 가지는 않지요.

우리아 코끼리!? 그런데 우리에게 코끼리가 있나!

갈리 가이 코끼리를 당장에 손에 넣을 수 있단 말인가요?

폴리 코끼리라! 이 사람이 이 문제에 매우 초조해 하는데.

갈리 가이 당신 손에 코끼리가 있다는 거죠?

폴리 수중에도 없는 코끼리를 가지고 거래를 했다는 말을 들은 적이 있소?

갈리 가이 자, 만일 그렇다면 폴리 씨, 내가 내 살점을 발라내겠소.

우리아 (망설이며) 이게 다 킬코아의 악마 때문이야!

갈리 가이 킬코아의 악마라니, 이게 무슨 말이오?

폴리 좀 작은 소리로 말해요! 인간 태풍이자 피의 다섯 방인 우리 하사의 이름을 말하고 있소.

갈리 가이 이름이 그렇다니, 대체 뭐하는 사람이오?

폴리 아, 아무것도 아니오. 점호할 때 이름을 잘못 말하면, 장방형의 2미터짜리 두꺼운 천에 둘둘 말아서 코끼리 발밑에 던져 버리거든요.

갈리 가이 머리가 있는 남자가 필요하겠네요.

우리아 동지, 당신도 머리가 큰데.

폴리 그렇게 큰 머리 속에 뭔가가 들어 있겠죠!

갈리 가이 말할 필요도 없죠. 내가 당신들을 위한 수수께끼를 하나 알고 있는데, 교양 있는 당신들도 아마 관심이 있을 겁니다.

제세 당신 곁에 있는 우리도 모두 수수께끼라면 일가견이 있죠.

갈리 가이 하얀 색이고, 포유동물입니다. 뒤로 봐도 앞으로 본 것처럼 그렇게 잘 보죠.

제세 아주 어렵군요.

갈리 가이 절대로 이 수수께끼를 못 풀걸요. 나도 못 풀었으니까. 하얀 포유동물이 뒤로 봐도 앞으로 본 것처럼 잘 봐요. 눈 먼 백마.

우리아 수수께끼가 대단한데요.

폴리 이 모든 것을 그저 당신 머릿속에서만 기억으로 간직하고 계시나요?

갈리 가이 대개는 그렇죠. 난 글을 아주 못 쓰거든요. 하지만 거래라면 내가 적격이죠.

피의 다섯 방 (등장한다.) 잠깐만! 바깥에 한 여자가 있는데, 갈리 가이라는 사람을 찾고 있어.

갈리 가이 갈리 가이라고! 그 여자가 찾는 사람이 갈리 가이라고!

피의 다섯 방 그레이 부인, 들어오세요. 여기 당신 남편을 아는 사람이 있소.

우리아는 거친 욕설을 내뱉는다. 세 사람은 급히 벽에 몸을 대고 선다.

갈리 가이 나를 믿어 주세요! 이제 갈리 가이는 피 맛을 보았습니다.

조니 노래를 콧노래로 흥얼거리며 피의 다섯 방이 갈리 가이의 아내와 함께 들어온다.

갈리 가이의 아내 소실을 용서해 주세요, 나리. 제 행색도 용서해 주시고요. 저는 매우 급하답니다. 아, 당신이군요, 갈리 가이. 그런데 진짜 군복을 입고 계시네?

갈리 가이 아니오.

갈리 가이의 아내 당신을 이해할 수 없군요. 어떻게 군복을 입게 되었을까? 군복이 잘 어울려요. 누가 봐도 그럴 걸요. 당신은 참 특이한 분이군요, 갈리 가이.

우리아 저 여자 머리가 제대로 되어 있지 않아.

갈리 가이의 아내 거절을 못하는 저런 남편을 두는 일은 쉽지 않아요. 이렇게 크고 뚱뚱해 보이는 저 사람이 마음씨는 마치 생달걀 같다고 하면 믿겠습니까?

우리아 저 여자가 누구를 이야기하는 거야? 이건 분명히 욕설 같은데.

피의 다섯 방 그레이 부인의 머리는 매우 말짱한 듯한데. 그레이 부인, 계속 말씀해 보시오. 당신 목소리가 가수의 그것보다 더 듣기 좋군요.

갈리 가이의 아내 당신이 그렇게 거만하게 무슨 일을 꾸미는지 모르겠으나, 결말이야 뻔해요. 어서 갑시다! 그런데 뭔가 말 좀 해 보시오! 목이 쉬었소?

갈리 가이 그 모든 말씀을 저에게 하는 것 같군요. 분명히 말씀드리는데, 당신은 저를 다른 사람과 혼동하고 있어요. 그리고 당신이 하는 말은 참으로 바보 같고, 어울리지도 않아요.

갈리 가이의 아내　무슨 말을 하는 거예요? 내가 당신을 혼동하고 있다고요? 술 취했소? 이이가 술을 못 이기는 것 같네요.

갈리 가이　나는 이곳 병영의 사령관이 아니듯, 당신의 남편 갈리 가이도 아니오.

갈리 가이의 아내　어제 이 시간쯤 냄비에 물을 넣고 화덕에 올려놓았잖아요. 하지만 당신은 생선을 가져 오지 않았고요.

갈리 가이　지금 대체 무슨 생선 이야기를 하고 있소? 정신 나간 사람처럼 이야기하고 있군요. 여기 이 나리들 앞에서 말이오!

피의 다섯 방　이것 참 특이한 일이네. 참 끔찍한 생각이 들어 몸이 오싹오싹 굳어질 지경이야. 이 여자를 아나?

세 사람은 고개를 흔든다.

피의 다섯 방　당신은?

갈리 가이　내 인생에서 많은 것을 보았소. 아일랜드에서 킬코아까지. 허나 이 여자 얼굴을 본 적은 없소.

피의 다섯 방　이 여자에게 당신 이름을 말해 보시오.

갈리 가이　제라이아 집!

갈리 가이의 아내　이거 참 무섭네! 저 사람을 보면, 하사님, 저는 이런 생각이 들어요. 저 사람이 내 남편 갈리 가이와 다른 사람이라고요. 포장공 갈리 가이와 다른 사람 같은 느낌이 드는 군요. 왜 그런지는 저도 잘 모르겠어요.

피의 다섯 방 알게 될 거요!

갈리 가이의 아내는 혼란스러워 하며 피의 다섯 방과 함께 퇴장한다.

갈리 가이 (환한 표정을 지으며 제세에게 다가간다.) 아일랜드 어디에서건 갈리 가이 부부에 대해서 이런 말들이 돌고 있소. 이들은 어디에서나 못을 박을 수 있다고요.

우리아 (폴리에게) 해가 일곱 번 지기 전에, 저 사나이는 완전히 다른 사람이 되겠는데.

폴리 정말 그렇게 될까, 우리아? 한 사나이를 다른 사나이로 변신시키는 것 말이야.

우리아 그래, 사람은 이 사람이나 저 사람이나 다 똑같아. 남자는 남자야.

폴리 그렇지만 언제든지 군대가 출동할 지도 몰라, 우리아!

우리아 물론 군대는 언제라도 출동할 수 있지! 하지만 이 술집은 아직 여기 있어, 안 그래? 포병부대가 아직도 경마 행사를 주관한다는 것을 몰라? 너에게 말하는데, 신은 오늘 당장에 군대를 출동시켜서 우리 같은 사람들을 망쳐놓지 않아. 세 번 정도는 곰곰이 생각해 보실 거야.

폴리 들어 봐!

출동 신호 — 북소리.

피의 다섯 방 (안으로 들어온다.) 군대가 티베트로 출동한다! (조니 노래를 콧노래로 흥얼거리며 퇴장한다.)

갈리 가이는 옷 보따리를 들고 서둘러 빠져 나가려고 한다. 세 사람이 그를 붙잡아, 의자에 내동댕이친다.

1925년 킬코아 소재 군 막사에서, 살아 있는 한 인간의 변신

막간사(幕間辭)

베르톨트 브레히트 씨의 초상 옆에서 과부 레오카디아 벡빅이 말함.

베르톨트 브레히트 씨는 주장합니다, 남자는 남자라고.
이거야 누구나 주장할 수 있습니다.
그러나 베르톨트 브레히트 씨는 증명까지 합니다.
사람을 가지고 많은 일을 해낼 수 있음을.
오늘 밤 이곳에서 한 인간이 마치 자동차처럼 조립됩니다.
그렇다고 뭔가를 잃어버리지도 않은 채로 말입니다.
그 사나이에게 좀 더 가까이 인간적으로 다가갑니다.
그 사나이에게 강력히, 그렇다고 불쾌하지 않게 부탁합니다.
세상의 흐름에 몸을 맡기고 순응하라고.
그리고 자기가 먹을 생선을 놓아주어 헤엄치게 하라고.
베르톨트 브레히트 씨는 희망합니다, 당신이 서 있는 바닥이
눈처럼 사라지는 모습을 보게 되기를.
그리고 포장공 갈리 가이의 모습을 보고 이 땅에서의 삶이란 위험
한 것임을
당신이 깨닫게 되기를.

9

[과부 벡빅의 술집]

군대 출동 소리. 뒤에서 크게 외치는 소리가 들린다. “예상했던 전쟁이 터졌소. 군대가 티베트로 출동합니다. 여왕께서 군인들에게 코끼리와 대포를 열차에 싣고 티베트로 가도록 명령합니다. 그에 따라 장군께서 명령하십니다. 달이 뜨기 전에 열차에 승차하여 앉아 있으라고.”

레오카디아 (딸들을 앞세우고 술집을 뛰어다닌다.) 아아, 군대는 떠나고 우린 여기 남게 될 거야, 아무도 우리를 도와주지 않으면 말이야. (퇴장한다.)

세 군인 (급히 들어온다.) 이제 저 녀석을 급히 개조해야겠는데. 그러려면 코끼리가 한 마리 필요해. 이 녀석이 코끼리를 이용해 장사를 하게 되면, 비록 장사가 형편없더라도, 갈리 가이로 남느니 차라리 제라이아 집이 되고 싶어 할 거니까. 그러니 먼저 코끼리를 한 마리 만들자.

우리아 제세, 빗자루 손잡이를 벽에 걸려 있는 이 코끼리 머릿속에 집어넣어. 그리고 너 폴리는 위스키 병을 들어, 난 너희들 위에다 지도를 펼칠 테야.

이들은 벽 뒤에다 인공 코끼리를 만든다.

레오카디아 내 코끼리 머리로 뭘 하려는 거요?

폴리 코끼리를 만들려고요. 재미있는 이 일을 도와주시면, 우리도 당신 술집의 짐을 꾸리는 일을 도와주겠소.

레오카디아 뭘 어떻게 해 주면 좋겠소?

제세 저 바깥에서 이리저리 돌아다니는 저 남자에게 가서, 당신이 코끼리를 사겠다고 말하시오!

레오카디아 좋습니다! 자동화기 분대원들이 내 술집의 짐을 꾸려 주어야 합니다. (퇴장한다.)

군인들 (안으로 들어와 제세와 폴리 주변에서 작은 코끼리를 만들고 있는 이 세 사람을 바라본다.) 이것이 당신들이 말하는 네 번째 사나이와 무슨 관계가 있는지 말해 보시오.

제세 제라이아 집이라는 이름의 우리의 네 번째 사나이는 일사병에 걸려, 자신이 마치 …… 라도 된 듯한 망상에 빠져 있습니다.

우리아 낯선 포장공 말입니다. 갈리 가이라고 하죠.

폴리 그러니 우리는 …….

제세 군용 코끼리입니다. 빌리 험프라고 부르죠.

갈리 가이 (창가에서) 코끼리 왔습니까?

폴리 곧, 곧 올 거요. 밖에서 잠깐만 기다리세요!

우리아 폴리, 여기 이 위스키 병 좀 들고 있어. 코끼리가 물을 품어 낼 수 있도록 말이야. 갈리 가이가 바라보면, 계속 흔들라고. (군인들에게) 우리 말 좀 들으시오, 우리는 그에게 코끼리를 선물로 주어서, 팔라고 말할 거요. 그가 코끼리를 팔면, 우리가 체포하게 되죠.

군인들 (웃으며) 저 사람이 이것을 코끼리로 여길 거라고 믿소?

폴리 이것이 그렇게 형편없단 말이오?

우리아 (화를 내며) 코끼리라고 여기고말고요. 당신들에게 분명히 말하는데, 코끼리 사려는 사람이 있다는 단 한 가지 이유 때문에 저 사람은 이 위스키 병을 코끼리로 여길 걸요. 누군가가 손가락으로 가리키며 '이 코끼리를 나에게 파시오. 내가 사겠소!'라고 말하기만 하면 말이오!

군인들 믿을 수가 없군요.

우리아 (창밖을 내다보며) 들어오시오, 갈리 가이 씨. 사업이 잘되고 있습니다.

갈리 가이 (안으로 들어오며) 무슨 사업?

우리아 우리 사업은 쓰고 남은 미등록 군용 코끼리, 빌리 험프와 관련이 있소. 우리 구호는 "모두에게 자기의 코끼리를"이오.

갈리 가이 잘 알겠소. 누가 이 코끼리를 경매합니까?

우리아 주인임을 자처하는 사람이 하죠.

갈리 가이 누가 주인임을 자처하죠?

우리아 당신이 주인임을 자처하겠소?

갈리 가이 그러죠. 물론 내 이름이 거명되어서는 안 됩니다.

우리아 담배 한 대 피우지 않겠소?

갈리 가이 왜요?

우리아 떨지 않도록 하는 거지요. 코끼리가 약간 감기 기운이 있으니까요.

갈리 가이 살 사람이 있나요?

레오카디아 (갈리 가이에게 간다.) 아아, 갈리 가이 씨. 코끼리를 하나 찾고 있습니다. 혹시 코끼리 한 마리 있소? 크건 작건 상관없어요. 어렸을 적부터 코끼리가 갖고 싶었습니다.

갈리 가이 과부 벡빅 부인, 당신에게 맞는 코끼리가 있습니다.

레오카디아 술집 벽을 치우세요. 곧 대포가 올 테니.

군인들 그러죠, 과부 벡빅 부인.

레오카디아 딸들아, 이리 오너라. 와서 악기를 연주해라, 군인 나리들이 우리 술집을 철거하도록!

세 딸이 와서 재즈 악기를 연주한다.

우리아 너희들이 부수는 동안, 난 저 녀석을 어떻게 하면 좋을지 생각해 봐야겠어. (의자에 앉는다.)

「남자는 남자다」 제1절을 모두 부르는 동안 술집의 벽이 부서진다. 코끼리가 희미하게 서 있다.

1. 노래 「남자는 남자다」 제1절

아하, 톰, 너도 군대에 가봤느냐, 가봤느냐?
나도 군대에 가봤거든, 가봤거든!
그렇게 늙은 닭을 다시 보면
나는 또다시 기꺼이 군대에 가고 싶어.

너는 아직 나를 보지 못했지?
내가 아직 너를 보지 못했으니.

후렴:
그것이 중요한 것이 아니야
남자는 남자니까.
뭐? 왜? 언제?
그러나 톰, 보아라, 그것은 전혀 중요하지 않아!
|:* 남자는 남자니까!
이 사실이 중요한 거야. :|
킬코아의 태양은
7천 명의 사람들을 비춘다,
울어 줄 사람 없이 죽어 가는 사람들을
불쌍하게 여겨 줄 이 없는 사람들을.
그러니 우리는 말한다. 누구를
킬코아의 붉은 태양이 비추는지는 중요하지 않다고.

1번

우리아 (휘파람을 불며) 1번, 코끼리 장사입니다. 자동화기 분대가 이름이 거명되기를 원하지 않는 한 사나이에게 코끼리를 건넵니다. (그가 코끼리를 줄에 매달고 데리고 나온다.) 벵골만의 챔피언, 빌리 험프, 영국군에 복무하는 코끼리죠.

갈리 가이 (코끼리를 바라보다 놀란다.) 저것이 군용 코끼리인가요?

군인 감기가 심하게 들었소. 둘둘 감아 놓은 부분을 보면 금세 알겠지만.

갈리 가이 최악은 아닌데요. (걱정스러운 듯 둘러본다.)

레오카디아 이 코끼리를 내가 사겠소. 어렸을 적에 난 코끼리를 갖고 싶어 했소, 힌두쿠시 산맥만큼 큰 것으로요. 그러나 지금은 저 정도만 되어도 좋아요.

갈리 가이 네, 과부 벡빅 부인. 정말로 이 코끼리를 원한다면야, 내가 주인이요!

피의 다섯 방 (뒤쪽에서 소리가 들린다.) 조니, 짐을 꾸려.

군인들 킬코아의 악마. (도망치듯 사라진다.)

레오카디아 여기 계세요. 이 코끼리를 놓치고 싶지 않아요. (퇴장한다.)

우리아 (갈리 가이에게) 잠깐만 이 코끼리를 맡아 주시오.

갈리 가이 (혼자서, 코끼리의 줄 맨 끝을 잡고 있다.)

군인들 (벽 뒤에서 그를 지켜본다.) 정말로, 저 녀석은 코끼리를 바라보지도 않네. 가능하면 멀리 떨어지고 있어.

갈리 가이 우리 엄마가 말했지. 확실한 것은 아무도 모른다고. 너는 아무것도 몰라, 갈리 가이야. 오늘 아침 너는 떠났지, 생선 한 마리를 사러. 그런데 지금 넌 코끼리를 가지고 있어. 내일은 무슨 일이 있을지 아무도 몰라. 수표만 손에 쥐면, 넌 이 따위 일들에 아무런 관심도 없어.

군인들 (뒤에서) 그 녀석이 갔나?

우리아 (뒤에서) 킬코아의 호랑이는 잠시 사라졌을 뿐이야. 과부 벡빅이 그를 날카롭게 노려보았거든.

2번

우리아 (문 아래에서, 휘파람을 불며) 이제 2번입니다. 코끼리 경매죠. 이름이 거명되기를 원하지 않는 사나이가 코끼리를 팝니다.

군인들 (우리아와 함께 안으로 들어온다.) 코끼리에 대하여 의심이 있소?

갈리 가이 팔릴 거니, 의심은 없소.

우리아 팔린다면, 제대로 된 것 아니오?

갈리 가이 아니라고 말은 못하겠소. 코끼리는 코끼리요. 특히 팔린다면 더욱 그렇소.

우리아 과부 벡빅이 수표를 들고 여기 있소.

레오카디아 저 코끼리가 당신들 거요?

갈리 가이 내 발이 내 것이듯, 이 코끼리는 내 것이오. (그가 코끼리 옆에 선다.) 몸무게가 150킬로그램이죠. 나무를 베어 내는 것도 이 코끼리에겐 바람 속의 풀을 베는 것과 같이 식은 죽 먹기입니다. 주인에게 빌리 험프는 작지만 상당한 재산이죠.

레오카디아 3백 루피 드리죠!

갈리 가이 첫 번째, 두 번째, 세 번째도 3백 루피. 과부 벡빅 부인, 이 코끼리 빌리 험프를 지금까지의 소유주였던 나에게서 가져가시오. 그리고 수표로 지불하시오.

레오카디아 당신 이름은?

갈리 가이 이름이 불리는 것을 원치 않소.

레오카디아 수표를 발행하려고 하니, 연필 좀 줘 봐요. 그런데 이 분 앞으로 수표를 발행하려고 하는데, 이름을 알려 주지 않다니.

우리아 (다른 사람이 있는 옆으로 가서) 저 녀석이 수표를 받거든, 손으로 붙잡아!

레오카디아 (소리 내어 웃는다.) 여기 있소, 수표. 이름도 알려 주지 않는 양반아.

군인 (손을 그의 어깨에 올리며) 인도 군대의 이름으로 말합니다. 대체 당신은 여기서 뭘 하는 거요?

갈리 가이 나요? 아, 아무것도 아니에요. (천진하게 웃는다.)

군인 저기 저 코끼리는 또 뭐요?

갈리 가이 어느 코끼리 말이죠?

군인 당신 뒤의 것! 핑계 대지 마시오.

갈리 가이 모르는 코끼리인데요.

다른 군인들 아하! 이분이 저 코끼리 주인이라고 말했습니다. 증언합니다.

레오카디아 저 분은 발이 자기 것이듯이, 이 코끼리도 자기 것이라고 말했소.

갈리 가이 (떠나려 한다.) 아내가 나를 기다리니, 급히 집에 가야겠소. 당신들과 이 문제를 논의하기 위해 다시 오겠소. 안녕히 계시오. (뒤따라오는 빌리에게) 거기 있어, 빌리. 고집부리지 말고. 저기 사탕수수가 자라고 있잖아.

우리아 멈춰! 저 범인을 향해 권총을 조준해! 저 녀석이 범인이야.

폴리 (빌리 험프 안에서, 큰 소리로 웃는다.)

우리아 (그를 때리며) 주둥이 닥쳐, 폴리.

위쪽 텐트 천이 미끄러져 내려온다. 폴리가 보인다.

폴리 빌어먹을!

갈리 가이는 이제 몹시 혼란스러워하며 폴리를 바라본다. 이어 이 사람 저 사람을 바라본다. 코끼리가 달린다.

레오카디아 (갈리 가이를 향해 다가온다.) 이게 뭐요! (빌리를 가리킨다.) 이것은 코끼리가 아니요. 이것은 텐트 천이고 사람이 안에 들어 있소. 모든 게 사기야! 내 돈은 진짜인데, 코끼리는 가짜야!

군인들 저 녀석을 붙잡아! 갈리 가이, 저 범인을 붙잡아!

군인들이 갈리 가이를 붙잡는다.

피의 다섯 방 (문에 서서) 조니, 짐을 꾸려.

레오카디아 (붙잡힌 갈리 가이 위에 아마포 천을 씌운다.) 안녕하시오, 하사님. (군인들에게) 술집을 해체하여 짐을 꾸려 주시고, 「남자는 남자다」 노래를 불러 주시오.

피의 다섯 방 지금 덮어씌우고 있는 것이 뭐요?

레오카디아 아, 아무것도 아니에요! (군인들에게, 고래고래 소리 지른다.) 노래해!

「남자는 남자다」 노래 제2절을 모두 부르는 동안 계속해서 술집이 부서진다. 그 동안 우리아는 그네에 앉아 깊은 생각에 잠겨 있다.

2. 노래 남자는 남자다 제2절

아하, 톰, 오늘 쌀밥을 먹었느냐
나는 오늘도 쌀밥을 먹었거든!
냄비에 닭이 없으면
나는 군대에 가고 싶지 않아.
아하, 톰, 오늘도 속이 메스꺼우냐?
나는 오늘도 속이 메스꺼웠거든!

후렴:
그것이 중요한 것이 아니야.
남자는 남자니까.
뭐? 왜? 언제?
그러나 톰, 보아라, 그것은 전혀 중요하지 않아!
|: 남자는 남자니까!
이 사실이 중요한 거야. :|
킬코아의 태양은

7천 명의 사람들을 비춘다,
울어 줄 사람 없이 죽어 가는 사람들을
불쌍하게 여겨 줄 이 없는 사람들을.
그러니 우리는 말한다. 누구를
킬코아의 붉은 태양이 비추는지는 중요하지 않다고.

피의 다섯 방 덮어씌우고 있는 것이 뭐요?

레오카디아 내 술집을 소란스럽게 하고 싶소? 이 뼈다귀 같은 양반아. 내가 당신과 이야기할 때면, 손가락이라도 바지 지퍼 속에 집어넣으라고. 여자가 그런 말을 입에 담아야 한다면, 부끄러운 일이 아니오, 코 묻은 쇠갈고리 같은 양반아. 하사 군복을 입고 더 이상 이 술집에 발을 들여 놓지 마시오.

피의 다섯 방 뭐라고?

레오카디아 과부 벡빅의 술집에 올 때면 턱시도를 입고 머리엔 참외 모자를 쓰시오.

피의 다섯 방 당신의 피, 피의 다섯 방은 오늘 또다시 갠지스 강처럼 힘이 불끈 솟아요. 늙은 배수구 같은 당신 생식기에서 나온 딸들이 없다면 당신은 큰 비 내리는 이 밤을 살아남지 못할 거요. 과부 벡빅 부인, 내가 당신의 딸들을 봐야겠어.

레오카디아 하사님, 나는 당신의 참외 모자를 봐야겠소.

피의 다섯 방 절대로, 절대로, 절대로 못 볼 걸. (퇴장하며) 만일 그렇게 하면, 당신은 음탕한 본능에 푹 빠지게 될 텐데.

피의 다섯 방 퇴장한다.

3번

우리아 (휘파람을 분다. 군인들이 다시 갈리 가이를 덮는다.) 자, 이제 제3번이오. 이름이 거명되기를 싫어하는 사람에 대한 재판입니다. 이 범인을 빙 둘러서 원을 만들고, 신문을 해 봐요. 생생한 진실을 알게 될 때까지 멈추지 말고 말이오.

갈리 가이 뭔가 말 좀 하게 해 주시오.

우리아 어제 밤에 당신은 말을 많이 했어, 이 사람아. 코끼리를 내놓고 팔았던 사람의 이름이 뭔지 누가 아나요?

군인 한 명 저 사람은 갈리 가이라고 했는데.

우리아 누가 입증할 수 있나?

군인들 우리가 입증하지.

우리아 피고는 이에 대해 뭐라고 말하겠습니까?

갈리 가이 이름이 거명되기를 싫어하는 한 사람일 뿐이었죠.

군인들 (웅성거린다.)

군인 한 명 저 녀석이 말하는 것을 들었어, 갈리 가이라고 말이야.

우리아 당신이 갈리 가이 아니오?

갈리 가이 (교활하게) 내가 갈리 가이라면, 당신들이 찾는 사람이 바로 나겠죠.

우리아 당신이 갈리 가이 아니오?

갈리 가이 (중얼거린다.) 네, 난 갈리 가이가 아니에요.

우리아 빌리 험프가 경매로 팔려 나갈 때, 당신은 거기 없었겠네요?

갈리 가이 네, 거기 없었어요.

우리아 당신도 보았잖아요. 갈리 가이라는 사람이 코끼리를 팔려고 했던 것을?

갈리 가이 (앞서 군인들이 그랬던 것처럼 손을 들어 증명해 보이려고 한다.) 네, 저는 증언할 수 있어요.

우리아 당신이 거기 있었다는 거지요.

갈리 가이 증언할 수 있어요.

우리아 당신들도 들었지요? 당신들도 달이 보이지요? 이제 달이 중천에 떠 있는데, 저 녀석은 게으르게 코끼리 장사에 빠져 있소. 빌리 험프에 관해서 말하자면, 그 코끼리는 제대로 된 게 아니었어요.

군인들 그래. 그 코끼리는 정상이 아니었소. 그 사람은 코끼리라고 말했는데. 코끼리이기는커녕, 종이로 만들어져 있었소.

우리아 그러면 가짜 코끼리를 팔았네. 그러면 사형인데, 당신 생각은 어때요?

갈리 가이 처음에는 진짜였는데, 나중에 가짜였죠. 이것을 서로 구분하는 것은 매우 어려워요, 재판장님.

우리아 일이 매우 꼬였군. 그러나 당신은 총살이야. 스스로 의심을 살만한 짓을 했으니까. 스스로 집이라고 소개하며 여러 차례 점호 때에도 집이라고 했던 군인이 있다고 들었소. 그런데 그 사람은 자신이 갈리 가이라고 말한다고 하더군요. 당신이 바로 그 집 아니오?

갈리 가이 아니오, 절대 아닙니다.

우리아 그렇다면 당신은 집이 아니라고? 그러면 이름이 뭐요?

갈리 가이 (침묵한다.)

우리아 당신도 대답을 못하는군? 그러니 이름을 밝히고 싶지 않은 사람이지.

갈리 가이 (침묵한다.)

우리아 코끼리를 팔 때, 이름을 밝히고 싶어 하지 않았던 그 사람 아니오? 이 문제에 대해 당신은 또 침묵을 하는군요? 매우 의심이 가네. 거의 확신에 가까워. 자, 이제 모든 것을 논의해 보자고. (그는 군인들과 퇴장하고, 두 사람만 갈리가이와 함께 남는다.)

우리아 (퇴장하면서) 이제 저 녀석은 더 이상 갈리 가이가 되고 싶지 않아. 그러나 죽이겠다고 더 위협해 봐야겠는데.

갈리 가이 저 사람들이 말하는 소리가 들리오?

군인들 아니오.

갈리 가이 내가 갈리 가이라고 그들이 말하지 않소?

군인들 이제 더 이상 분명하지 않다고 그들이 말하는데요.

갈리 가이 그래요. 더 이상 분명하지 않아요, 그렇죠?

레오카디아 (갈리 가이에게 간다.) 이보시오, 알아 두시오. 한 사람쯤은 중요하지 않아. (퇴장한다.)

제세 (온다.) 여기 묶인 채 앉아 있는 사람이 갈리 가이 아니오?

군인들 헤이, 이봐, 대답해 보라고!

갈리 가이 나를 혼동하고 있는 것 같은데요, 제세. 나를 자세히 보세요.

제세 그래, 당신이 갈리 가이가 아니라고?

갈리 가이 (고개를 흔든다.)

제세 일단 가. 내가 이 녀석과 이야기 좀 해야겠어. 이 녀석은 곧 사형 선고를 받게 될 거거든.

갈리 가이 그 정도까지요? 아, 제세, 도와주시오. 당신은 고위급 군인이잖아요.

제세 어떻게 된 거요?

갈리 가이 네, 당신도 아시다시피, 나도 잘 놀라요. 우리는 담배를 피우고 술을 마셨죠. 난 넋을 놓고 떠들었고.

제세 갈리 가이라는 녀석이 사형당할 거라는 말을 저기서 들었는데.

갈리 가이 내가 갈리 가이일 리가 없소.

제세 그래, 그러면 당신은 갈리 가이가 아니라고요? 내 눈을 똑바로 쳐다보시오. 난 당신의 친구인 제세요. 당신이 킬코아에서 온 갈리 가이가 아니라고요?

갈리 가이 아니오. 당신이 혼동하고 있소.

제세 우리는 4인조로 칸커르단에서 왔소. 그때 거기 있었소?

갈리 가이 네, 칸커르단에서요. 거기 있었죠.

제세 난 아니라고 말을 못해.

우리아 (군인들과 함께 되돌아 와서, 갈리 가이에게) 일어서시오, 이름 없는 양반아. 킬코아의 즉결 재판부는 당신에게 사형선고를 내렸다고 들었소, 여덟 정의 총으로 죽이라고 말이오.

갈리 가이 그럴 리가 없소.

우리아 당신에게 사형이 집행될 거요. 잘 들어 보시오. 먼저 당신은 군대의 코끼리를 훔쳐서 팔았는데, 이것은 절도 행위요. 둘째, 코끼리가 아닌 코끼리를 팔았는데, 이것은 사기요. 세 번째, 당신은 그 어떤 이름도 신분증도 제시할 수 없으니 아마 당신은 간첩이거나 아니면 협잡꾼이겠죠. 점호할 때 거짓 이름을 댄 협잡꾼 말이오.

갈리 가이 아, 우리아, 내게 왜 이러시오?

우리아 자, 이제 갑시다. 군대에서 배운 대로 훌륭한 군인처럼 행동하시오. 행진!

군인들 같이 가요, 당신은 총살될 거요.

갈리 가이 (바닥에 엎드리며) 아, 그렇게 빨리 가지 마시오. 난 당신들이 찾는 사람이 아니오. 난 그 사람을 전혀 몰라요. 내 이름은 집이요, 맹세할 수 있소. 사람과 맞바꿀 수 있는 코끼리가 있겠소? 게다가 난 코끼리가 뭔지도 몰라요. 난 코끼리를 보지 못했소. 내가 들고 있었던 것은 줄뿐이었소. 제발, 가 주시오. 난 완전히 다른 사람이오. 나와 혼동하다니, 그 사람과 나는 아주 조금 비슷하게 생겼을 뿐인데. 난 갈리 가이가 아니오. 난 아니야.

군인들 맞소, 당신은 갈리 가이야. 아닐 수가 없어. 킬코아의 세 그루의 고무나무 아래에서 갈리 가이는 피를 흘릴 거야. 이리와요, 갈리 가이.

갈리 가이 오, 하느님! 조서를 작성해야 해요. 이유도 적혀 있어야 하고. 난 갈리 가이가 아니었어. 난 갈리 가이가 아니라고. 모든 것을 매우 정확하게 생각해야 합니다. 한 남자가 학살되어야 한다면, 열두 시와 정오 사이처럼 순식간에 이루어져서는 안 돼.

군인들 행진!

갈리 가이 그게 무슨 말이요, 행진이라니! 난 당신들이 찾고 있는 사람이 아니오. 내가 원한 것은 생선을 한 마리 사는 것이었소.

이곳 어디에 가면 생선이 있소? 저기 굴러오는 대포들은 뭐요? 저기 시끄럽게 울려 퍼지는 저 군가는 대체 뭐요? 난 여기서 떠나지 않겠소. 난 비록 가짜 풀일지라도 풀에 몸을 바짝 갖다 대고 있겠소. 모든 것을 중단할 것을 요구합니다. 그런데 그들이 한 사람을 학살하는데, 왜 여기엔 아무도 없는 것이오? 아아, 우리아, 제세, 폴리, 나 좀 도와줘요!

우리아 (레오카디아에게) 이제 달이 완전히 떴군요. 이제 이 녀석은 집이 되고 싶어 해요. 대포들이 지나가지 않아서 기뻐요.

뒤에서 대포들이 굴러가는 소리가 들린다.

레오카디아 대포들이 와요. 열차 안으로 들어가야겠어요. 술집을 빨리 해체해요!

군인들 물론이지요. 과부 벡빅 부인.

우리아 (의지에 앉는다.)

노래 「남자는 남자다」 3절을 모두 부르는 동안 술집이 계속 부서진다.

3. 노래 남자는 남자다 제3절

아하, 톰, 제니 스미트를 보았느냐?
나는 제니 스미트를 보았거든!
그렇게 늙은 닭을 보면

난 또다시 군대에 가고 싶어.
아하, 톰, 제니 곁에서 자 보았느냐?
난 제니 곁에서 자 보았거든!

후렴:
그것이 중요한 것이 아니야.
남자는 남자니까.
뭐? 왜? 언제?
그러나 톰, 보아라, 그것은 전혀 중요하지 않아!
|: 남자는 남자니까!
이 사실이 중요한 거야. :|
킬코아의 태양은
7천 명의 사람들을 비춘다,
울어 줄 사람 없이 죽어 가는 사람들을
불쌍하게 여겨 줄 이 없는 사람들을.
그러니 우리는 말한다. 누구를
킬코아의 붉은 태양이 비추는지는 중요하지 않다고.

4번

우리아 (휘파람을 불며) 자, 이제 제4번입니다. 킬코아의 병영에서 갈리 가이를 총살하는 것입니다.

레오카디아 코끼리를 가득 실었는데도 일을 끝내지 않으면, 당신들은 끝장이오! (갈리 가이를 뒤로 데려갔다가 다시 앞으로 데려온다. 그는 비극적 드라마의 주인공처럼 걷는다.) 저기 즉결심판으로 사형이 선고된 범인의 자리가 있소.

군인들 저기 총살당할 사람이 있어, 봐! 저 사람 참 안됐군, 나이도 많지 않은데. 저 사람은 어떻게 그렇게 되었는지도 몰라.

우리아 잠깐! 다시 한 번 나가 주겠소?

갈리 가이 네.

우리아 이 녀석 좀 지켜봐.

갈리 가이 코끼리가 오면, 그들은 떠나야 한다고 들었어요. 그러니 저는 느릿느릿해야죠, 코끼리들이 올 수 있도록 말입니다.

군인들 서두르시오!

갈리 가이 그럴 수 없소. 이것이 달이오?

군인들 네. 벌써 늦었습니다.

갈리 가이 저것이 과부 벡빅의 술집 아니오? 늘 우리가 술 마시던 곳 말이오?

우리아 아니오, 젊은 양반. 저곳은 사격장이오. 그리고 이곳은 '조니-너-술이 그리우니-담장'이고. 여보시오! 이제 줄을 서시오, 저기에! 그리고 총을 장전하시오. 여덟 정의 총이어야 하오.

군인들 이런 불빛에서는 시야가 나쁘지.

우리아 그래요 아주 나빠요.

갈리 가이 들어 보시오, 그래서는 안 되오. 사격을 할 때는 잘 볼 수 있어야 해요.

우리아 (제세에게) 저기 종이 등을 들어서 저 남자 옆에다 둬. (그는 갈리 가이의 눈을 묶는다. 큰 소리로) 총탄 장전! (작은 소리로) 도대체 뭐하는 거야, 폴리? 너 정말 총을 쏘는 거야? 어서 총알을 꺼내.

폴리 아, 미안. 이제 잘 장전했어. 이제 잘 되었겠지.

뒤에서 코끼리들이 지나가는 소리가 들린다. 이들은 잠시 굳은 채로 멈춰 선다.

레오카디아 코끼리예요!

우리아 그래 봐야 모두 소용없소. 저 녀석은 총살당해야 해요. 이제 셋까지 셀 거요. 하나!

갈리 가이 이제 되었소, 우리아. 코끼리들도 왔어요. 나는 여기 계속 서 있을까요, 우리아? 왜 그렇게 섬뜩할 정도로 조용하세요?

우리아 둘!

갈리 가이 (웃는다.) 당신 참 웃기네요, 우리아. 내게 붕대를 감아 주었으니, 난 볼 수가 없어요. 당신의 목소리를 들으니, 몹시 씁쓸하지만 진심인 듯하군요.

우리아 하나는 셌고…….

갈리 가이 잠깐만, 셋을 세지 마시오, 안 그러면 후회할 거요. 지금 사격을 하면, 나를 맞출 수밖에 없어요. 멈춰요! 아직 아니요. 내 말 들어요! 털어놓을 게요! 솔직히 털어 놓는데, 내게 무슨 일이 일어났는지, 난 몰라요. 내 말을 믿어 줘요. 그가 누군지 난 몰라요. 그러나 난 갈리 가이는 아니에요. 난 알고 있어요. 총살을 당해야 할 사람은 내가 아니에요. 그런데 내가 누구죠? 난 잊어버렸어요. 비가 오던 어제 저녁 깨닫게 되었어요. 어제 저녁에 비가 왔잖아요? 부탁이에요. 여기든 저기든 당신들이 어디를 보시든지 그건 제가 상관할 바 아니지만, 이 목소리를 내는 사람, 저는 바로 그 사람일 뿐이에요. 부탁합니다. 목소리가 나오는 그곳에 대고, 갈리 가이라고 하시든지 아니면 다른 말씀을 하시든지 마음대로 하세요. 그러나 제발 자비를 베풀어 주세요. 저에게 고기 한 토막만 주세요! 그 목소리가 어디로 사라지고, 또 어디에서 들려올지는 모르지만, 그것이 바로 그 갈리 가이예요. 적어도 당신들이 발견한 한 사람, 자신이 누구인지도 모르는 그 사람이 바로 저예요. 그러니, 부탁합니다. 가게 내버려 두세요.

우리아는 폴리의 귀에 대고 뭐라고 말한다. 이제 폴리는 갈리 가이의 뒤를 따라가며 그를 향해 커다란 몽둥이를 치켜든다.

우리아 한 번 정도쯤은 아무것도 아니야! 셋!
갈리 가이 (비명을 지른다.)
우리아 사격!!

갈리 가이가 기절한다.

폴리 멈춰! 이 녀석이 저절로 쓰러졌어!
우리아 (소리친다.) 사격! 저 녀석이 이제 죽었다고 생각하도록.

(그들이 사격한다.) 저 녀석을 저기 나무 밑에 내던져!

피의 다섯 방의 목소리 조니, 짐을 꾸려!

레오카디아 짐을 꾸려! 꾸려!

피의 다섯 방 (턱시도를 입고, 참외 모자를 쓰고 온다.) 누가 쐈어? 정지.

우리아 (그의 뒤에서 모자를 때린다.) 주둥이 닥쳐, 이 민간인아! (왁자지껄한 웃음.)

레오카디아 짐을 꾸려! 짐을 꾸려! (그녀는 음악을 연주하는 딸에게 피의 다섯 방을 데려간다.)

노래 4절을 다 부르는 동안 계속해서 술집이 부서진다.

4. 노래 남자는 남자다 제4절

아하, 톰, 짐을 쌌느냐?
나는 짐을 쌌으니!
그렇게 가방을 든 그런 닭을 보면
난 또다시 군대에 가고 싶어.
톰, 안에 넣어 줄 거 뭐 없느냐?
나도 안에 넣어 줄 것이 없으니!

후렴:
그것이 중요한 것이 아니야.

남자는 남자니까.
뭐? 왜? 언제?
그러나 톰, 보아라, 그것은 전혀 중요하지 않아!
|: 남자는 남자니까!
이 사실이 중요한 거야. :|
킬코아의 태양은
7천 명의 사람들을 비춘다,
울어 줄 사람 없이 죽어 가는 사람들을
불쌍하게 여겨 줄 이 없는 사람들을.
그러니 우리는 말한다. 누구를
킬코아의 붉은 태양이 비추는지는 중요하지 않다고.

5번

우리아 자, 이제 저 녀석은 완전히 망가져야 합니다. 온갖 일에 다 코를 쑤시고 다녀야 하는 저 녀석 말입니다. 저 녀석은 주변부의 인간일 뿐입니다.

레오카디아 벌써 열한 시네요. 열차가 곧 기적소리를 울릴 텐데!

세 명의 군인, 레오카디아, 피의 다섯 방 그리고 세 딸이 테이블에 빙 둘러 앉아 있다.

피의 다섯 방 숙녀 여러분, 먼저 여러분께 저의 사진집 몇 가지를 보여 드리고자 합니다. 관광 기념물 사진들이죠. 영국 박물관도 소장하지 못한 작품들입니다.

레오카디아 건강을 위해 일곱 잔을 드시면, 저 사람들이 당신의 사진들을 바라볼 겁니다, 페어차일드 씨.

피의 다섯 방 아아, 흡자 양. 저 조그마한 녀석이 나름대로 머리는 있군요. 보시오, 벌써 세 잔째예요.(갈리 가이를 가리키면서) 저 사람은 또 무슨 곤드레만드레 맥주에 취한 작자인가?

우리아 예를 들면 말이죠, 어떻게 사격하는지를 보여 주시죠, 페어차일드 씨.

레오카디아 열 살 이하의 소녀는 하사님처럼 그렇게 정교한 사격수에게 반할 수밖에 없죠.

피의 다섯 방 물론이죠.

군인들 사격해 보세요, 피의 다섯 방!

피의 다섯 방 그렇다면, 이곳을 어둡게 해 주겠소?

그들이 웃는다. 비틀거리며 술집 카운터로 간다.

흡자 아아, 피의 다섯 방, 제발 저를 위해서라도 그렇게 해 주세요. 당신이 원하시면 어둡게 해 드리죠.

피의 다섯 방 여기에 계란을 놓겠소, 여기에. 몇 걸음 정도 떨어지면 되겠소?

군인들 네 걸음.

피의 다섯 방 (멀리 간다.) 늘 사용하는 군용 권총이 여기 있소. 하나, 둘, 셋! (그가 사격한다.)

흡자 계란이 멀쩡한데요.

피의 다섯 방 멀쩡해?

군인들 멀쩡합니다. 다시 그렇게 두툼해졌어요.

피의 다섯 방 이상하군. 맞출 줄 알았는데. 이제 좀 더 어둡게 할 수는 없을까? 곤드레만드레 맥주에 취한 이 수상한 녀석의 정체를 밝혀야겠어.

레오카디아 곧 어두워질 겁니다, 페어차일드 씨!

군인 누군가를 그렇게 겨눈 모습을 일찍이 본 적이 없어요. 끔찍하군요.

피의 다섯 방 그래, 그래, 개돼지 같은 놈들.

군인들 멋져요!

피의 다섯 방 오줌통 같은 놈! (혼자 웃는다. 모두 웃는다.) 예를 들어, 소금 뿌리지 말고 똥을 처먹으라고 내가 당신들에게 말하면 좋겠는데. (웃는다.) 내가 당신들에게 그렇게 말하면, 그 말이 당신들에게는 그렇게 심하다는 느낌이 들지 않을 거야. 실제로 이런 부드러움을 내가 책임질 수 있는 것은 아니야. (웃는다.) 이제 어둡게 하겠소? 곤드레만드레 취해 있는 저 놈은 대체 뭐야?

우리아 늙은 우리의 친구, 피의 다섯 방을 위해 만세 삼창을 하고 위스키 한 잔을 줍시다!

그들은 "만세"라고 소리치며, 건배한다.

우리아 당신은 어떻게 피의 다섯 방이라는 별명을 갖게 되었소?

군인들 말해 보시오!

피의 다섯 방 (흡자에게) 이야기해 드릴까요, 아가씨?

흡자 아 네, 피의 다섯 방!?

피의 다섯 방 그렇다면 당장에 어둡게 해 주시오. 자, 이것이 자드 호수의 강물입니다!

군인들 과부 벡빅, 당신들이 자드 호수의 강물이래요.

피의 다섯 방 당신들은 다섯 명의 사냥꾼 조수들입니다. 손은 등에 묶여 있소. 나는 늘 사용하던 군용 권총을 가지고 왔고, 이걸 당신들 얼굴에 대고, 이리저리 흔들어 보이다가, 이렇게 말하죠. 이 권총은 벌써 몇 번이나 발사가 안 된 적이 있단 말씀이야. 이제 시험해 봐야겠어, 이렇게. 그런 다음 내가 여기에서 쏘죠. 너 이놈 죽어, 탕! 그런 다음 네 번을 더 쏘죠. 이것이 전부예요.

모두가 박수를 친다.

피의 다섯 방 어둡게 해 주시오!

군인들 당신은 대단한 군인이군요, 피의 다섯 방! 사람들이 벌벌 떠는 것도 당신 때문이군요. 당신은 허리 힘이 엄청나겠는데. 어떻게 그렇죠? 게다가 당신은 또 친절한 분이기도 하고요. 또 기본적으로 심성도 곱고.

군인 (안으로 들어온다.) 찰스 페어차일드 하사가 여기 있소? 장군께서 명령하시기를, 달려가서 화물 열차 정거장에 부대를 집

결하라고 합니다.

피의 다섯 방 내가 페어차일드라고 말하지 마!

군인들 여기 그런 이름의 하사가 없소.

군인이 퇴장한다.

폴리 등불을 꺼, 집이 깨어난다!

레오카디아 등불을 내동댕이쳐라! 어서 나가, 딸들아!

피의 다섯 방 스텝이나 한 번 밟을까요? (노래하며 춤춘다.) 두 개의 어두운 눈과 보랏빛 입…….

레오카디아 내 술집을 완전히 부수어 짐을 꾸려 주면, 피의 다섯 방 녀석을 끝장내겠어. (흡자에게) 포장마차를 정리해서 사라져.

피의 다섯 방 흡자! 흡자! 당신 딸 흡자가 어디 있소? 이제 올라가 봐야겠어. 안 그러면 내가 이 술주정뱅이를 패 줄 테니까.

레오카디아 이리와요, 젊은이. 당신도 제대로 단장을 해야지. 기차는 곧 굴러가요!

피의 다섯 방 좋습니다! 가세요! 여자는 여자야.

레오카디아 (퇴장하며) 벽을 없애고 천정은 상자에 넣고, 테이블과 소변기는 제일 나중에. 기관차가 기적을 울려도 너희들이 재미를 끝내지 못하면, 너희들은 무덤을 파게 될 거야.

두 사람 퇴장한다.

6번

우리아 (휘파람을 분다.) 이제 마지막 번입니다. 1925년 개성 있는 얼굴의 마지막 보유자 갈리 가이의 매장과 추도사죠. 악기 상자를 꾸리고 시신운구 행렬을 멋지게 만들어 봅시다!

군인들 (어깨에 악기 상자를 매고, 쇼팽의 장송행진곡에 맞추어 노래한다.)

이제 이 녀석은 위스키를 못 마셔!

이제 이 녀석은 위스키를 못 마셔!

갈리 가이 (깨어난다.) 그들이 데려온 저 사람은 누구요?

제세 최근에 총살당한 사람이죠.

갈리 가이 이름이 뭔데요?

제세 잠깐만요. 내가 혼동한 것이 아니라면, 이름이 갈리 가이요.

갈리 가이 이제 저 사람을 어떻게 할 거요?

제세 누구 말이오?

갈리 가이 이 갈리 가이 말이오.

제세 매장해야죠.

폴리 이 사람 혹시 집 아니야? 집, 어서 일어나서 죽은 갈리 가이의 장례식에서 추도사를 해야지. 너도 그를 알잖아, 아마 우리보다 더 잘 알 텐데.

갈리 가이 그래.

제세 저기 고무나무 사이를 이리저리 다니면서 갈리 가이 추도사를 마무리해!

갈리 가이는 고무나무 사이를 돌아다닌다. 제세와 폴리가 그의 옆에서 늘 그와 함께 돌아다닌다.

폴리 네가 하이다라바드에서 담배주머니를 잃어버린 것을 기억해? 넌 말했지, 한 번 정도야 아무것도 아니라고.

갈리 가이, 고개를 흔든다.

제세 그리고 팁 이야기는?
폴리 네가 여자에게서 생선을 훔치며 속일 때, 그녀의 남편이었어?

갈리 가이, 고개를 흔든다.

레오카디아 (밖으로 나오며) 뭔가 필요하오? 군대는 콜레라는 물론이고, 온갖 병에 잘 듣는 아주까리기름을 보유하고 있소. 군인에게는 아주까리기름으로도 나을 수 없는 병은 없소. 아주까리기름 좀 드릴까요?
갈리 가이 (고개를 흔든다.) 우리 엄마는 내가 태어난 날을 달력에 표시해 놓았소. 소리 지른 사람은 나였고요. 이 살과 손톱 그리고 머리카락 더미는 바로 내 거요. 나요.
제세 그래, 제라이아 집, 티페라리 출신의 제라이아 집.
갈리 가이 술값을 위해 생선을 들고 다니는 사람, 그 사람을 코끼리가 속였지. 시간이 없어서 나무 의자에 앉아 잠들 수밖에 없는 사람을. 오두막집에는 생선 요리할 물이 끓고 있었으니까. 그는 시가 하나와 여덟 개의 총신을 받았는데, 그 가운데 하나가 부족해. 그러니 자동소총은 아직 깨끗하게 닦아 놓지 못했어. 그런데 그 사람 이름이 뭐지?

우리아 집. 제라이아 집!

레오카디아 (밖으로 나오며) 아시오, 어떻게 될지? 죽음이요! 이 군대는 불을 내뿜는 티베트의 대포 사이를 헤집고 다녀요. 오늘 밤에는 6만 명의 군대가 한 방향으로 행진합니다. 킬코아에서 티베트로 가죠. 그 반대 방향으로는 결코 아니에요. 그런 흐름에 합류하게 되면, 옆에서 행군하는 두 사람을 발견하게 되지요. 오른쪽에서 한 명, 왼쪽에서 또 한 명 말이오. 또 총 한 자루와, 빵 주머니 하나, 목에 매단 양철 군번표 하나 그리고 그 위에 쓰인 군번을 발견하게 됩니다. 그래서 그를 공동묘지에 묻기 위해 발견하게 되면, 누구인지를 알게 되죠.

피의 다섯 방 (그녀에게 눈짓을 보내며) 벡빅!

레오카디아, 퇴장한다. 기관차가 기적 소리를 낸다.

군인들 열차가 기적 소리를 울립니다. 이제 각자 맡은 일을 하시오! 우리는 배낭을 가져와야겠어요! (그들이 달려간다.)

갈리 가이 이것이 그 녀석이 들어가 누워 있는 기도실인가?

우리아 그래.

폴리 (제세에게) 저 녀석이 기도실을 열면, 우리는 끝장인데.

갈리 가이 (폴리에게) 좋은 사람이었어, 아니면 나쁜 사람이었어?

폴리 아아, 위험한 사람이었지!

갈리 가이 (기도실 쪽으로 간다.) 그요. 이제야 이 녀석이 총살되었구먼. 나도 현장에 있었어.

폴리 저 녀석이 기도실 안을 들여다보면, 우리는 끝장이야.

우리아 들어 봐, 폴리와 너 그리고 제세, 동지들이여. 우리 세 사람은 살아남았고, 이제 벼랑 끝에 우리를 매단 머리카락엔 벌써 톱질이 시작되는 상황이야. 밤 열한 시 킬코아 전방 마지막 담장을 앞에 두고 내가 너희들에게 하는 말이니 잘 들어. 우리가 필요로 하는 사나이는 잠깐 동안의 시간이 필요해. 변신은 평생을 위한 것이니까. 그러기 위해 나 우리아 셸리는 내 군용 권총을 꺼내서 움직이면 너희들을 당장 죽이겠다고 협박하는 거야.

제세 그러나 저 녀석이 안을 들여다보면, 끝장인데!

이들은 앉아서 기다린다.

갈리 가이

기도실 안에 휑하게 수척해진 얼굴을

들여다보면 나는 즉각 죽을 거야.

옛날에 내가 알던 물 위에 비친 어떤 사람의 얼굴을

그 안을 들여다보던 한 사람이 죽었다고 알고 있어.

그러니 나는 기도실을 열 수 없어.

나는 둘이고, 그래서 내 안엔

이처럼 두려움이 있으니까. 나는
방금 가변적인 대지의 표면에서 태어나
고무나무와 오두막 사이에 걸려,
탯줄이 끊긴 박쥐 같은 존재이면서 동시에 밤이면
기분이 좋아지는 존재야.
한 사람 정도는 중요하지 않아. 누군가가 불러 줘야 해.
그러니
나도 이 통 안을 보고 싶어.
마음은 부모님에 매달려 있으니. 그러나
긍정과 부정 사이의 차이는 그리 크지 않고
나도 이 코끼리들을 보지 못했으니,
나로서는 눈을 감고
내 마음에 들지 않는 것은 내버리면
기분 좋겠지.
(그는 일어서서 뒤쪽 고무나무로 간다.)
나는 이 사람이 되기도 하고, 저 사람이 되기도 하니
우리를 젖게 하기도 하고 마르게 하기도 하는
날씨를 보고 바람을 살피고
먹어서 힘을 키우네.
(세 사람에게)
너희들은, 도대체 나를 보고 있기나 해? 내가 어디에 서 있지?

폴리, 그를 가리킨다.

갈리 가이 그래, 맞아. 그럼 이제 뭘 해야 하지?

폴리 팔을 굽혀.

갈리 가이 자, 이렇게 팔을 굽힌다! 그럼 다시 하나?

폴리 이제 군인처럼 걸어.

갈리 가이 너희들도 이렇게 걷나?

폴리 그래. 똑같이.

갈리 가이 나에게 뭔가 할 말이 있을 때, 어떻게 말하지?

폴리 집.

갈리 가이 다시 한 번 이렇게 말해 봐. 집, 돌아.

폴리 집, 돌아.

군인들 (배낭을 가지고 온다.) 승차!

우리아 조사를 해, 조사를! 집 동지.

갈리 가이 안에 비밀로 가득 찬 이 시신이 들어 있는 과부 벡빅의 악기상자를 2피트 정도 들어 올리고 시신을 6피트 정도 킬코아의 땅속에 내려놓은 다음 저 사람의 추도사를 들어 봐요. 추도사는 티페라리 출신의 제라이아 집이 하게 될 것인데, 나는 제대로 준비를 하지 않아서 어려울지도 모르겠어요. 그럼에도 불구하고 해 보죠. "여기 총살당한 갈리 가이가 쉬고 있습니다. 그는 아침에 작은 생선을 한 마리 사러 길을 떠나서, 저녁에 코끼리를 얻게 되고 그날 밤 총살되었습니다. 여러분, 그가 살아 있는 동안, 그가 최선의 이웃이었다고 생각하지는 마세요. 그는 도시 외곽에 초가 오두막집을 소유하고 있었죠. 뿐만 아니라 몇 가지를 더 가지고 있었지만, 이에 대해서는 더 이상 말하지 않는 것이 좋겠습니다. 착한 사람이었던 그가 저지른 것은 참으로 끔찍한 범죄였죠. 사람은 원하는 것을 말할 수 있죠. 원래 이것은 조그마한 실수였고, 나는 너무 취했습니다, 여러분. 그러나 남자는 남자입니다. 그래서 그는 총살된 것이죠." 그런데 지금, 아침이면 늘 그렇듯이 바람은 눈에 띄게 서늘해졌습니다. 이곳이 불편하니, 어서 이곳을 떠나야겠다는 생각이 듭니다.

군인들, 박수친다.

갈리 가이 그런데 너희들은 왜 모두들 그렇게 많은 짐을 지고 있어?

폴리 우리는 오늘 밤 티베트로 가는 열차를 타야 하거든.

갈리 가이 그럼 난 왜 짐이 없어?

폴리 여기 있어, 캡틴.

갈리 가이 뭐, 기름 묻어 미끄러운 이 음식 상자를 내 등에 메라고? 이거 너무한데.

군인들 (웃는다.) 이 배낭을 저 녀석에게 줘서는 안돼요. 저 녀석은 어떤 배낭이 자기에게 어울리는지 잘 알아.

갈리 가이 자, 이게 뭐야? 그 허접한 것, 이리 좀 줘 봐. 나는 어쨌든 두 개의 배낭을 가져야 해. 아직까지 이런 일들이 벌어진 적은 없어. 티페라리 출신의 제라이아 집이 어떤 사람인지, 너희들에게 보여 주겠어.

폴리 내 최고의 기관총이 여기 있어.

제세 내 가방 여기 있어.

폴리 우리의 캡틴을 위해 만세 삼창을 부르자!

레오카디아 얘들아, 내 대나무 막대기는? 내 대나무 막대기.

갈리 가이 그래! 이제 모두가 대나무 말뚝을 들고 티베트로 가자. 모든 것을 해치우자.

군인들은 꾸러미 하나를 기차에 집어넣는다.

레오카디아 이 사람은 인간 태풍입니다.

노래 「남자는 남자다」의 마지막 절을 끝까지 부르며 모두가 뒤로 사라진다. 고무나무들만이 서 있다.

5. 노래 남자는 남자다 마지막 절

아하, 톰, 너도 떠나느냐, 여기서?
나도 떠났으니, 여기서.
닭이 행진하는 모습을 보니
나도 군대와 행진한다, 군대와!
아하, 톰, 너도 네가 가는 곳을 모르느냐?
나도 내가 가는 곳을 모르거든.

후렴:
그것이 중요한 것이 아니야.

남자는 남자니까.
뭐? 왜? 언제?
그러나 톰, 보아라, 그것은 전혀 중요하지 않아!
|: 남자는 남자니까!
그 사실이 중요한 거야. :|
킬코아의 태양은
7천 명의 사람들을 비춘다,
울어 줄 사람 없이 죽어 가는 사람들을
불쌍하게 여겨 줄 이 없는 사람들을.
그러니 우리는 말한다. 누구를
킬코아의 붉은 태양이 비추는지는 중요하지 않다고.

10

[굴러가는 기차 안. 밤, 새벽 무렵.]

중대가 매달아 놓은 그물 침대에 잠들어 있다. 제세, 우리아 그리고 폴리는 깨어 앉아 있다. 갈리 가이는 잠들어 있다.

제세 세상이 무서워. 사람을 믿을 수 없어.
폴리 살아 있는 가장 비속한 것, 가장 연약한 것이 인간이야.
제세 우리는 기다란 이 나라의 모든 도로를 따라서 먼지와 진창을 무릅쓰고 돌아다녔어. 힌두쿠시 산맥에서 남부 펀자브 지역의 대평원까지. 그러나 베나레스에서 캘커타까지 밤낮없이 우리가 본 것은 배반뿐이었어. 우리가 받아들인 이 사람이 이불을 가져가는 통에 우리는 잠도 못 잤어. 이 녀석은 마치 구멍이 숭숭 뚫린 기름 상자와 같아. 이 녀석에게는 긍정과 부정이 똑같아. 오늘은 이렇게 말하고 또 내일은 저렇게 말하고. 아하, 우리의 시혜도 이제 끝장이야. 레오카디아 벡빅에게 가자고. 하사가 기차 침상에서 떨어지지 않도록 지키고 있는 벡빅에게 말이야. 이 녀석이 기분이 좋아져 더 이상 물어보지 않도록, 그녀에게 이 녀석 옆에 누우라고 부탁하자고. 그녀는 나이가 들었지만 그래도 따뜻하고 또 남자란 여자 옆에 누우면 자신을 잘 알게 되지. 일어나, 폴리!

이들은 레오카디아 벡빅에게 간다.

제세 들어오시오, 과부 벡빅 부인. 뭐가 뭔지 우린 모르지만 잠들까봐 두렵군요. 게다가 지금 이 녀석은 몸이 아프고요. 이 녀석 옆에 누워서 그가 당신과 동침한 것처럼 해 주세요. 기분이 좀 나아지도록 말입니다.

레오카디아 (들어온다. 잠에 취한 모습으로) 전쟁 수당 일곱 배를 주면 그렇게 하겠소.

우리아 우리가 벌어들일 7주간의 금액을 당신에게 드리겠소.

레오카디아 (갈리 가이 옆에 눕는다.)

제세 저 사람이 집의 아내가 될 거야. 그가 뭘 더 원할까?

제세는 이 두 사람을 신문으로 덮는다.

갈리 가이 (깨어난다.) 저기 흔들거리는 것이 뭐죠?

우리아 (다른 사람들에게) 당신 오두막을 갉아먹고 있는 코끼리요, 이 불평분자 같은 양반아.

갈리 가이 저기 쉿쉿 소리 내는 것이 뭔가요?

우리아 (다른 사람들에게) 생선이오. 물에 넣고 끓이고 있죠. 기분이 좋아졌네.

갈리 가이 (힘들게 일어나서 창밖을 본다.) 여자 한 명, 침낭, 전봇대. 이것은 기차군.

제세 잠자는 척 해. (세 사람은 그렇게 한다.)

갈리 가이 (어떤 침낭에 다가간다.) 헤이, 이봐!

군인 뭐하는 거야?

갈리 가이 너희들 어디로 가는 거지?

군인 (눈을 뜬다.) 앞으로! (계속 잔다.)

갈리 가이 군인들이네. (창밖을 내다본 다음, 다른 사람을 깨운다.) 군인 나리, 몇 시나 되었을까? (아무도 대답을 하지 않는다.) 아침 무렵이겠지. 오늘이 무슨 요일이야?

군인 목요일과 금요일 사이지.

갈리 가이 내려야겠어. 헤이, 이봐. 기차 좀 세워.

군인 기차는 서지 않아.

갈리 가이 기차가 서지 않고, 모두가 잠자면, 나도 누워서 잠을 자겠어. 기차가 멈출 때까지 말이야. (레오카디아를 본다.) 한 여자가 내 옆에 있어. 지난 밤 내 옆에 누웠던 이 여자는 뭐하는 여자지?

제세 안녕, 좋은 아침이오!

갈리 가이 아하, 당신을 뵈오니 기쁩니다. 제세 씨.

제세 당신은 멋신 분이오! 여기 누워서, 옆에 여자를 한 명 거느리고 있고요. 누구나 다 볼 수 있게 말이오.

갈리 가이 그게 어때서요, 이상한가요? 부적절하다 이런 말이죠? 하지만 남자는 남자입니다. 남자라 해서 늘 자신을 잘 다스릴 수는 없죠. 예를 들면 현재 저는 여기에 깨어 있지만, 저기 내 옆에는 여자가 누워 있지요.

제세 네, 그렇군요.

갈리 가이 가끔씩 아침이면 내 옆에 누워 있는 여자가 누군지 나도 모를 때가 있다면 믿겠습니까? 솔직히 말씀드리면, 난 저 여자를 잘 몰라요. 그런데 제세 씨, 남자끼리 이야기인데, 저 여자가 누구인지 말씀해 주시겠어요?

제세 아, 호탕하신 분이군요! 당연히 과부 벡빅이죠. 물통 속에 머리를 처박아 보세요, 그러면 당신의 여자 친구가 누구인지 알게 될 거요. 그런데 당신은 자기 이름이 뭔지도 모르죠?

갈리 가이 알아요.

제세 이름이 뭔데요?

갈리 가이 (침묵한다.)

제세 당신 이름을 스스로 안다는 말씀인가요.

갈리 가이 네.

제세 좋습니다. 사람이란 자기 이름이 뭔지 알아야죠. 전쟁에 가게 될 경우라면 말이죠.

갈리 가이 이제 전쟁이 시작되나요?

제세 네, 티베트 전쟁이요.

갈리 가이 티베트 전쟁이라. 사람이 자기 이름도 모른다면, 그것 참 웃기죠? 안 그래요? 전쟁에 나가면서 말이에요!

레오카디아 지피, 어디 있어?

갈리 가이 지피가 누군데요?

제세 지피는 당신을 가리키는 것 아닌가?

갈리 가이 여기요.

레오카디아 이리 와요, 자 키스, 지피!

갈리 가이 기꺼이 그러죠. 하지만 당신은 저를 약간 혼동하고 계시군요.

레오카디아 지피!

제세 이분은 머리가 맑지 못하다고 하시는데. 이분 말로는 당신을 모른데.

레오카디아 아아, 이분 앞에서는 저에게 모욕을 주시는군요!

갈리 가이 이 물통 속에 머리를 처박으면, 당신을 곧장 알아보게 될 거야. (그는 머리를 물통 속에 처박는다.)

레오카디아 나를 이제 알겠소?

갈리 가이 (거짓말한다.) 네.

폴리 그럼 당신이 누군지도 알겠군요.

갈리 가이 (교활하게) 도대체 내가 그걸 몰랐다는 건가요?

폴리 네, 당신은 미칠 듯이 화가 나서 완전히 다른 사람이 되어 있었으니까요.

갈리 가이 그럼 난 뭐였죠?

제세 내가 알기로, 당신은 늘 좋지 않았어요. 당신은 일반 사람들에게 위험한 존재였죠. 사람들이 당신의 진짜 이름을 불렀던 지난밤에, 당신은 마치 살인자처럼 살기등등했어요.

갈리 가이 난 내 이름이 갈리 가이라는 사실만 알고 있어요.

제세 들어들 보시오. 다시 이 남자에게서 시작합니다. 모두들 이 사람을 스스로 말한대로 갈리 가이라고 부르시오. 안 그러면 이 사람은 다시 화를 낼 것이오.

우리아 아 뭐요! 저 거친 사람, 아일랜드 출신의 집을 놀릴 생각이요? 당신이 술집 옆 기둥에 묶인 채 밤에 비가 올 때까지 말입니다. 자드 호수의 강가에서 전투를 벌인 이래 당신의 동지가 된 우리는 당신을 위해 우리의 속옷을 팔겠소. 당신을 조금이라도 편하게 해 드리기 위해서 말입니다.

갈리 가이 속옷이라면, 필요 없습니다.

우리아 그가 원하는 대로 불러 줘.

제세 조용히 해, 우리아! 물 한 잔 드시겠소, 갈리 가이?

갈리 가이 네, 그게 내 이름이에요.

제세 물론입니다. 갈리 가이. 그게 아니면 뭐겠소? 진정하시고, 몸을 쭉 펴시오! 아침에 당신은 군병원에 가, 아주까리가 있는 아름다운 침대에 눕게 됩니다. 그러면 당신은 기분이 편해지겠죠,

갈리 가이. 고무 뒤축으로 걸으시오. 집 동지, 아니 갈리 가이가 몸이 아프니까요.

갈리 가이 당신들에게 말씀드리는데요, 전 이 상황을 꿰뚫고 있지 못합니다. 그러나 트렁크를 운반해야 한다면, 아무리 무거운 트렁크라도 거기에는 부드러운 부분이 있다고 하잖아요.

폴리 (제세에게 은밀히 말하는 시늉을 하며) 저 녀석이 가슴 주머니에 손을 넣지 못하게 해. 안 그러면 신분증에 있는 진짜 자기 이름을 읽고 다시 미친개처럼 될지도 몰라.

제세 신분증은 참 좋은 것이야. 사람은 참 쉽게도 뭔가를 잊어버리지. 모든 것을 머릿속에 담아 두지 못하는 우리 군인들은 이런 경우를 대비해서 목에 줄을 매달아 가슴부위까지 내려뜨려 놓은 주머니를 갖고 있지. 그 안에 군인들은 이름이 적힌 신분증을 넣어 두고 말이야. 자기 이름에 대해 너무 많이 생각하는 것은 별로 좋지 않아.

갈리 가이 (뒤로 간다. 어두운 표정으로 신분증을 들여다보며, 구석지로 간다.) 난 이제 더 이상 아무 생각도 하지 않을 거야. 엉덩이를 대고 그냥 앉아서 전봇대 개수나 세어 볼 거야.

피의 다섯 방의 목소리 이것 참, 치욕적인 일이 나에게 벌어졌군. 캘커타에서 쿠치비하르에 이르기까지 명성이 자자한 내 이름이 도대체 어디로 사라져 버렸지? 흘러간 과거는 어디에 있어? 내가 입었던 윗도리도 없고. 마치 송아지를 도살장 수레에 싣듯이, 그들은 나를 기차 안에 내동댕이쳤어. 내 입은 밀짚모자로 막혀 있고. 기차에서 사람들은 내가 더 이상 피의 다섯 방이 아니라고 말하고. 안에 들어가서 기차를 한바탕 마구 휘저어 놓을까. 마치 흰 양철관처럼 마구 구겨서 쓰레기 더미 속에 처넣어 버릴까. 내게 그렇게 나온 놈들은 모두 벌레처럼 으깨 버릴 거야. 그러니까 내가 피의 다섯 방이라는 별명을 얻었지. 내가 먹는 게 중요하지는 않아. 내가 피의 다섯 방이라는 점이 중요하지. 그거야 아주 쉽지.

제세 피의 다섯 방이다! 일어나요, 과부 벡빅 부인!

피의 다섯 방, 얼룩이 묻은 민간인 복장을 하고 온다.

갈리 가이 당신의 이름을 들으면 뭔가 생각나는 게 있을 텐데요?

피의 다섯 방 넌 가장 우울한 사람이야. 먼저 너를 으깨어 놓겠어. 오늘 밤에 난 너희들을 통조림으로 만들어 버릴 거야. (그는 레오카디아가 앉아 있는 모습을 본다. 레오카디아가 미소 짓는다.) 빌어먹을! 당신 거기 앉아 있구먼, 고모라! 나를 어떻게 했길래, 내가 더 이상 피의 다섯 방이 아니라는 기야? 꺼져! (레오카디아가 웃는다.) 내가 입고 있는 옷이 뭐야? 내게 어울려? 내 머리는 또 이게 뭐야? 보기 좋아? 다시 당신 곁에 누울까, 소돔 같은 인간아?

레오카디아 원한다면, 그러시구려!

피의 다섯 방 싫소, 어서 가버려! 이 나라의 시선이 온통 나에게 쏠려 있어. 난 커다란 대포였어. 내 이름은 피의 다섯 방이야. 역사의 페이지가 이 이름과 더불어 세 번이나 고쳐 써졌지.

레오카디아 원하지 않으면 하지 마시구려!

피의 다섯 방 당신이 그렇게 앉아 있으면 내 남성적 성욕이 약해진다는 것을 몰라?

레오카디아 그럼 남성적 성욕을 한 번 발휘해 보시구려, 젊은 양반!

피의 다섯 방 두 번 다시 그런 말 마! (퇴장한다.)

갈리 가이 (그를 향해 소리친다.) 멈춰요! 이름 때문에 그러지 마시우. 이름이란 뭔가 불완전한 거요. 그걸 너무 믿으면 안 됩니다.

피의 다섯 방의 목소리 아주 간단해. 그게 해결책이야. 올가미가 하나 있어. 군용 권총도 하나 있고. 난 아무것도 몰라. 저항하는 사람은 총살당하지. 그거야 아주 간단해! 조니, 짐을 꾸려. 이 세상 그 어떤 아가씨에게도 나는 돈 한 푼 안 들여! 그래, 아주 간단해. 그렇다고 파이프를 빠뜨릴 수는 없지. 책임은 내가 진다. 내가 피의 다섯 방으로 남아 있으려면 그렇게 할 수밖에 없어. 사격! (한 방 발사된다.)

갈리 가이 (오랫동안 문 옆에 서서 웃는다.) 사격!

군인들 (열차 안에서 이리 저리 다니며) 저 비명 소리 들었소? 누가 비명을 질렀소? 누군가에게 무슨 일이 일어났는데! 제일 앞 칸까지 노랫소리가 그쳤는데! 들어 봐요!

갈리 가이 누가 소리 질렀는지 그리고 왜 질렀는지 난 알아! 이 나리께서 자기 이름 때문에 뭔가 피 볼 일을 저질렀어. 그는 방금 자기 종족을 쏘아 버렸어! 이걸 목격하다니, 난 참 행운아야. 이런 고집이 어떤 결과를 낳을지 그리고 한 남자가 스스로 만족하지 못하고 이렇게 이름 때문에 소동을 피우면 얼마나 많은 피를 흘리게 될지 난 알겠어. (레오카디아에게 간다.) 내가 당신을 모를 것 같소? 난 당신을 잘 알아. 뭐 아무래도 상관은 없어. 우리가 만난 도시가 얼마나 멀리 떨어져 있는지 빨리 말해 봐요.

레오카디아 여러 날을 걸어가야 하고, 매 순간 점점 더 멀어지죠.

갈리 가이 며칠이나 걸어야 하죠?

레오카디아 당신이 내게 물었던 순간에는 분명히 백 일 정도 행진할 거리였죠.

갈리 가이 티베트로 가는 사람은 몇 명이나 있나요?

레오카디아 십만 명!

갈리 가이 그래요? 십만 명이라! 그런데 그들은 뭘 먹소?

레오카디아 말린 생선과 쌀.

갈리 가이 모두 똑같소?

레오카디아 모두 똑같소!

갈리 가이 그래요? 모두가 똑같이.

레오카디아 그들은 모두 매단 그물 침대에서 자죠. 모두 자기의 매단 그물 침대가 있어요. 그리고 여름엔 삼베옷을 입고.

갈리 가이 그럼 겨울엔?

레오카디아 겨울엔 카키색 옷을 입죠.

갈리 가이 여자들은?

제세 똑같아요.

갈리 가이 여자들이 똑같다고요.

레오카디아 그럼 이제 당신은 자신이 누군지 알겠소?

갈리 가이 제라이아 집이요, 내 이름은. (그는 세 사람에게 가서 신분증에 있는 이름을 보여 준다.)

제세 (그리고 다른 사람들이 빙긋이 웃는다.) 맞습니다. 당신은 어디에든지 자신의 이름을 두드러지게 하는군요, 집 동지!

갈리 가이 그런데 식사는?

폴리가 밥 접시를 가져온다.

갈리 가이 네, 먹는 것은 매우 중요하죠. (먹는다.) 며칠이나 걸리는 행진이라고 했죠? 기차가 매분 운행되나요?

레오카디아 10일이요.

폴리 저 녀석이 몸을 굽히는 것 좀 봐! 모든 것을 응시하며, 전신주를 세며, 빨리 지나가는 모습을 보며 기뻐하지.

제세 저 녀석을 볼 수가 없어. 몇 개의 총신을 코 밑에 갖다 댄다고 해서, 매머드가 조심스럽게 아빠 매머드에게 다가가지 않고, 쉽게 벼룩으로 변해 버리는 꼴을 보면 정말 구역질이 나.

우리아 아니야. 그것은 생명력의 증거야. '남자는 남자다. 그리고 그것이 중요해'라는 노래를 부르며, 집이 바로 우리 뒤를 따라오지 않는다면, 우리는 산을 넘었을 거라는 생각이 드는데.

군인 허공에서 들리는 저 소리 뭐야?

우리아 (음흉하게 웃으며) 대포 굴러가는 소리지. 우리는 티베트의 언덕에 가까이 다가가고 있어.

갈리 가이 밥은 이제 더 없소?

11

[티베트 저 먼 곳에 산악 요새 지르 엘 드코브르가 있다.]

포성이 빗발치는 가운데 어느 언덕 위에 제라이아 집이 기다리며 앉아 있다. 아래에는 군인들이 대열을 이루어 노래 「남자는 남자다」를 부르며 행진한다.

아래에서 들리는 목소리 더 이상 못가겠는데! 저기 지르 엘 드코브르 요새가 있어. 요새 때문에 티베트로 가는 협로가 막혔어.

갈리 가이의 목소리 (언덕 뒤에서) 달려, 달려! 안 그러면 늦을 거야. (그가 모습을 드러낸다. 포신이 없는 대포를 목에 걸고 있다.) 열차에서 내려서 전투에 참가해! 그래야 마음에 들어! 대포가 우리를 원해!

집 자동화기 분대를 보지 못했소? 세 명 밖에 없는 자동화기 분대 말이오.

갈리 가이 (전쟁용 코끼리처럼 멈추지 않으며) 그런 것은 없소, 군인 나리. 예를 들어 우리 분대는 네 명으로 구성되어 있죠. 당신 오른쪽에 한 명, 왼쪽에 한 명, 뒤에 한 명 그리고 앞에도 한 명. 협로를 지나가는 것은 매우 당연한 일이요.

레오카디아 (모습을 드러낸다. 대포의 포신을 등에 들고 있다.) 그렇게 빨리 걷지 마시오, 지피! 당신 심장이 사자 같아서 그렇게 빨리 걷는 거요.

세 군인이 모습을 드러낸다. 이들은 신음소리를 내며 자동화기를 끌고 간다.

집 안녕, 우리아, 제세, 폴리! 내가 다시 왔어.

세 군인은 그를 못 본 체한다.

제세 자동화기를 곧장 설치해야겠어.

우리아 빗발치는 포성 소리가 하도 크게 들려서 자기 말소리도 못 알아듣겠는데.

폴리 우리의 시선을 엄청나게 날카롭게 해서, 지르 엘 드코브르 요새를 노려봐야해.

갈리 가이 내가 먼저 쏠 게. 한 사람은 대포를 들고, 한 사람은 바닥에 내동댕이치고, 또 한 사람은 적을 향해 조준하고. 이렇게 모두가 일을 하니, 제대로 된 것이지.

피의 다섯 방 (온다.) 조니, 짐을 꾸려! 허접한 갈리 가이가 여기에 있군. 이봐, 이리 좀 와 봐! 대체 당신은 뭐하는 사람이야?

갈리 가이 (그의 얼굴에 대고 미소를 짓는다.) 남자는 남자요! 그리고 남자가 아닌 사람은 남자가 아닌 법이오. 그래도 난 아무에게도 그런 말을 안 해요.

피의 다섯 방 인간은 무엇보다도 우울한 존재야. 나는 이 네 사람 모두를 지구상에서 없애 버리겠어. 그건 아주 간단해. 그러나 먼저 나는 이 전투를 치러야 해. 지르 엘 드코브르 요새 때문에 걱정이 되거든. 정복할 수 없으니까 말이야. 그러니 이제 누구든 사격을 해도 좋아. 하지만 당신들은 사격을 해서는 안 돼.

갈리 가이 아, 하사님, 그런 것은 없지요! 한 남자가 원하는 것이 아니라, 모두가 원하는 것 말입니다. 저기에 뭔가가 있어요. 그러나 그런 것은 없어져야지요. 우리는 이곳의 많은 분들을 기다리게 해서는 안 됩니다. 그저 이 방향으로 쏘기만 하면 됩니다. 산이 망가지는 법은 없습니다. 이곳에서 모두가 원하는 것이 무엇인지 나는 잘 압니다. 이것을 보지 않고 통과하는 것이죠!

피의 다섯 방 지르 엘 드코브르 요새를 정복하여 피의 다섯 방이라는 내 이름이 포효하는 소리를 듣고 내가 다시 힘을 낼 수 있게 된다면, 난 저 녀석에게 가서 물어보겠어. 누구냐고 말이야. (퇴장한다.)

집 안녕, 제세, 우리아 그리고 폴리! 어떻게들 지냈어? 오랫동안 너희들을 보지 못했군. 너희들도 알다시피, 난 억류되어 있었어. 나 때문에 불편을 겪지나 않았는지 모르겠네. 제때에 서둘러 빠져 나올 수가 없었어. 이제 다시 너희들 곁으로 오게 되어 기뻐. 그런데 왜 한 마디도 하지 않는 거야?

폴리 뭘 도와드릴까요, 나리? (폴리는 갈리 가이에게 자동화기가 있는 쪽으로 밥이 든 접시를 건넨다.) 당신 밥인데, 먹지 않겠소? 곧 전투가 시작될 텐데.

갈리 가이 이리 줘! (그가 먹는다.) 먼저 내 밥을 먹고, 내 몫의 위스키를 받겠어. 내가 먹고 마시는 동안에 난 이 요새를 감시하겠어. 취약한 부분을 찾아내기 위해서. 그러면 일이 쉽겠지.

집 자네는 목소리가 완전히 달라졌구먼, 폴리. 늘 익살스럽더니. 나로 말할 것 같으면, 잘 나가는 회사에 취직했어. 하지만 그만 둘 수밖에 없었지. 물론 자네들을 위해서야. 화가 난 것은 아니겠지?

우리아 당신이 문을 혼동한 것 아니오?

폴리 우린 당신을 전혀 몰라요.

제세 우리가 만났을 가능성은 있어요. 그러나 군대에는 엄청나게 많은 인적 자원이 있죠.

갈리 가이 밥 1인분을 더 먹고 싶은데. 네 몫을 아직 넘겨주지 않았네, 우리아.

집 너희들은 완전히 다른 사람이 되었어, 알고나 있어?

우리아 그럴 수도 있지요. 이것이 군대 생활이니까요.

집 난 너희들의 동료 집이야.

세 명은 웃는다. 그때 갈리 가이도 웃기 시작한다. 그러다 그들이 멈춘다.

갈리 가이 1인분만 더 줘! 오늘 전투를 앞두고 배가 몹시 고픈데. 이 산악 요새가 내 마음에 들어.

폴리는 그에게 세 번째 접시를 준다.

집 너희들의 몫을 다 먹어치우는 저 사람은 누구야?

우리아 우리 일이니, 다른 사람은 신경 쓸 것 없소.

제세 알아 두시오, 당신은 결코 우리의 집이 될 수 없소. 우리의 집이라면 결코 우리를 배반하거나 떠나지 않았을 테니까. 우리의 집은 결코 억류되지 않을 사람이야. 그러니 당신은 우리의 집이 될 수 없어요.

집 아니야, 난 분명히 집이야.

우리아 증거, 증거를 대 봐!

집 너희들 가운데 내가 누구인지 알고 싶은 사람이 정말 아무도 없나? 그러면 내 말 좀 들어 봐, 내가 말하는 것을 잘 들으라고. 너희들은 정말로 거친 사람들이야. 너희들이 끝장을 볼 날도 벌써 다가오고 있어. 내 신분증 이리 줘!

갈리 가이 (마지막 접시를 들고 집에게 간다.) 당신이 착각하고 있소. (다른 사람들에게 돌아서서) 저 사람은 정신병자야. (집에게) 오랫동안 아무것도 못 먹었소? 물 한 잔 드시겠소? (다시 다른 사람들에게 돌아서서) 저 녀석을 자극시키면 안 돼, (혼자서) 당신은 어디 소속인지 몰라? 그래도 상관은 없어. 조용히 여기 앉으라고. 우리가 전투를 결정지을 때까지 천둥처럼 들려오는 포성에 끼어들지 말기를 바래. 그러려면 튼튼한 심장을 갖고 있어야 하니까. (세 사람에게) 저 녀석은 자신이 누군지도 몰라. (집에게) 당신은 신분증이 필요하겠죠? 신분증 없이 어떻게 마음대로 나돌아 다니게 하겠소? 아, 폴리, 작은 마이크가 들어 있는 대포 상자 안에서 이 갈리 가이의 낡은 신분증 좀 꺼내 줘. 나를 교육시킬 때 쓰던 그 신분증 말이야. (폴리가 뛰어간다.) 호랑이가 표범의 이빨에 관해 묻던 저지대에 머물던 한 남자가 뭔가를 확실히 하얀 바탕에 검은 글씨로 적어서 가지고 있다는 것이 얼마나 좋은 일인지 알고 있습니다. 당신도 아시겠지만 오늘 같은 시대에는 도처에서 사람의 이름을 빼앗으려들잖아요. 이름이 얼마나 중요한지 난 잘 알고 있어요. 어린아이들 같이 순진한 사람들아, 당신들은 그 당시 왜 나를 갈리 가이라는 이름 대신 '아무개'라고 부르지 않았소? 이것은 재미있을지라도 위험천만한 일인데. 그랬더라면 이것은 참담한 결과를 가져왔을 수도 있고. 난 그 위에서 둥둥 떠다녔을 테고. (그가 집에게 신분증을 준다.) 여기, 신분증이오. 이걸 가져가시오. 또 원하는 게 있소?

집 당신이야말로 이 사람들 가운데 제일 낫군요. 적어도 따뜻한 가슴이 있으니까. 그러나 난 당신들을 저주합니다.

갈리 가이 당신들이 그런 소리를 너무 많이 들을 필요가 없도록, 내가 대포로 포성을 울리도록 하지요. 어떻게 하면 되는지 좀 알려 주시오, 과부 벡빅!

두 사람이 발사하기 시작한다.

집 티베트의 얼음 바람이 너희들의 골수를 빨아먹고, 너희들은 더 이상 킬코아 항구의 종소리를 듣지 못할 거야. 이 악마 같은 놈들! 너희들은 이 세상 끝까지 행진하게 될 거야. 그런 다음 여러 차례 되돌아오기를 반복하겠지. 악마가 너희들의 스승이야. 너희들이 늙으면 악마도 너희들을 곁에 두고 싶어 하지 않을 걸. 그러면 너희들은 고비 사막을 지나 밤낮없이 바람 부는 녹색의

웨일즈 지방 쌀보리 들판을 건너 행군을 계속해야 할 걸. 너희들은 그런 일을 겪게 될 거야. 동료를 곤경에 빠뜨렸으니까. (퇴장한다.)

세 사람은 침묵한다.

갈리 가이 알겠소, 과부 벡빅. 요새가 아무리 단단한 철광으로 만들어져 있어도, 때가 다 되면 요새도 무너질 거요. 누군가가 지나가다 거기에 침을 뱉으면, 요새는 남아 있지도 않겠지. 자, 이제 난 이 요새를 알고, 대포도 알고 있으니 대포 다섯 발을 발사하겠소!

첫 번째 대포가 발사된다.

레오카디아 (담배를 한 대 피우며) 당신은 옛날에 군대를 공포에 빠뜨린 위대한 군인입니다. 당신들 다섯은 여자의 목숨을 위태롭게 할 수도 있는 존재예요. (두 번째 사격 소리가 들린다.) 자드 호수의 강물에서 전투가 벌어졌을 때, 나와 했던 키스를 떠올렸던 사람들이 부대에서 최악의 사람들은 아니었다는 증거를 제가 가지고 있습니다. 레오카디아 벡빅과의 밤을 보내기 위해 사람들은 위스키 마실 돈을 아끼고 두 번의 급료를 저축하기도 하죠. 그들은 칭기즈 칸과 같은 이름을 갖고 있죠. 캘커타에서 쿠치비하르까지 유명하답니다. (세 번째 사격소리가 들린다.) 사랑하는 아일랜드 여자를 껴안으면 당신의 힘도 불끈 솟게 되죠. 부라베이, 카마투라 그리고 다구트에서 전투를 벌일 때 그들이 얼마나 조용하게 전쟁을 치렀는지, 「타임스」를 읽어보면 압니다. (네 번째 사격소리가 들린다.)

갈리 가이 지금은 산이 아닌 것이 무너지고 있소!

지르 엘 드코브르 요새가 가라앉기 시작한다.

폴리 빌어먹을! 뭐하는 거야?

피의 다섯 방이 등장한다.

갈리 가이 이것 참 섬뜩한데요! 붙잡지 마시오. 나 지금 피 맛을 보았거든요.

피의 다섯 방 여기서 뭐하는 거야? 저기 좀 봐! 대갈통을 개미더미 속에 파묻어 버릴까 보다. 평소엔 당신들이 힌두쿠시 산맥에 포격을 해댔으니 말이야. 내 손은 아주 차분해. (그는 군용 권총으로 갈리 가이를 겨눈다.) 저 여자는 조금도 떨지 않고 있군. 좋아, 아주 간단하지. 나도 이제 이 세상이 마지막이야.

갈리 가이 (격렬하게 쏘아대며) 또 한 방이다. 한 방만 더. 다섯 번째로 말이야!

협곡에서 기뻐서 지르는 소리가 요란하다. "티베트로 가는 좁은 길을 막고 있던, 지르 엘 드코브르가 함락되었다. 군대가 티베트로 행진한다!"

피의 다섯 방 좋아. 이제 다시 익숙한 군대의 행진 소리가 들리네. 이제 나도 마중 나가겠어. (갈리 가이 앞에 마주 서서) 당신은 누구요?

아래에서 들리는 군인들의 목소리 요새 지르 엘 드코브르를 함락한 저 남자는 이름이 뭐야?

갈리 가이 잠깐만요. 폴리, 마이크 좀 대포 상자에서 꺼내 주시오. 그래야 저들에게 이 사람이 누군지를 알려 주지. (그가 마이크로 소리 지른다.) 내가 당신들의 일원입니다. 내 이름은 제라이아 집이죠!

아래에서 들리는 군인들의 목소리 뭘 어떻게 했길래, 산중의 좁은 길이 열렸지?

갈리 가이 (마이크를 통해서) 별로 한 게 없어요! 없어! 내가 보기에는 남자는 남자입니다.

아래에서 들리는 군인들의 목소리 당신이야말로 군대가 보유한 가장 위대한 남자입니다. 제라이아 집. 인간 전쟁기계!

갈리 가이 (마이크를 내려놓으며) 이제 이리 와서 당신들의 신분증을 주시오. 그걸 가지고 이제 우리는 얼음처럼 굳어 있는 티베트의 국경을 넘어갈 거니까요.

그들이 그에게 신분증을 준다.

폴리 폴리 베이커.

제세 제세 마호니.

우리아 우리아 셸리.

갈리 가이 제라이아 집. 행진!

네 사람은 「남자는 남자다」 노래를 부르며 퇴장한다.

폴리 (어깨 위로 되돌아보며) 저 녀석이 우리 모두의 목을 자르네!

아기 코끼리

혹은 모든 주장의 입증 가능성

[극장]

몇몇 고무나무 아래에 판자로 만든 무대가 있다. 그 앞에 의자가 있다.

폴리 (막 앞에서) 연극예술이 여러분에게 완전히 효과를 발휘하기 위해서, 담배를 마구 피우실 것을 여러분께 요청합니다. 무대예술가들은 세상에서 최고의 사람들이고, 음료수는 백 퍼센트 순수하며, 의자는 편안하고, 줄거리의 결말에 대한 내기가 술집 테이블에서 행해질 수도 있습니다. 관객들이 내기를 하면, 막을 내리겠습니다. 여기서도 피아노 연주자를 너무 나무라지는 마시기를 부탁드립니다. 그는 최선을 다하고 있으니까요. 줄거리를 바로 파악하지 못하는 사람도 머리를 쥐어짤 필요가 없습니다. 줄거리란 이해할 수 없는 것이니까요. 의미 있는 뭔가를 보고 싶으면, 화장실에나 가세요. 입장료는 어떤 경우에도 환불되지 않습니다. 여기 우리 동료 집이 있습니다. 이 사람은 아기 코끼리를 연기할 영예를 안고 있죠. 이것이 너무 어려운 일이라고 여러분께서 생각하신다면, 저는 무대예술가는 뭐든지 할 수 있어야 한다는 사실을 말씀드리고 싶습니다.

군인 (아래에서) 멋져요!

폴리 여기 재키 폴이라는 아기 코끼리의 엄마 역을 할 제세 마호니와 우리아 셸리가 있습니다. 국제 승마경기의 전문가인 우리아 셸리는 달을 연기할 것입니다. 여러분들은 그밖에도 제가 바나나 나무라는 중요한 역을 하는 모습을 즐기면서 구경하게 될 것입니다.

군인 이제 시작하시오. 하지만 이렇게 말도 안 되는 연극에 10센트를 받는다는 것은 파렴치한 짓임을 잊지 마시오.

폴리 그렇게 상스럽게 비난해도 우리는 눈 하나 꿈쩍하지 않는다는 점을 말씀드리고 싶군요. 이 작품은 주로 아기 코끼리가 저지른 어떤 범죄를 다룹니다. 계속 중단할 필요가 없도록 미리 말씀드리는 겁니다.

우리아 (막 뒤에서) 범죄를 저질렀다고들 하던데.

폴리 맞아. 난 내 역만을 읽었으니까 하는 말인데 말이야. 아기 코끼리는 죄가 없어.

군인들 (박자를 맞추어) 시작해! 시작해! 시작해!

폴리 어서 시작해 봐. (막 뒤로 간다.) 너무 많은 사람들을 입장시킨 게 아닌가 겁이 나는데, 너희들은 어떻게 생각해?

우리아 그런 것을 지금 와서 생각한다는 것은 잘못이야. 지금 사람들이 새우가 물속에 뛰어들 듯이 몸을 쭉 편 채로 비집고 입장해야 하는 상황이야.

폴리 작품이 약해서 그럴 뿐이야. 제대로 된 극장이 어떤 것인지 생각이 안 나, 제세? 네가 망각하고 있는 핵심적인 문제가 바로 이거야, 제세. 잠깐만, 잠깐만 기다려 봐. 내가 좀 나가 봐야겠는데. (막이 올라간다.) 나는 바나나 나무입니다.

군인들 마침내 시작하는군!

폴리 난 사막의 재판관입니다. 남부 펀자브 지방의 메마른 초원 지대인 이곳에 내가 서 있습니다. 그것도 코끼리들이 발견된 이래로 말입니다. 주로 저녁이면 가끔씩 달이 내게 와서 아기 코끼리를 고소합니다.

우리아 그렇게 빨리 말하지 마! 벌써 반이나 해 버렸어! 10센트나 받는데 말이야! (그가 올라간다.)

폴리 안녕하시오, 달님. 이렇게 늦은 밤에 어디서 오는 겁니까?

우리아 아기 코끼리에 관해서 재미있는 이야기를 들었습니다.

폴리 아기 코끼리를 고소하는 건가요?

우리아 네, 물론이죠.

폴리 아기 코끼리가 범죄를 저질렀나요?

우리아 당신의 추측이 맞습니다. 결코 아무것도 피해갈 수 없는 당신의 예리한 감각을 입증해 줄 시험 무대이기도 하죠.

폴리 아, 그것은 별 것 아닙니다. 아기 코끼리가 엄마를 죽인 거 아닙니까?

우리아 바로 그겁니다.

폴리 그래, 무서운 일이네요.

우리아 끔찍하죠.

폴리 뿔테 안경을 잃어버리지만 않았어도 좋았을 텐데!

우리아 당신에게 맞는지는 모르겠지만, 나한테 하나가 있어요.

폴리 안경알만 들어 있어도 맞을 텐데. 안경알이 없군요.

우리아 아예 없는 것보단 나을 텐데요.

폴리 아무도 웃지는 않겠죠!

우리아 그래, 이것 참 특이하군요. 그 때문에 내가 달을 고소하는 것이군요.* 저 아기 코끼리를 말입니다.

아기 코끼리가 천천히 나타난다.

폴리 아하. 여기 귀여운 아기 코끼리가 있구나. 으흠, 어디에서 왔어?

갈리 가이 제가 아기 코끼리입니다. 제 요람엔 일곱 명의 왕들이 있습니다. 왜 웃고 계십니까, 달님?

우리아 계속 말해 봐요, 아기 코끼리!

갈리 가이 내 이름은 재키 폴입니다. 난 산책을 하고 있습니다.

폴리 당신이 어머니를 때려 죽였다면서요?

갈리 가이 아니오. 난 어머니의 우유 그릇을 깨뜨렸을 뿐입니다.

우리아 어머니의 머리에 대고! 어머니의 머리에 대고!

갈리 가이 아니오, 달님. 어떤 돌에 대고요! 어떤 돌에 대고!

폴리 당신에게 말하는데, 당신이 분명히 그렇게 했을 거요. 내가 정말로 바나나 나무인 것처럼 말이야.

우리아 내가 달이라는 것이 진실이듯이, 내가 그것을 입증해 보이겠소. 내가 댈 증거는 바로 저기 있는 저 여자요.

제세가 아기 코끼리의 엄마 역을 하며 등장한다.

폴리 저 사람은 누구요?

우리아 어머니지요.

폴리 그래, 이상하지 않아요?

우리아 전혀, 안 그런데요.

폴리 저 여자가 여기 있다는 사실이 이상한데요.

우리아 난 전혀 그렇지 않아요.

폴리 그렇다면 저 여자는 여기 머물러 있어도 되겠네요. 물론 그것은 증명되어야 하겠지만 말이요.

우리아 그래, 당신이 재판관이요.

폴리 그래, 아기 코끼리, 당신이 증명해 봐요. 당신 어머니를 죽이지 않았다는 것을요.

군인들 (아래에서) 오오, 어머니가 저기 있잖아요!

우리아 (아래를 향해) 바로 그것이요!

군인들 벌써 시작 부분이 김빠지는데! 어머니가 저기 있는데 말이야! 이제 이 연극은 하나도 재미가 없어져 버렸어.

제세 난 아기 코끼리의 어머니요. 내 아기 재키가 살인자가 아님을 완벽하게 입증할 수 있는지 내기를 하지요. 안 그러냐, 재키?

우리아 난 결코 입증할 수 없을 거라고 생각해요. 내기 합시다.

폴리 (큰 소리로) 막 내려!

관객은 침묵하며 술집 테이블로 가서 큰 소리로 떠들썩하게 칵테일을 주문한다.

폴리 (막 뒤에서) 아주 잘 되었어. 관객들이 한 번도 휘파람을 불지 않았거든!

갈리 가이 왜 박수 친 사람도 없지?

제세 매우 감동했나 봐.

폴리 아주 재미있었어!

우리아 저 사람들에게 버라이어티쇼 배우들의 허벅지를 보여 줄 수 있다면, 저들은 의자를 발로 차며 좋아했을 텐데. 어서 나가! 내기를 해야지.

폴리 (등장하며) 여러분…….

군인들 잠깐만요! 쉬는 시간이 너무 짧아요! 뭘 좀 마실 시간을 주세요! 당신들도 마셔야지!

폴리 당신들도 내기를 하지 않겠소? 어머니와 달의 두 의견 가운데 어느 것이 옳은지를 말이요.

군인들 뻔뻔하군! 내기를 해서 돈을 더 우려먹으려고! 저놈들이 하는 꼬락서니를 지켜보자고! 처음은 늘 별 것 아니거든.

폴리 자! 어머니 편을 드는 사람, 이리 나오시오! (아무도 나가지 않는다.) 달 편을 드는 사람 이리 나오시오! (아무도 나가지 않는다.)

폴리, 기분 나빠하며 퇴장한다.

우리아 (막 뒤에서) 저 사람들이 내기를 걸었어?

폴리 별로 내기를 안 거는데. 저 사람들은 결정적인 순간이 아직 오지 않았다고 생각하고 있어. 정말 초조해지네.

제세 저 사람들 엄청나게 마셔대는군. 이제 더 경청할 수 없을 정도로 말이야.

우리아 음악을 틀고 해 봐야겠는데. 그래야 저 사람들 정신 좀 차리게 하지.

폴리 (밖으로 나온다.) 자, 이제 전축을 틀어! (안으로 들어온다. 막이 올라간다.) 달과 어머니 그리고 아기 코끼리 나오시오. 이제 당신들은 수수께끼 같은 이 범죄의 전말을 알게 될 거요. 아래에 있는 당신들도 물론 알게 되겠죠. 재키 폴, 당신은 존경하는 어머니를 찔렀다는 사실을 어떻게 숨기려고 하나요?

갈리 가이 내가 힘없는 여자에 불과한데, 어떻게 그런 일을 할 수 있겠어요?

폴리 그래요? 재키 폴. 당신은 당신이 말한 것처럼 그렇게 어린 소녀가 아닌데요. 자, 이제 나의 첫 번째 위대한 증기를 들어 보시오. 화이트채플에서 보낸 내 유년기 시절에 발생한 특이한 이야기가 떠오릅니다.

군인들 남부 펀자브 지방이군요!

폭소가 터진다.

폴리 남부 펀자브 지방이죠. 한 남자가 전쟁에 동원되고 싶지 않아서 여자의 치마를 입고 있었죠. 그때 하사가 공을 들고 와서 그 공을 그의 무릎에 던졌습니다. 여자들은 치마로 공을 붙잡기 위해 다리를 벌리는데, 그는 그렇게 하지 않았습니다. 그래서 하사는 그가 남자인 것을 알았죠. 여기 이렇게 말입니다. (그들이 이 장면을 보여 준다.) 여러분들은 모두 이 아기 코끼리가 남자라는 것을 보았습니다. 막 내려!

막이 내린다. 약한 박수 소리.

폴리 대단한 성공이야, 들었지? 막을 올려! 절을 해!

막이 오른다. 박수 소리가 그친다.

우리아 저 사람들이 적대감을 드러내는데, 해결책이 안 보여.

제세 중단하고 입장료를 돌려줘야 해. 이제 두들겨 맞느냐, 아니냐가 문제야. 사태가 심각한 단계에 들어섰다고. 저 바깥 좀 봐!

우리아 입장료를 되돌려 준다고? 절대 그럴 수 없어! 그렇게 되면 살아남을 극장이 없어!

군인들 내일 티베드로 계속 진군해 간다. 뭐라고, 조지. 저것은 아마 4센트를 내고 칵테일을 마실 수 있는 마지막 고무나무일 거야. 전쟁을 하기엔 날씨가 좋지 않아. 저 녀석들이 저기 위에서 연극을 끝내면 좋을 텐데.

군인들 재미 삼아 짧은 노래라도 하나 불러 봐. 예를 들면, '조니, 너의 장화를 깨끗이 닦아'라는 노래라도 말이야.

군인들 브라보! (노래한다.) "조니, 닦아라……."

우리아 저 녀석들이 직접 노래를 부르는군. 우리도 계속해야겠는데.

폴리 '조니'는 참 멋진 노래인데. 나도 저기 아래에 앉아 있다면 얼마나 좋을까. 우리도 함께 노래를 부른다면 얼마나 좋을까! 자, 지금 시작이다! (막) 아기 코끼리가 …… (그는 군인들의 노랫가락에 맞서 악을 쓴다.) 아기 코끼리가 …….

군인들 계속 아기 코끼리래!

폴리 아기 코끼리가 '…… 한 다음에'라고 말하고 있는데.

군인들 아기 군인이라고 해요!

폴리 그 짐승이 내가 발견한 첫 번째 위대한 증거에 의해 사기꾼임이 밝혀지고 나서, 이제 두 번째 더 위대한 증거가 있다.

군인들 그것 좀 그만둘 수 없소, 폴리 씨?

우리아 계속해, 폴리.

폴리 아기 코끼리야, 난 네가 살인자라고 주장하는 거야. 네가 죽이지 않았음을 입증해 봐. 예를 들면 달을 죽이지 않았음을 말이야.

군인들 그건 완전히 잘못되어 있어요! 바나나 나무가 증명해야지요!

폴리 바로 그것이죠! 자, 잘 보세요! 이것이 연극의 특별히 흥미진진한 핵심입니다. 넌 결코 죽이지 않았음을 입증해야 해. 예를 들면 달을 죽이지 않았음을 말이야. 이 넝쿨을 타고 올라가서, 칼을 가져 와.

갈리 가이가 그렇게 한다. 달이 위에서 줄사다리를 붙잡고 있다.

군인들 (계속 노래를 부르고 싶어 하는 사람들을 침묵하게 한다.) 조용히 해요! 저기 저 위로 올라가는 것은 간단하지 않아요. 코끼리 머리 때문에 밖을 볼 수 없으니까 말이요.

제세 놓치지 말아야 할 텐데. 목소리에 힘을 줘, 우리아.

우리아는 소리를 지른다.

우리아 아, 아, 아!

폴리 달아, 뭐야? 왜 소리를 질러?

우리아 고통스러우니까. 나를 향해 올라오는 저 사람은 분명히 살인자야.

갈리 가이 줄사다리를 나뭇가지에 걸어 둬, 우리아. 내가 매우 무겁거든.

우리아 아아, 내 손이 찢어진다! 내 손이! 내 손이 말이야! 내 손이 찢어져!

폴리 자, 봐! 봐!

갈리 가이는 인공으로 만든 우리아의 손을 들고 보여 준다.

제세 이것 참 안 좋구나, 재키야. 네가 그러리라고는 생각하지 못했는데. 넌 내 아이가 아니야.

우리아 (팔 밑동을 높이 치켜들고) 저 녀석이 살인자임을 내가 입증하겠어.

폴리 저 녀석의 피 흘리는 팔 밑동을 보시오. 그가 스스로 살인자임을 증명했소. 그리고 너는 네가 살인을 저지르지 않았음을 입증하지 못했어, 아기 코끼리야. 넌 달을 괴롭혀서, 먼동이 트기 전에 피 흘리게 했으니까 말이야. 막을 내려! (막이 내린다. 그는 곧장 나간다.) 지금 내기를 한다면 술집 테이블이 적당할 거야.

군인들 (내기하러 간다.) 달에 1센트를 걸겠어. 아기 코끼리엔 0.5센트를 걸고.

우리아 저 녀석들이 서로 물어뜯는 꼴을 봐! 제세, 이제 네 차례야, 어머니의 고통을 독백으로 해 봐.

막이 올라간다.

제세 어머니라는 존재가 무엇인지 너희들은 아느냐?
아, 어머니의 가슴은 버터처럼 부드러워.
옛날에 그렇게 부드러운 어머니의 가슴이 너희들도 품어 주었지.
어머니의 손길이 뱃속을 채워 주었고
어머니의 눈길이 옛날에 너희들을 바라보았지.

그리고 어머니의 발길이 길의 돌들을 치워 주었고.
(웃는다.)
언젠가 잔디가 어머니의 가슴을 뒤덮고
(웃는다.)
그렇게 고귀한 영혼을 하늘로 끌고 갔지.
(웃는다.)
어머니가, 어머니가 탄식하는 소리를 들어라.
(웃는다.)
이 애송이를 어머니의 가슴에 품어 왔었다는 탄식의 소리를.

길고 왁자지껄한 폭소.

군인들 다시 한 번 더! 이것만 가지고도 10센트의 값어치는 있어! 브라보! 만세! 어머니를 위해 만세 삼창을 하자! 만세! 만세! 만세!

막이 내려온다.

우리아 계속해! 이거 성공이야! 무대 위로 가!

막이 오른다.

폴리 네가 살인을 저지를 수 있는 남자라는 것을 내가 입증했어. 아기 코끼리야, 네게 묻는데 말이야, 저게 네 어머니라고 주장하는 거야?

군인들 저 녀석들이 공연하고 있는 것은 터무니없어. 이것 참 역겨운데! 하지만 충분히 철학적이야! 저 녀석들은 뭔지 모를 행복한 종말을 준비해 놓게 될 거야. 믿어도 좋아! 조용히 하자!

폴리 옛 영국이 지배하는 나라에서 이 세상의 그 어떤 아이도 자기를 낳아 준 어머니의 머리카락 한 올이라도 다치게 할 것이라고 내가 주장하는 것은 아닙니다. (브라보) 「영국이여, 지배하라」 노래를 부르세요! (모두 「영국이여, 지배하라」를 부른다.) 여러분 감사합니다. 거친 사나이의 목구멍에서 감동적인 이 노래가 울려 퍼지는 한, 오랜 전통의 영국에서는 모든 것이 잘 되어 갈 것입니다. 자, 이제 계속합시다! 아아, 아기 코끼리야, 어디서나 사랑받는 이 여자, 위대한 예술가인 이 여자를 네가 살해했기 때문에, (브라보) 재키 폴, 네가 찬미받는 이 여자의 아들이나 딸이 될 수는 없어. (브라보) 쿠치비하르의 달아, 당구 초크 한 토막을 들고 무대 한가운데에 튼튼한 원을 그려 봐. 그런 다음 보통의 올가미를 손에 들고 기다려. 깊이 충격을 받은 이 어머니가 형편없이 그려진 이 원 한 가운데로 들어올 때까지 말이야. 그런 다음 조심스럽게 이 올가미를 그녀의 하얀 목덜미에 걸어!

군인들 하얗고 예쁜 저 어머니 목에, 하얗고 예쁜 저 어머니 목에 거시오!

폴리 아주 잘 했어. 재키 폴을 자처하는 너는 정의의 이 올가미의 또 다른 끝을 잡고 원 바깥에서 달을 마주보고 서. 자, 이제 내가 여자인 너에게 묻는다. 당신은 살인자를 낳았습니까? 침묵하시겠어요? 자, 좋습니다. 여러분 이제 저는 보여 드리겠습니다. 여기에 보여 드린 본래의 어머니가 사랑스런 아이에게서 등을 돌리는 모습을 말입니다. 물론 저는 그 이상을 보여 드릴 것입니다. 정의라는 끔찍한 태양이 은밀하게 숨겨진 깊은 부분까지 비추어 줄 테니까요.

군인들 너무 과장하지 마시오, 폴리 씨! 조용히 해요!

폴리 마지막으로, 재키 폴. 아직도 넌 이 불행한 여자의 아들이라고 주장하는 거야?

갈리 가이 그래.

폴리 그렇지 그래. 네가 아들이라는 거지? 전에는 딸이라고 했는데 말이야. 물론 네 진술에서 중요한 것은 이것이 아니지. 이제 우리는 최후의 가장 중요한 증거, 즉 지금까지의 모든 것을 뛰어넘는 완벽할 정도로 만족스러운 근본적인 증거로 넘어가겠습니다, 여러분. 재키 폴, 네가 이 어머니의 아이라면, 너에게는 어머니임을 주장하는 이 여인을 당신 쪽에서 원 바깥으로 끌어낼 힘이 주어져 있을 거야. 분명하지.

군인들 유리컵처럼 분명해! 우유 컵처럼 말이요! 잠깐만요! 저 사람이 완전히 잘못한 것 같은데! 재키, 진실을 놓치지 마시오!

폴리 셋 하면 잡아당겨요! (모두가 함께 센다.) 시작!

갈리 가이는 제세를 자기 쪽으로, 원 바깥으로 끌어낸다.

제세 멈춰! 그만 둬! 빌어먹을! 도대체 뭘 생각하는 거야! 내 목을!

군인들 목이 어쨌다는 거요! 잡아당겨요, 재키! 그만 둬! 저 녀석이 벌써 대구처럼 새파랗게 되었어!

제세 도와줘!

갈리 가이 내 쪽으로 와! 내 쪽으로!

폴리 자. 이제 너희들은 뭐라고 하겠어? 이런 야만성을 본 적이 있어? 그래, 이제 이 부자연스런 기만이 응분의 대가를 받는 거지. 너도 깜빡 속았으니까. 네가 그렇게 야만적으로 잡아당겼을 때, 넌 네가 생각한 바를 입증한 것이 아니야. 오히려 네가 이렇게 고통스러워하는 불행한 어머니의 아들이나 딸이 될 수 없음을 입증한 것이지. 네가 진실을 백일하에 밝혔어, 재키 폴!

군인들 오오! 브라보! 무섭군요! 이것이 다정한 가족이라니요? 어서 가시오, 재키, 당신은 이제 끝났소! 사기야! 진실을 말하시오, 재키!

폴리 그래요, 여러분, 이 정도면 충분하다고 생각합니다. 나는 가장 중요한 증거가 이제 밝혀졌다고 생각합니다. 여러분, 내 말을 잘 들어 보시오. 처음에 격렬하게 항의해야겠다고 생각했던 사람들은 물론이고, 증거들이 발견되어 입지가 약화된 이 불쌍한 아기 코끼리에게 살인자가 아니라고 상당량의 돈푼깨나 걸었던 분들도 내 말을 잘 들어 주기를 부탁합니다. 이 아기 코끼리는 살인자거든요. 이 아기 코끼리는 스스로 주장한 것과는 달리 이 고귀한 어머니의 딸이 아니라 아들입니다. 이것은 내가 입증한 바 있습니다. 물론 당신들이 보셨듯이, 아들도 아니지요. 이 아기 코끼리는 자기가 죽인 그 귀부인의 아이가 아닙니다. 그녀는 여기 여러분 앞에 서서 마치 아무 일도 없었던 것처럼 서 있지만 말입니다. 이것은 매우 자연스러운 일이고, 또 내가 입증한 것은 실제로 결코 일어날 수도 없습니다. 나는 지금 모든 것을 증명하고 있고 또 훨씬 더 많은 것을 주장하고 있습니다. 나는 내 주장을 포기하지 않고, 오히려 의견을 고집하며 증명하고 있습니다. 증거가 없다면 도대체 뭐가 있겠느냐고 나는 묻고 싶습니다. (박수 소리가 점점 커진다.) 증거가 없다면 인간은 인간이 아니라, 오랑우탄일뿐입니다. 다윈이 입증한 것처럼 말입니다. 그렇다면 도대체 진보라는 것은 어디에 존재하겠소? 눈짓으로 신호만 보내주면 마구 거짓말이나 해대는, 아무 짝에도 쓸모없는 이 아기 코끼리 놈아, 뼛속까지 가짜인 이놈아, 이 사실이 핵심이기도 한데, 네 놈이 눈신호만 보내 준다면, 신사 여러분, 저는 어쨌든지 이 아기 코끼리가 결코 아기 코끼리가 아니라, 기껏해야 티페라리 출신의 제라이아 집임을 증명해 보이겠습니다.

군인들 만세!

갈리 가이 그래봐야 소용없어!

폴리 왜? 왜 소용없어?

갈리 가이 이것은 이 연극에 어긋나니까. 철회해야 해!

폴리 넌 살인자잖아.

갈리 가이 그건 사실이 아니야!

폴리 내가 증명해. 내가, 내가, 내가 증명해.

갈리 가이는 신음소리를 내며 바나나 나무에 쓰러진다. 그 충격으로 아래 밑동이 부러진다.

폴리 (쓰러지며) 이것 봐! 이것 봐!

우리아 그래, 네가 살인자야.

폴리 (신음 소리를 내며) 그리고 내가 증명했어.

막이 내린다.

우리아 어서 노래를 부르자!

네 명의 배우 (커튼 앞으로 와, 서서 노래한다.)

아아, 우간다에서는 얼마나 즐거운가
베란다의 의자 하나에 7센트
아아, 이 늙은 호랑이와 포커 놀이가.
아아, 우리는 또다시 그렇게 잘 놀았어.
우리는 아버지 크뤼거의 살갗을 걸고
그는 낡은 모자를 걸었어.
아아, 우간다의 달은 참으로 평화로워 보였어!
아침이면, 그곳에 앉아
공기가 서늘하게 스치고
기차는 떠나갔어.
그렇게 많은 돈을 갖고 있지 않았지.
민간인 복장을 한 호랑이와
작은 포커 판을 벌일 적에 말이야.

베란다의 의자 하나에 7센트

군인들 끝났소? 빌어먹게도 불공정해요. 이것이 좋은 결말인가요? 이렇게 끝내서는 안 됩니다. 막을 올려요! 계속 더 공연합시다!

폴리 그게 뭔 말이요! 더 이상 대본도 없는데! 정신 좀 차려요! 극은 끝났으니.

군인들 이런 뻔뻔한 일은 처음이야. 이것은 맑은 물에 낀 불순물이고 말고. 건전한 인간의 오성에 반하는 일이라고. (한 무리의 사람들이 대오를 이루어 무대에 올라가서 진지하게 말한다.) 입장료를 돌려주시오! 아기 코끼리에게 만족할만한 결말이 주어지던지, 아니면 우리가 모아 준 동전들을 2초 안에 극장 테이블 위에 올려놓던지 하시오, 쿠치비하르의 달이여!

폴리 진지하게 부탁합니다. 순수한 진실이 공연되었지 않습니까.

군인들 이제 곧 순수한 진실의 정수를 당신들이 목격하게 되지 않을까 두렵습니다.

폴리 당신들이 예술을 이해하지 못하고, 예술가들에 대해 경건한 마음을 갖고 있지 않으니까 그런 것이요.

군인들 잡설은 더 이상 필요치 않소!

갈리 가이 제 말을 잘 이해해 주시오. 당신들이 여기서 본 것을 내가 편들지 않는다고 생각하지는 말아 주시오.

폴리 브라보! 캡틴!

갈리 가이 미리 말씀드립니다. 당신들 가운데 가장 집요하게 입장료 환불을 요구하는 분 계십니까? 그런 특이한 분이 계시다면 난 그분을 곧장 4온스의 글러브를 끼고 8라운드 이상 가는 권투 시

합에 초대하고 싶습니다.

군인들 앞으로 가, 타운리! 이 아기 코끼리의 긴 코를 쓰다듬어 줘!

갈리 가이 자, 이제, 우리는 알게 될 것입니다. 우리가 공연한 것이 진실인지 아닌지 혹은 이 연극이 좋은 연극인지 아닌지를 말입니다, 여러분.

모두가 권투 경기장으로 가기 위해 퇴장한다.

서푼짜리 오페라

존 게이의 『거지의 오페라』를 원작으로 함.

함께 일한 사람들: 엘리자베트 하우프트만 · 쿠르트 바일

『서푼짜리 오페라』는 서사극 실험이다.

등장인물

조나단 제레미아 피첨 – 거지 일당의 두목
피첨 부인
폴리 – 피첨 부부의 딸
매키스 (맥, 매키) – 노상 강도단의 두목
브라운 – 런던 경찰청장
루시 – 브라운의 딸
제니
수양버들 월터
동전 매티아스
갈고리 손가락 제이콥
톱날 로버트
지미
이드
필치 – 피첨의 거지들 가운데 한 명
스미트 – 경찰
창녀들
거지들
경찰들
군중
살인 가요 가수

서막

칼잡이 매키의 살인 가요

[소호의 대목장]

거지들은 구걸하고, 도둑들은 도둑질하며, 창녀들은 창녀질한다. 살인 가요 가수가 살인 가요를 부른다.

> 상어는 이빨이 나
> 얼굴에 달고 다니지만
> 매키스는 칼을 품어도
> 그 칼, 눈에 안보이네.

상어는 피를 흘리면
지느러미가 붉어지지만
칼잡이 매키는 장갑을 끼어
비행이 드러나지 않네.

템스 강 푸른 물에
갑자기 사람들 쓰러지는데
페스트도 아니고, 콜레라도 아니고
매키가 돌아다니기 때문이라네.

화사하고 푸른 어느 일요일
사람 한 명 강가에 죽어 있고
한 명은 모퉁이를 돌아가는데
그 사람이 칼잡이 매키라 하네.

슈물* 마이어가 사라졌고
부자 몇이 또 그렇게 되었네.
그 돈을 가진 자는 칼잡이 매키
그러나 증거는 없다네.

피첨이 아내와 딸과 함께 무대 위, 왼쪽에서 오른쪽으로 산책하듯 걸어간다.

제니 타울러가 발견되었네.
가슴에 칼이 꽂힌 채.
부둣가엔 칼잡이 매키가 걸어 다니네.
아무것도 모르는 듯.

운송업자 알퐁스 글라이트는 어디에 있는가?
언젠가 백일하에 드러날까?
누군가는 알 수도 있겠지만
칼잡이 매키는 모른다네.

소호에 난 큰 불
아이 일곱에 노인 한 명
군중 속엔 칼잡이 매키가 있었지만
아무도 그에게 묻지 않고, 그도 아무것도 모른다네.

누구나 이름을 알고 있는
나이 어린 과부
일어나 보니 추행을 당했다네.
매키, 네가 치를 대가는 무엇인가?

창녀들 사이에서 폭소가 인다. 그들 가운데 한 사람이 빠져 나와 급히 무대 전체를 지나 사라진다.

선술집의 제니 그건 칼잡이 매키였어!

제1막

제1장

점점 굳어 가는 사람들의 마음에 대처하기 위해 사업가 J. 피첨이 가게를 열었다. 그곳에는 비참한 사람들 중에서도 가장 비참한 사람들이 점점 닫혀 가는 사람들의 마음에 호소할 수 있는 모습을 갖추었다.

[조나단 제레미아 피첨의 거지 의상실]

피첨의 아침 찬송

깨어나라, 타락한 기독교도여!
죄 많은 삶을 시작하라.

보여 주어라, 네 놈 악당의 본질을.
주님이 갚아 주시리라.

너의 형제를 팔아먹어라, 악당 놈아!
너의 아내의 몸값을 흥정해라, 애송이 놈아!
주님이 네 놈에겐 아무것도 아니란 말이냐?
최후의 심판 때 갚아 주시리라!

피첨 (관객에게) 뭔가 새로운 일이 일어나야 합니다. 제 사업이 너무 어렵거든요. 사람의 동정심을 깨우는 것이 제 사업입니다. 사람의 심금을 울리는 물건들이 몇 가지 있긴 합니다. 그러나 기분 나쁘게도, 몇 번 시도해 보면 더 이상 효과가 없어지죠. 사람은 자기 마음대로 무감각해질 수 있는 끔찍한 능력을 보유하고 있기 때문입니다. 예를 들면 말이죠, 길모퉁이에 손목이 잘려 팔목이 뭉툭해진 한 사람이 서 있는 모습을 보면, 처음에는 깜짝 놀라 10페니히를 줄 준비가 되어 있다가도, 두 번째에는 5페니히로 줄고, 세 번째 보면 냉정하게도 그 사람을 경찰에 넘기고 맙니다. 정신적인 보조 수단도 이와 똑같아요. ('주는 것이 받는 것보다 더 복이 있다'라고 쓴 커다란 판자가 천정에서 내려온다.) 매력적인 판자 위에 써 놓은, 절박하기 이를 데 없는 이런 멋진 구호가 무슨 소용이 있습니까? 이렇게 빨리 소모되어 버리는데 말입니다. 성경에는 마음을 울리는 구절이 네다섯 개나 있습니다만, 이것을 써먹고 나면 당장 밥벌이를 못하게 되지요. 예를 들면 '남에게 주어라. 그러면 너희도 받을 것이다'라는 구절은 여기에 걸어 놓은 지 3주도 채 못 되어서 쓸모없어졌습니다. 늘 새로운 것이 제시되어야 합니다. 바로 이런 성경을 또 써먹어야겠는데, 얼마나 더 그렇게 할 수 있을까요?

문 두드리는 소리가 나고, 피첨이 문을 열자, 필치라는 이름의 젊은이가 들어온다.

필치 피첨 회사인가요?

피첨 피첨이오.

필치 '거지의 친구'라는 회사의 사장님이십니까? 사람들이 저를 사장님께 보냈습니다. 그래요, 저기 구호가 있네요! 이것이야말로 한 재산이군요! 사장님은 이런 구호들이 담긴 책을 도서관 하나를 차릴 만큼 많이 가지고 계시겠죠? 이것 참 완전히 다른 세상이군요. 우리 같은 사람들이야, 어떻게 이런 생각을 하겠어요? 배운 게 없으니, 어찌 사업이 번창하겠습니까?

피첨 당신 이름이 뭐요?

필치 보십시오, 피첨 사장님. 저는 어려서부터 불행했습니다. 우리 엄마는 주정뱅이였고, 아버지는 노름쟁이었거든요. 옛날부터 의탁할 데 없이, 어머니의 사랑스런 손길도 없이, 저는 대도시의 늪에 점점 깊숙이 빠져들었답니다. 아버지의 보살핌도, 마음을 터놓을 가정의 행복도 알지 못했으니까요. 저를 보시다시피…….

피첨 내가 보다시피…….

필치 (혼란스러워 하며) 돈 한 푼 없이, 내 충동의 제물이 되었습니다.

피첨 파도 높은 바다의 난파선 따위 같군. 이보게 난파선, 어느 구역에서 이 동요를 읊는지 말해 보게.

필치 왜 그러시죠, 피첨 사장님?

피첨 자넨 공개적으로 일장 연설을 하겠지?

필치 네, 피첨 사장님. 어제 하이랜드 거리에서 난처한 사건이 발생했습니다. 전 거기에서 재수 없게 말없이 모퉁이에 서 있었죠. 손에 모자를 들고요. 불길한 일이 일어나리라고는 전혀 예상도 못했습니다.

피첨 (수첩을 넘기며) 하이랜드 거리라. 그래 맞아, 자네가 바로 그 개똥같은 놈이군. 호니와 샘이 어제 붙잡았던 그놈 말이야. 자네는 뻔뻔하게도 제10구역에서 행인들을 귀찮게 했어. 하느님이 사시는 곳을 자네가 몰랐다고 생각해서, 흠씬 두들겨 패는 것으로 끝냈어. 다시 한 번 나타나면 그땐 톱을 사용하겠어, 알겠나?

필치 제발, 피첨 사장님, 부탁드립니다. 제가 어떻게 해야 할까요, 피첨 사장님? 그분들은 저를 정말로 새파랗게 멍이 들도록 두들겨 패더니, 사장님의 회사 명함을 주었어요. 제 윗도리를 벗겨 보시면, 아마 멍든 대구 한 마리를 보시는 느낌이 들 겁니다.

피첨 이보게 친구. 자네가 넙치처럼 보이지 않는 것만 봐도, 내 부하들이 빌어먹게도 일을 제대로 처리하지 않은 거야. 그러던 참에 새파랗게 젊은 놈이 와서, 앞발만 내밀고 고깃덩어리를 물도 안 묻히고 먹겠다고 하는 거지. 누가 자네의 연못에서 최고로 맛

좋은 송어를 낚아낸다면, 자넨 뭐라고 말하겠나?

필치 네, 사장님도 아시겠지만, 저에겐 연못이 없거든요.

피첨 그러니까 말이야. 면허란 전문가에게나 수여하는 거잖아. (사업을 하듯이 지도를 보여 준다.) 런던은 열네 개 구역으로 나뉘어 있어. 그 가운데 한 곳에서 구걸업을 하려고 하는 사람은 누구나 조나단 제레미아 피첨 회사의 면허장을 필요로 하지. 그럼, 누구나 와도 좋아. 충동의 제물이 되어서 말이야.

필치 피첨 사장님. 돈 몇 푼만 있어도 저는 완전한 파멸을 면할 수 있습니다. 뭔가 대책이 있어야겠어요. 손에 단 돈 2실링만 가지고는…….

피첨 20실링만 내!

필치 피첨 사장님! (애원하며 현수막을 가리킨다. 거기에는 이렇게 쓰여 있다. "비참에 귀를 막지 마라.")

피첨 (진열장 앞 커튼을 가리킨다. 거기에는 이렇게 쓰여 있다. "주어라. 그러면 얻을 것이다.")

필치 10실링만 하지요.

피첨 게다가 주말에 정산할 때에는 50퍼센트야. 장비가 딸리면 70퍼센트고.

필치 부탁합니다. 그런데 장비가 뭔가요?

피첨 그건 회사가 결정하지.

필치 전 어느 구역으로 가야 할까요?

피첨 베이커 거리 2-103번지. 그곳은 값도 싸. 장비를 포함해도 거긴 50퍼센트야.

필치 여기 있습니다. (돈을 지불한다.)

피첨 자네 이름이 뭐지?

필치 찰스 필치입니다.

피첨 맞았어. (소리 지른다.) 피첨 부인! (피첨 부인이 온다.) 이분이 필치요. 314번이요. 베이커 거리 구역으로. 내가 적어 넣겠소. 물론 대관식을 앞둔 지금 자네는 고용되고 싶겠지. 푼돈이나마 건질 수 있는, 한평생 가운데 유일한 시간이기도 해. 장비는 C로 하지. (그가 진열장 앞의 아마포 커튼을 연다. 그 안에는 다섯 개의 밀랍 인형이 서 있다.)

필치 이게 뭔가요?

피첨 사람의 마음을 움직이기에 적합한 비참함의 다섯 가지 기본 유형이지. 이러한 유형을 보면 사람들은 부자연스런 상태가 되어, 돈을 내놓을 준비가 되지. 장비 A, 발전한 교통수단의 희생자야. 불구이지만 기분은 좋은 사람유형이지, 늘 명랑해. (그가 이 유형의 사람을 시범으로 보여 준다.) 늘 무사태평이고. 뭉툭하게 잘린 팔 때문에 더욱 효과가 크겠지. 장비 B, 전쟁 기술의 희생자야. 몸을 떨면서 귀찮게 굴지. 행인들을 괴롭히는 거야. 역겨운 느낌을 일으켜서 효과를 얻는 거지. (그가 이 유형의 사람을 시범으로 보여 준다.) 명예 훈장 때문에 완화시킬 수는 있어. 장비 C, 산업 발전의 희생자야. 불쌍한 맹인이지. 다시 말하면 동냥 기법의 고급 과정이야. (필치를 향해 비틀비틀 다가가며, 그가 이 유형의 사람을 시범으로 보여 준다. 필치에게 부딪치는 순간, 필치는 경악을 하며 소리 지른다. 피첨은 즉각 중단하고, 놀라서 그를 훑어보다가 갑자기 소리 지른다.) 이 녀석, 동정심을 갖다니! 당신은 평생 거지가 될 수 없을 거야. 그런 짓은 기껏해야 행인들에게나 통용되지. 그러니 장비 D로 해! 셀리아, 당신 또 술을 마셨군! 이젠 정신 차리고 잘 봐! 136호가 제복에 대해 불평을 늘어놓았어. 몇 번이나 말해야 알아듣겠어? 신사란 더러운 옷을 몸에 걸치지 않는다는 걸 말이야. 136호는 이제 막 만든 옷값을 지불했어. 동정심을 불러일으킬 수 있는 유일한 것은 얼룩인데, 그냥 스테아린 양초를 다림질해서 얼룩을 만들면 되는 거잖아. 그저 생각을 안 한단 말이야! 모든 것을 스스로 해야지. (필치에게) 옷을 벗고, 이걸 입어 봐. 잘 간수해!

필치 그러면 내 옷은 어떻게 되지요?

피첨 회사 소유가 되지. 장비 E 말이야. 한때 유복한 시절을 보냈던 젊은이, 내지는 요람에서 노랫가락을 들어 보지 못한 젊은이를 위한 것이지.

필치 아 그렇습니까? 재활용하시려는 거죠? 저는 왜 한때 유복한 시절을 보냈던 사람의 역할을 할 수 없나요?

피첨 누군가로 하여금 자네의 비참함을 믿게 하지 못하기 때문이지. 자네가 복통을 느끼고, 말로 표현하면 역겨운 느낌만을 불러일으킨다고. 더 이상 물어볼 것도 없을 테니, 이것을 입기나 해!

필치 옷이 약간 더럽지 않나요? (피첨이 그를 뚫어지게 바라보니까) 죄송합니다! 죄송합니다.

피첨 부인 이제 어서 빨리빨리 좀 해봐, 젊은이! 내가 크리스마스까지 당신 바지를 갖고 있을 수는 없잖아.

필치 (갑자기 격렬해지며) 장화는 안 벗겠어요! 절대로요! 차라리 포기하면 했지. 이것은 불쌍한 우리 엄마가 준 유일한 선물이거든요. 절대로, 절대로 안돼요. 제가 아무리 비참해졌다고 하더라도 말이에요.

피첨 부인 말도 안 되는 소리 하지 마! 네 발이 더럽다는 것을 내가 알아.

필치 어디서 발을 씻어요? 이 한 겨울에요!(피첨 부인은 그를 벽 칸막이 뒤로 데리고 간다. 그러고는 왼쪽에 앉아서 양초를 양복에 넣고 다리미질을 한다.)

피첨 당신 딸은 어디에 있소?

피첨 부인 폴리요? 위에요!

피첨 이 녀석이 어제도 왔었소? 내가 없을 때면 나타나는 그놈 말이요!

피첨 부인 너무 의심하지 마세요, 조나단. 그 사람보다 더 멋진 신사분도 없을 거예요. 대위님은 우리 폴리에게 각별한 마음을 가지고 있어요.

피첨 그래요.

피첨 부인 제가 겨우 10페니짜리나 구별할 정도로 머리가 나쁘긴 해도, 폴리도 그 사람을 아주 멋지게 여기고 있다고요.

피첨 셀리아, 당신은 당신 딸을 헐값에 내주려고 하는 거요. 마치 내가 백만장자라도 되는 듯이 말이요. 그 아이가 결혼하기를 바라는 거겠지? 역겨운 이 염탐꾼들이 우리를 추적할 경우, 허접스러운 우리 가게가 일주일이라도 버틸 것 같소? 신랑감이라고!

그 녀석이 당장에 우리를 손아귀에 쥐게 되겠지! 그렇게 우리를 쥐게 될 거야! 잠자리에 들면 당신 딸이 당신보다도 더 주둥이를 잘 다물어 줄 것이라고 생각하오?

피첨 부인 당신 딸에 대해 참 멋진 생각을 하고 있군요!

피첨 아주 나쁜 년이야. 제일 나쁜 년이지. 욕정 덩어리에 불과해!

피첨 부인 욕정도 어쨌든지 당신에게 물려받은 것 아니겠어요.

피첨 결혼한다고! 내 딸은 나에게 배고픈 사람한테 빵과 같은 존재가 되어야 해. (그가 책장을 넘긴다.) 성경에도 어딘가에 나와 있어. 결혼이라고. 그것은 도대체가 욕정에 눈이 먼 짓거리야. 그 녀석이 그런 생각을 못하게 해 놓겠어.

피첨 부인 조나단, 당신 참 교양이 없군요.

피첨 교양이 없다고! 그놈의 이름이 뭐요?

피첨 부인 그냥 '대위'라고만 부르던데요.

피첨 당신들은 그 사람 이름도 물어보지 않았단 말이요? 재미있군!

피첨 부인 그렇게 점잖은 분이 우리 두 사람을 오징어호텔로 스텝이나 한 번 밟아 보자고 초대까지 하셨는데, 어떻게 우리가 볼품없이 그 사람에게 출생증명서를 보여 달라고 하겠어요?

피첨 어디라고?

피첨 부인 오징어호텔에서 스텝이나 한 번 밟아 보자고 말이에요.

피첨 대위가? 오징어호텔로? 그래, 그래…….

피첨 부인 그분은 내 딸과 나를 늘 번들거리는 장갑을 낀 손으로 맞아 주셨어요.

피첨 번들거리는 장갑이라고!

피첨 부인 게다가 그분은 정말로 늘 장갑을 끼고 계셨어요. 그것도 흰색 장갑을. 흰색의 번들거리는 장갑 말이에요.

피첨 그래, 흰 장갑에다 상아 손잡이가 달린 지팡이를 짚고, 구두에는 각반을 두르고, 락카 칠을 한 구두를 신고, 천성적으로 사로잡는 듯한 모습에 흉터가…….

피첨 부인 목에 있죠. 그런데 당신이 어떻게 그분을 알죠?

필치가 칸막이 시설에서 기어 나온다.

필치 피첨 사장님. 조언 하나만 더 해 주시겠어요. 저는 늘 체계적인 것을 좋아했어요. 아무렇게나 마구 지껄여 대는 것을 좋아하지 않아요.

피첨 부인 이 사람이 체계를 원한다네!

피첨 바보 행세를 해야 해.

피첨 오늘 저녁 여섯 시에 오게. 그러면 필요한 것을 가져다줄 테니. 어서 잠이나 자러 가!

필치 감사합니다, 피첨 사장님. 천 번 만 번이나 감사합니다. (퇴장)

피첨 50퍼센트야! 이제 말해 주겠소, 장갑 낀 이 녀석이 누구인지. 칼잡이 매키요.

그는 계단을 올라가 폴리의 침실로 간다.

피첨 부인 맙소사! 칼잡이 매키야! 예수님! 예수님 오셔서 우리와 함께하소서! 폴리! 폴리는 어떻게 되었어?

피첨이 천천히 돌아온다.

피첨 폴리? 폴리는 집에 안 왔는데. 침대가 그대로 있어.

피첨 부인 양모 장사와 저녁 식사를 했군요. 분명해요, 조나단!

피첨 주여, 그 사람이 양모 장사이게 해 주소서!

피첨 부부가 막 앞으로 걸어 나와 노래한다. 노래 조명은 황금빛이다. 장대에 매달려 위에서 세 개의 램프가 내려온다. 판자에는 '그것 대신의 노래'라고 쓰여 있다.

그것 대신의 노래

1

피첨

집안 따뜻한 침대에 머무는
대신에
그들은 재미를 보고 싶어 해.
마치 특별한 순대라도 구워 대접받은 듯이

피첨부인

저것은 소호 위에 뜬 달
저것은 빌어먹을 놈의 노래 가사, "내 심장이 뛰는 걸 느끼나요."

저것은 "네가 가는 곳 어디든지, 나도 가리, 조니"
사랑이 솟구치고 달이 차오를 때면.

2

피첨

그들은 의미 있고 목적이 뚜렷한 일을 하는 대신에
그들은 재미를 보네.
당연히 그러다가 똥물에 빠져 죽어 가지.

둘이서

저것은 소호 위에 뜬 달
무슨 소용이람. 너의 소호 위에 뜬 달은
저것은 빌어먹을 놈의 노래 가사, "내 심장이 뛰는 걸 느끼나요."
빌어먹을 그 가사 어디에 있나요.
저것은 "네가 가는 곳 어디든지 나도 가리, 조니"
도대체 어디 있나, "네가 가는 곳 어디든지 나도 가리, 조니"는.
사랑이 끝나면, 너도 똥물에 빠져 죽을 텐데.

제2장

강도 칼잡이 매키는 소호의 심장 한복판에서 거지 왕의 딸 폴리 피첨과 결혼식을 올린다.

[텅 빈 마구간]

매티아스 (마구간에 빛을 비춰 본다. 권총을 들고) 이봐! 여기 누구 있나! 손들어!

매키스가 들어와서 무대 전면을 따라서 빙 돈다.

매키스 자, 여기 누가 있소?

매티아스 아무도 없습니다! 여기서 결혼식을 올려도 좋겠어요.

폴리 (신부복을 입고 들어온다.) 이건 마구간이네.

맥 잠시 구유 위에 앉아요, 폴리. (관객을 향해서) 이 마구간에서 오늘 폴리 피첨 양과의 결혼식이 거행됩니다. 이 여자는 사랑 때문에 나를 따라왔습니다. 앞으로 나와 삶을 함께하기 위해서죠.

매티아스 많은 런던 사람들이 말할 것입니다. 당신이 오늘까지 감행한 일 중에 피첨 씨의 외동딸을 유혹해서 가출하게 한 일이 가장 용감한 일이라고 말입니다.

맥 피첨 씨가 누구지?

매티아스 그 사람은 스스로 런던에서 가장 가난한 사람이라고 주장하겠죠.

폴리 여기서 결혼식을 올릴 수 있겠어요? 이곳은 아주 평범한 마구간인데요. 이곳으로 목사님을 오시라고 할 수는 없어요. 게다가 이 마구간은 우리 것도 아니잖아요. 정말이지 우리의 새로운 삶을 이렇게 침입해서 시작할 수는 없어요, 맥. 우리 일생에서 가장 아름다운 날인데 말이에요.

맥 귀여운 사람. 당신이 원하는 대로 모두 될 거요. 발을 돌부리에 부딪치게 하고 싶지는 않아요. 시설물들도 곧 가져올 거요.

매티아스 가구들이 옵니다.

커다란 트럭이 들어오는 소리가 들린다. 대여섯 명의 사람들이 들어와서 양탄자와 가구 그리고 접시 따위를 끌고 와, 마구간을 매우 멋진 연회 장소로 변모시킨다.

맥 잡동사니네.

남자들이 왼쪽에 선물들을 내려놓고, 신부에게 축하의 말을 건네며, 신랑에게 보고한다.

제이콥 축하합니다! 진저 거리 14번지에 사람들이 있었습니다. 2층에요. 먼저 이들을 쫓아내야 했습니다.

톱날 로버트 축하합니다. 해안가에서 경찰 한 놈이 뒈졌죠.

맥 아마추어 같은 놈들이군.

이드 할 수 있는 한, 최선을 다했습니다만. 웨스트엔드에 있는 세 녀석은 어떻게 해 볼 도리가 없었습니다. 축하합니다.

매크 아마추어 같은 놈들 같으니라고.

지미 나이가 꽤 든 신사 한 분이 좀 맞았지요. 하지만 그게 뭐 심각한 것이라고는 생각하지 않습니다. 잘 되시기를 바랍니다.

맥 유혈 사태는 피해야 한다는 것, 그게 내 지시였지. 그 일은 생각만 해도 기분이 나빠져. 당신들은 결코 사업가가 못될 거야! 식인종은 될지 몰라도, 사업가는 못돼!

월터 (수양버들 월터라고 불림) 축하합니다. 이 쳄발로는, 부인, 반시간 전만 해도 서머싯셔의 공작부인 소유였습니다.

폴리 이 가구는 뭐죠?

맥 가구가 마음에 듭니까, 폴리?

폴리 (운다.) 그 많은 불쌍한 사람들이, 몇 개 되지도 않는 이 가구들 때문에.

맥 가구는 무슨 놈의 가구! 허접한 것들이지. 네가 화를 내는 것도 당연해. 자단목 쳄발로에다 르네상스 풍의 소파라고, 용서할 수 없군. 식탁은 도대체 어디 있는 거야?

월터 식탁?

그들은 구유 위에디 널빤지를 몇 개 올려놓는다.

폴리 아, 맥! 저는 참으로 불행하군요. 제발 목사님이라도 안 오셨으면 좋겠어요.

매티아스 물론 오시겠죠. 그분에게 길까지 정확히 알려 주었는데요.

월터 (식탁을 보여 준다.) 식탁입니다!

맥 (폴리가 울자) 내 아내가 제 정신이 아니야. 다른 의자들은 도대체 어디에 있는 거야. 쳄발로는 있는데, 의자는 하나도 없군. 생각을 안 한다니까. 내가 대체 결혼식을 몇 번이나 올린다고 이런 일이 일어나는 거야? 닥쳐, 수양버들 놈아. 내가 너희들에게 뭔가 일을 맡기는 것이 몇 번이나 되느냔 말이야? 그런데 지금 너희들은 내 아내를 처음부터 불행하게 만들고 있어.

이드 사랑하는 폴리…….

맥 (그의 머리에서 모자를 쳐서 떨어뜨린다.) '사랑하는 폴리!'라니. 네 놈 머리통을 갈겨서 '사랑하는 폴리!'라는 말과 함께 네 놈의 창자 속에 처박아 넣겠어, 이 똥 뿌리는 놈아. 다들 '사랑하는 폴리!' 어쩌고저쩌고 하는 말 들었어? 네가 그녀와 같이 자기라도 했어?

폴리 제발, 맥!

이드 그럼 제가 맹세하겠는데…….

월터 부인, 몇 가지 비품이 모자라면, 저희들은 다시 한 번…….

맥 자단목 쳄발로는 있는데, 의자는 하나도 없다고. (웃는다.) 신부로서 당신이 이에 대해 무슨 할 말이 있겠소?

폴리 그게 아주 나쁜 것은 아니에요.

맥 의자 둘에 소파 하나. 그리고 신혼부부는 바닥에 앉고!

폴리 그래요, 그것 참 좀 그렇군요!

맥 (날카로운 소리로) 이 쳄발로의 다리를 잘라내! 어서! 어서!

네 명의 사람 (쳄발로 다리를 자르며 노래한다.)

빌 로젠과 메리 사이어는
지난 주 수요일 부부가 되었는데
동사무소 앞에서 혼인할 때에도
드레스가 어디 것인지 남자가 모르네.

남자의 이름이 무엇인지 여자가 모르네.

만세!

월터 결국 이렇게 해서 벤치 하나가 생겼군요. 부인.

맥 신사 여러분, 부탁컨대, 너덜너덜한 옷들을 벗고, 말쑥하게 차려입으세요. 평범한 사람의 결혼식도 아니니까요. 폴리, 이 음식 바구니를 좀 맡아 주겠소?

폴리 이게 결혼식 때 쓸 음식인가요? 모두 훔친 것인가요, 맥?

맥 물론이오, 물론.

폴리 문 두드리는 소리가 나고, 경찰이 들어오면 어떻게 할 것인지 알고 싶군요.

맥 당신 남편이 어떻게 할지, 보여 주겠소.

매티아스 오늘은 절대로 그럴 리가 없습니다. 기마경찰들은 모두 대븐트리에 가 있으니까요. 그들이 여왕을 모셔 올 겁니다. 금요일에 있을 대관식 때문에요.

폴리 나이프 둘에 열네 개의 포크라! 의자 하나당 나이프가 하나씩이군.

맥 이런 실수가 있었군! 초보자들이나 할 일이야 이것은, 성숙한 사람의 일이 아니라. 격식에 관해서는 아무 생각이 없지? 치펜데일*과 루이 카토르즈*는 구별할 수 있어야지.

일당이 되돌아온다. 남자들은 이제 우아한 연회복을 입었으나, 앞으로 유감스럽게도 이에 걸맞게 움직이지 않는다.

월터 본래 우리는 제일 값진 물건들만 가져오려고 했습니다. 저기 목재 좀 보세요! 재질이 완전히 1급입니다.

매티아스 쉿! 쉿! 대위님, 저희들은…….

맥 폴리, 이리 와 봐요.

부부는 하객을 맞을 자세로 선다.

매티아스 대위님, 저희는 당신 삶의 가장 아름다운 날에, 당신의 이력이 활짝 피어나는 5월에, 아니 전환점이라는 말을 하려 했는데. 진심이자 동시에 절실한 행운의 인사 등등을 전해 드리고 싶습니다. 재는 체하는 이 말투가 역겹구먼. 한 마디로 말씀드려서, (맥과 악수한다.) 고개를 당당히 치켜들라고, 친구!

맥 고마워, 매티아스. 자넨 참 친절하기도 하군.

매티아스 (감동하여 맥을 포옹한 다음, 폴리와 악수한다.) 그래, 이건 마음에서 우러나온 말이군! 자 그러면, 고개를 치켜들자고, 낡은 외돛배 같은 친구야. 말하자면 (씩 웃으며) 머리로 말할 것 같으면, 이걸 떨구어서는 안 된단 말입니다.

하객들이 폭소를 터뜨린다. 맥이 갑자기 매티아스를 가볍게 붙잡아 쓰러뜨린다.

맥 주둥이 좀 닥쳐. 그런 음담패설은 너의 키티에게나 가서 해. 그것은 그 쌍년에게는 제격이야.

폴리 맥, 그렇게 상스러운 말을 쓰지 마세요.

매티아스 그러면, 당신이 키티를 쌍년이라고 한 데 대해 항의하고 싶소. (천천히 다시 일어난다.)

맥 그래, 항의해야겠다고?

매티아스 절대로 난 그 여자를 향해서 음담패설을 주둥이에 담지 않아. 게다가 난 키티를 아주 높게 여기고 있어. 너의 꼬락서니를 보면, 아마 이해하지 못할지도 모르겠어. 너 같은 놈은 음담패설을 늘어놓아야 직성이 풀려. 네가 한 말을 루시가 나에게 말해 주지 않았다고 생각하다니! 그에 비하면 나야말로 번들거리는 장갑이야.

맥, 그를 노려본다.

제이콥 이리와, 이리와. 결혼식이잖아. (그들이 그를 끌고 간다.)

맥 멋진 결혼식이군. 안 그래, 폴리? 당신이 결혼하는 날, 이런 쓰레기더미 같은 녀석들을 주변에 두고 봐야 하다니. 당신 남편이 친구들의 배신을 당할 거라고는 생각을 못했겠지! 당신도 뭔가 배우는 게 있을 거야.

폴리 참 멋있다고 생각해요.

로버트 (톱날 로버트라고 불린다.) 허튼 소리 마. 친구들의 배신을 당했다는 것은 말이 안 돼. 의견 대립이야 어디서나 있을 수 있지. 자네의 키티는 다른 여자들과 마찬가지로 그렇게 선해. 어서 결혼 선물이나 내 봐, 낡은 동전 같은 사람아.

모두들 자, 어서! 어서!

매티아스 (모욕감을 느끼며) 여기요.

폴리 아, 결혼 선물이네요. 참 친절하시기도 하군요, 동전 매티아스 씨. 여기 좀 봐요, 맥. 참 예쁜 잠옷이에요.

매티아스 이것도 음담패설이겠죠, 대위?

맥 됐어. 오늘 같은 영광스런 날에, 이런 일로 자네의 마음을 상하게 하고 싶었던 건 아니야.

월터 자, 그런데 이것은? 치펜데일인데! (그는 커다란 치펀데일 시계의 포장을 벗긴다.)

맥 카토르즈네.

폴리 멋져요. 난 너무 행복해. 할 말을 잃었어요. 당신의 취향이 아주 환상적이군요. 이것들을 둘 집이 없어서 아쉽기는 합니다. 안 그래요, 맥?

맥 자, 이걸 시작이라고 여겨요. 모든 시작은 어려운 법이지. 월터, 자네에게도 감사하네. 자, 저기 저것들 좀 치워. 식사!

제이콥 (다른 사람들이 벌써 식탁을 차리는 동안) 전 빈손으로 왔습니다. (폴리에게 열심히) 젊은 부인, 정말로 유감스럽습니다, 제 진심입니다.

폴리 갈고리 손가락 제이콥씨, 그건 전혀 문제가 안 되죠.

제이콥 젊은 것들은 모두 선물을 마구 뿌려 대는데, 난 또 이렇게 서 있어요. 제 입장이 되어 보세요. 하지만 전 늘 이런 식이에요. 당신들에게 저의 상황을 미주알고주알 말씀드릴 수도 있겠죠! 아이고, 그렇게 되면 당신들의 사리판단도 멈춰 서 버리고 말거예요. 최근에 전 선술집의 제니를 만났어요. 늙은 암퇘지 같은 년이죠. (갑자기 맥이 뒤에 서 있는 것을 보고, 말없이 가 버린다.)

맥 (그녀를 제자리로 데리고 간다.) 이 자리에서 맛보게 될 최고의 음식이요, 폴리. 앉으시오!

모두 결혼식 잔치 음식을 먹기 위해 앉는다.

이드 (그릇을 가리키며) 멋진 접시예요. 사보이 호텔 것이죠!

제이콥 마요네즈 계란 요리는 셀프리지*에서 사온 것이죠. 거위 간으로 만든 소시지도 한 통 준비했었습니다. 그러나 그것은 도중에 지미가 미친듯이 먹어 치웠죠. 뱃속에 구멍이라도 난 것처럼요.

월터 세련된 사람들 사이에선 구멍이라는 말은 안 써.

지미 계란을 그렇게 삼키지 마라, 이드. 오늘 같은 날엔 말이야!

맥 노래 부를 사람 없어? 뭔가 흥겨운 걸로 말이야.

매티아스 (웃음 때문에 목이 걸린 듯) 뭔가 흥겨운 것이라고? 그것 참 멋진 말이네. (무시하는 듯한 맥의 눈초리를 받으며 당황하여 앉는다.)

맥 (누군가의 그릇을 쳐서 손에서 떨어뜨린다.) 본래 난 아직 식사를 시작하지 않으려 했다. 난 너희들이 '식탁으로 와서 곧바로 음식통으로' 가지 않고 뭔가 분위기 있게 진행되기를 원했다. 오늘 같은 이런 날엔 다른 사람들은 뭔가를 하잖아.

제이콥 예를 들면 뭘까요?

맥 모든 것을 내가 스스로 생각해 내야겠나? 내가 여기서 원하는 것은 오페라가 아니야. 단순히 퍼먹고 음담패설을 늘어놓는 것 말고, 다른 뭔가를 너희들이 준비할 수 있기를 바랐다. 자, 이런 날엔 얼마만큼 믿을만한 친구들인지가 바로 드러나는 법이지.

폴리 연어가 아주 맛있네요, 맥.

이드 네, 그런 것을 드셔 보지 못했을 걸요. 칼잡이 매키의 집에선 언제든지 먹을 수 있는데. 그러니 꿀단지를 제대로 차지한 셈이죠. 전 늘 말했어요. 맥은 보다 고상한 것을 이해할 수 있는 아가씨의 배우자감이라고요. 어제도 루시에게 그렇게 말했는데요.

폴리 루시? 루시가 누구예요, 맥?

제이콥 (당황하여) 루시라고? 아, 너무 심각하게 받아들일 필요 없다는 것을 아시죠.

매티아스 (일어나서 폴리 뒤에서 크게 팔을 움직여, 제이콥의 입을 막으려 한다.)

폴리 (그를 바라보며) 어디 아프세요? 아마 소금이……? 무슨 말씀을 하려 하셨죠, 제이콥 씨?

제이콥 아, 아무것도 아니에요. 아무것도. 정말로 아무 말도 하려고 하지 않았어요. 말실수를 하겠네.

맥 손에 들고 있는 게 뭔가, 제이콥?

제이콥 나이프입니다, 대위님.

맥 접시에 가지고 있는 것은?

제이콥 송어죠, 대위님.

맥 그래. 그런데 나이프를 들고 송어를 먹는다는 거 아니야, 제이콥. 일찍이 들어 보지 못한 일인데. 폴리, 이런 일을 본 적이 있어? 나이프로 송어를 먹는다! 이런 짓을 하다니, 돼지군. 알겠어, 제이콥? 뭔가 배워. 할 일이 많을 거요, 폴리. 저런 쓰레기 더미 같은 놈들을 인간으로 만들기까지는 말이요. 도대체 너희들은 알기나 해? 인간이 뭔지 말이야.

월터 누구 말인가요? 인간 말인가요? 아니면 저 계집년 말인가요?

폴리 으이그, 월터 씨!

맥 노래를 부르지 않겠다는 말이군. 오늘을 아름답게 장식할 노래 같은 건 없다는 거지? 늘 그렇듯이 또다시 슬프고, 진부하고 저주스런 개똥 같은 날이 되어야겠다는 거야. 문 앞에 누가 있나? 이런 일도 내가 직접 해야 한다는 말이야? 이런 날에도 내가 문 앞에 서 있어야 한다는 거지? 네 놈들이 여기서 내 돈으로 배불리 먹을 수 있도록 말이야?

월터 (퉁명스럽게) 내 돈이라니, 그게 무슨 말입니까?

지미 그만 둬, 월터! 지금 내가 나갈게. 대체 누가 이곳으로 온다고 그래! (나간다.)

제이콥 이런 날 결혼 하객들이 몽땅 잡혀간다면, 참 웃기기도 하겠네!

지미 (황급히 들어온다.) 여보시오, 대위, 경찰이 옵니다!

월터 호랑이 브라운입니다!

매티아스 말도 안 돼. 저분은 킴볼 목사님이요.

(킴볼이 들어온다. 모두 고함친다.) 안녕하세요, 목사님.

킴볼 자, 당신들을 찾아냈군. 이 오두막집 같은 곳에서 내가 당신들을 찾아냈어. 대지는 본인 것이겠지.

맥 데본셔 공작의 것이죠.

폴리 안녕하세요, 목사님. 저는 정말 행복하네요. 우리의 최고의 날에 목사님을…….

맥 이제 킴볼 목사님을 위해서 한 곡 부탁하겠네.

매티아스 빌 로젠과 메리 사이어가 어떨까요?

제이콥 좋지. 빌 로젠, 그게 어울리겠어.

킴볼 한 곡 쏘면 멋있겠어, 젊은이들!

매티아스 여러분, 시작하시죠.

세 사내가 일어나서 노래한다. 망설이며, 맥 빠지고 자신 없게.

가난한 사람들을 위한 결혼 축가

빌 로전과 메리 사이어는
지난 수요일 부부가 되었네.
만세, 만세, 만세!
동사무소 앞에서 혼인할 때에도
드레스가 어디 것인지 남자가 모르네.
남자의 이름이 무엇인지 여자가 모르네.
만세!

당신의 아내가 하는 짓을 아시오? 아니오!
방탕한 생활을 그만두겠소? 아니오!

만세, 만세, 만세!
빌리 로젠이 최근에 내게 말했네.
그녀의 작은 살 한 점으로 만족해.
돼지 같은 놈.
만세!

맥 이게 전부야? 빈약하군!

매티아스 (다시 딸꾹질을 하며) 빈약하다고! 그것 참 제대로 맞는 말이군요, 여러분. 빈약하죠.

맥 주둥이 좀 닥쳐!

매티아스 자, 활기도 없고, 열정도 없다는 말입니다.

폴리 여러분, 아무도 뭔가 한 곡 뽑으려 하지 않는다면, 제가 직접 별 볼일 없는 노래일지라도 온 힘을 다해서 한 곡 뽑겠습니다. 언젠가 소호에 있는 조그마한 네 푼짜리 선술집에서 본 적이 있는 어떤 아가씨의 흉내를 내 보죠. 그녀는 설거지하는 아가씨였어요. 여러분들도 아실 겁니다. 모두다 그녀를 보고 웃었고, 그러면 그녀가 손님들에게 말을 걸었죠. 그 아가씨가 한 말을 곧 제가 여러분에게 노래로 들려 드리겠습니다. 자, 이것은 작은 판매대입니다. 이것이 아주 지저분하다고 생각해야 합니다. 그 뒤에 그 아가씨가 아침이건 저녁이건 서 있는 겁니다. 이것은 설거지통이고, 이것은 그 아가씨가 유리잔을 닦던 행주입니다. 여러분들이 앉은 곳에, 그녀를 비웃던 신사 분들이 앉아 있어요. 그때처럼 똑같이 되도록, 여러분은 웃어도 좋습니다. 하지만 웃고 싶지 않으면 안 웃어도 좋습니다. (그녀가 유리잔을 닦으며 혼자서 중얼거리는 시늉을 내기 시작한다.) 이제 예를 들면 여러분들 가운데 한 분이 말합니다. (월터를 가리키며) 당신이 하세요. 자, '도대체 너의 배는 언제 오는 거야, 제니?'라고요.

월터 자, 도대체 너의 배는 언제 오는 거야, 제니?

폴리 그러면 다른 사람이, 예를 들면 당신이, 말해요. '여전히 유리잔을 씻고 있구나, 제니. 해적의 신부야!'

매티아스 여전히 유리잔을 씻고 있구나, 제니. 해적의 신부야!

폴리 그럼, 이제 제가 시작합니다.

노래 조명은 황금 빛이고, 막대기에 램프 셋이 달려서 위에서 내려온다. 칠판에는 '해적 제니'라고 쓰여 있다.

해적 제니

폴리 (노래한다.)

1.
여러분, 유리잔을 닦는 저의 모습을 보고 계십니다.
저는 모든 사람을 위해 잠자리를 마련하지요.
그러면 여러분은 저에게 팁을 주고, 저는 얼른 감사하죠.
여러분은 보고 계십니다. 저의 누더기 옷과 이 초라한 호텔을.
그래도 여러분은 몰라요, 함께 이야기하는 내가 누구인지를.

그러나 어느 날 항구에 비명 소리가 들리면
사람들은 묻겠죠, 저 비명 소리가 뭐냐고.
제 유리잔 옆에서 웃고 있는 저의 모습이 보이면
사람들은 말하겠죠, 저기 저 여자는 왜 웃느냐고.

  여덟 개의 돛에
  오십 개의 대포를 단 배가
  부두에 정박해 있어요.

2.

사람들은 말하죠. 가서 유리잔이나 닦아라, 아가야라고.
그러면서 팁을 제게 건네줘요.
제가 팁을 받아 들고
잠자리를 폅니다.
오늘 밤 아무도 그곳에서 잠을 못 자죠.
여러분은 내가 누구인지 여전히 몰라요.
그러나 어느 저녁 항구에서 비명 소리가 들리면
사람들은 묻겠죠, 저 비명 소리가 뭐냐고.
창 뒤에 서 있는 내 모습 보이면
사람들은 말하겠죠, 저 여자는 왜 음흉하게 웃느냐고.

  여덟 개의 돛에
  오십 개의 대포를 단 배가
  도시에 함포사격을 하겠죠.

3.

여러분, 그땐 웃음을 그칠 걸요.
담장이 무너지고
도시는 대지처럼 무너져 있을 테니.
초라한 호텔 하나만 무너지지 않고 살아남을 거예요.
그러면 사람들이 묻겠죠, 저 안에 누구 특별한 사람이 사느냐고.
그러면 이날 밤에 호텔 주변에 절규가 퍼질 거예요.
그러면 사람들이 묻겠죠, 호텔은 왜 살아남았냐고.
아침 무렵 내가 창밖으로 걸어 나오는 모습이 보이면
사람들은 말하겠죠, 저 여자가 저 안에서 살았다고.
  여덟 개의 돛에
  오십 개의 대포를 단 배가
  깃발을 올리겠죠.

4.

점심 때 수백 명이 육지로 올라와
그늘에 숨어 있다가
문에서 나오는 사람마다 모두 붙잡아서
사슬에 묶어 내 앞으로 데려와
물을 거예요, 누구를 죽일까라고.
이날 점심 때 항구는 조용할 거예요.
누가 죽어야 하는지를 물어볼 때는요.
그러면 내가 모두 다 죽어야 한다고 말하는 소리가 들리겠죠!

그러고 나서 머리가 떨어지면, 나는 말해요. 아이고! 라고.

여덟 개의 돛에

오십 개의 대포를 단 배가

나와 함께 사라지겠죠.

매티아스 아주 잘 했어요, 재미있군요. 안 그래요? 부인께서 아주 멋지게 해치우는데요!

맥 잘 했다니, 그게 무슨 뜻인가? 이건 잘 한 게 아닌데, 이 바보야! 이것은 예술이지, 잘한 게 아니라고. 당신이 아주 훌륭하게 해냈소, 폴리. 그러나 저 개똥 같은 놈들에겐, 용서해 주십시오, 목사님. 이것은 아무 쓸모도 없지요. (나지막이 폴리에게) 게다가 난 당신이 이런 거 하는 것이 싫소. 앞으로는 제발 그러지 마시오. (테이블에서 웃음이 터진다. 강도들이 목사를 놀린다.) 손에 들고 계신 것이 뭐지요, 목사님?

제이콥 두 개의 나이프입니다, 대위!

맥 접시에는 무엇을 가지고 계시나요, 목사님?

킴볼 연어 같은데요.

맥 그렇군요. 나이프로, 안 그래요? 나이프로 연어를 드신다고요?

제이콥 생선을 나이프로 먹다니, 이런 모습을 본적이 있나? 그런 일을 하는 사람은 간단히 말해서…….

맥 돼지 같은 놈이지. 알겠소, 제이콥? 좀 배워.

지미 (급히 뛰어 들어오며) 여보세요, 대위. 경찰이요. 보안관이 직접.

월터 브라운, 호랑이 브라운!

맥 그래, 호랑이 브라운. 맞았어. 이 호랑이 브라운이야말로 런던 최고의 보안관이자, 올드 베일리*의 기둥이지. 이제 이분이 매키스 대위의 초라한 오두막집에 들어온다니, 자네들도 뭔가 배우는 게 있을 거야!

강도들이 슬슬 기어들어 간다.

제이콥 그렇다면 이것이 바로 교수대겠네!

브라운이 들어온다.

맥 안녕, 재키!

브라운 안녕, 맥! 난 시간이 없어서, 곧 다시 가야 해. 하필이면 남의 마구간이어야 하나. 이것은 또다시 가택침입인데!

맥 그런데 재키, 이 마구간이 위치가 편해. 오랜 친구 맥의 결혼식 잔치에 참석하기 위해 이렇게 당신이 와 줘서 기뻐. 자네에게 내 아내를 소개하네. 본래 성이 피첨이지. 폴리, 이분이 호랑이 브라운이요. 어떤가, 친구? (그의 등을 두드린다.) 이 사람들은 내 친구들인데, 재키. 아마 언젠가 이 사람들 모두를 본 적이 있을 거야.

브라운 (고통스러워하며) 난 여기 개인 자격으로 온 거야, 맥.

맥 이 사람들도 그래. 이봐, 제이콥!

브라운 이 사람은 갈고리 손가락 제이콥이지. 암흑계의 대물이야.

맥 이봐 지미, 이봐 로버트, 이봐 월터!

브라운 자, 오늘은 잊어버리자고.

맥 이봐 이드, 이봐 매티아스!

브라운 여러분 앉으시죠, 앉아요!

모두 감사합니다, 나리.

브라운 내 오랜 친구 맥의 매력적인 신부를 알게 되어, 기쁩니다.

폴리 천만의 말씀입니다, 나리!

맥 앉게, 이 낡은 외돛배 같은 친구. 바다 같은 위스키 속에 빠져 돛을 달고 항해해 보라고. 폴리, 그리고 여러분! 오늘 여러분들 가운데에는 한 사나이의 모습이 보입니다. 헤량할 수 없는 국왕 폐하의 뜻에 따라 백성들 위에 올라앉았지만 그래도 온갖 풍상 등등을 뚫고 여전히 나의 친구로 남아 있는 사나이를 말입니다. 그 사람이 누구인지 여러분은 아실 것입니다. 그리고 자네도 알 거야, 내가 말하는 사람이 누구인지, 브라운. 아하, 재키, 기억나겠지? 너도 군인이고, 나도 군인이었을 적에, 우리 둘이 인도에서 군인으로 복무하던 때를 말이야. 아하, 재키, 어서 대포의 노래를 부르자고! (이 두 사람은 테이블 위에 앉는다.)

노래 조명은 황금 빛이고, 막대기에 램프 셋이 달려 위에서 내려온다. 칠판에는 이렇게 쓰여 있다.

대포의 노래

1.

그 가운데 존이 있었고, 짐도 있었네.
그리고 조지는 중사가 되었네.
그러나 군대는 아무에게도 신분을 묻지 않고
북쪽으로 진격해 갔네.
대포 위에서
군인들이 살아가네.
희망봉에서 비하르까지
비가 오고
갈색인종이든 백색인종이든
새로운 인종이 마주치면
아마도 쇠고기 육회를 만들어 먹을 거야.

2.

조니에게는 위스키가 너무 뜨겁고
지미는 덮을 것이 충분치 않았네.
그러나 조지는 두 사람의 팔을 잡고
말했네, 군대는 망하지 않아.
대포 위에서
군인들이 살아가네.
희망봉에서 비하르까지

비가 오고
갈색인종이든 백색인종이든
새로운 인종이 마주치면
아마도 쇠고기 육회를 만들어 먹을 거야.

3.
존이 죽었네, 짐도 죽었네.
그리고 조지는 실종되어 사망했네.
그러나 피는 여전히 붉고
군대는 이제 또다시 군인을 모집하네!
(이들은 앉아서 발바닥으로 진격한다.)

대포 위에서
군인들이 살아가네.
희망봉에서 비하르까지
비가 오고
갈색인종이든 백색인종이든
새로운 인종이 마주치면
아마도 쇠고기 육회를 만들어 먹을 거야.

맥 삶이 젊은 시절의 친구인 우리를 급류로 휩쓸어 뿔뿔이 흩어 놓았고, 우리는 직업상의 이해관계가 완전히 다르지만, 그래, 또 어떤 사람은 직업상의 이해관계가 서로 대립되었다고 말할지도 몰라. 그래도 우리의 우정은 온갖 것들을 견디고 살아남았다. 그대들도, 뭔가 배우는 게 있을 거야! 카스토르와 폴룩스, 헥토르와 안드로마케 등등 말이야. 단순한 거리의 강도에 불과한 나는, 당신들도 알 것으로 생각하지만, 약소하나마 한 건을 올릴 때에는 내 친구에게 그 가운데 일부를, 이건 상당한 액수였지 브라운, 애정과 변함없는 신뢰감의 표시로 건네주었네. 그러면 그는, 주둥이에서 칼 좀 빼라고, 제이콥. 막강한 경찰청장인 그는 단속을 나설 때마다 미리 나에게, 젊은 시절의 친구인 나에게 간단하게나마 귀띔을 해 주었지. 자, 그러니까 이건 결국 서로 주고받는 관계지. 자네들도 뭔가 배울 수 있을 거야. (그가 브라운과 팔짱을 낀다.) 자, 재키, 자네가 와 주니 나는 기쁘네. 이것이 진짜 우정이야. (중단. 그때 브라운은 걱정으로 가득 차서 양탄자를 바라본다.) 진짜 쉬라스 제품이야.

브라운 오리엔트 양탄자 회사에서 나온 것이군.

맥 그래, 우린 거기서 모두 가져오지. 자네도 알겠지만, 난 오늘 자네를 참석하게 하지 않을 수 없었어, 재키. 자네 지위에 비추어 볼 때, 너무 불편하지 않기를 바라네.

브라운 맥, 자네도 알지, 난 자네 말은 절대 거절할 수 없다는 것을 말이야. 난 가 봐야겠어. 머릿속이 정말로 가득 차 있어. 여왕님의 대관식 날엔 아무리 사소한 일이라도 터지면 안 되니…….

맥 이봐, 재키. 내 장인은 구역질날 것 같은 늙은 말과 같은 인물이라는 것을 자네도 알지. 그 양반이 지금 나에 대해 뭔가 꼬투리를 잡으려고 하면, 스코틀랜드 야드*에는 나에게 불리한 뭔가가 있겠지?

브라운 스코틀랜드 야드에는 자네에게 불리한 일은 하나도 없네.

맥 당연하겠지.

브라운 모든 것을 내가 해결해 놨어. 잘 있게!

맥 모두들 일어서지!

브라운 (폴리에게) 모든 일이 잘되기를 빕니다! (퇴장. 맥이 데리고 나간다.)

제이콥 (그 사이 그는 매티아스, 월터와 더불어 폴리에게 상의를 한다.) 솔직히 말하는데, 호랑이 브라운이 온다는 말을 듣고, 일말의 두려움을 억누를 수 없었어요.

매티아스 존경하는 부인, 아시겠지만, 우리는 당국의 고위층과 모종의 관계를 맺고 있습니다.

월터 네, 맥은 늘 대책을 마련해 놓고 있죠. 우리 같은 사람들은 예상도 못할 일입니다. 그러나 우리도 물론 사소하나마 대책은 마련해 놓고 있죠. 여러분, 9시 30분이에요.

매티아스 이제 정말로 멋진 일이 벌어지겠지.

모두가 뒤쪽 왼편으로 간다. 뭔가를 가리고 있는 양탄자 뒤에 선다. 맥이 등장한다.

맥 자, 무슨 일이지?

매티아스 대위, 또 하나 작지만 놀라게 해 드릴 게 있습니다.

그들은 양탄자 뒤에서 빌 로젠의 노래를 분위기 넘치게 나지막한 소리로 부른다. 그러나 "이름이 무엇인지 모르네"라는 대목을 부를 때, 매티아스가 양탄자를 잡아채어 내린다. 그러자 모두가 계속해서 뒤에 놓여 있는 침대를 두드리며 고래고래 소리 지르며 노래한다.

맥 고맙네, 동지들, 고마워.

월터 이제 슬슬 떠나죠.

모두 퇴장한다.

맥 이제 감정이 살아나야지. 그렇지 않으면 인간은 직업만 아는 짐승이 될 거야. 앉아요, 폴리! 소호 위에 뜬 달이 보이오?

폴리 보여요, 여보. 내 심장이 뛰는 것을 느껴요, 여보?

맥 느끼지요, 여보.

폴리 당신이 가는 곳, 어디든지 나도 가겠어요.

맥 당신이 머무는 곳, 어디든지 나도 머물겠소.

두 사람

동사무소 서류 한 장 없고
제단에 꽃 한 송이 없고
당신의 드레스 어디서 온 것인지 모르고
머리엔 은매화*가 없어도
당신이 빵을 먹는 접시
그 접시를 오랫동안 바라보지 말고, 던져 버려요.

사랑은 오래 지속되기도 하고 안 하기도 하지요.
이곳 혹은 저곳에서

제3장

세상의 매몰찬 인심을 알고 있는 피첨에게, 딸을 잃는 것은 완전한 파멸과 같다.

[피첨의 거지 의상실]

오른쪽에 피첨과 그의 부인이 있다. 문 아래에는 폴리가 외투와 모자를 쓰고, 손에는 여행용 가방을 든 채 서 있다.

피첨 부인 결혼했어? 돛단배 한 대 값이 들어도 아끼지 않고 옷과 모자와 장갑 그리고 양산을 사서 저 년 몸에 온통 걸쳐 놓았더니, 이 년이 마치 썩은 오이처럼 스스로 쓰레기 더미에 몸을 던지네. 너 정말 결혼했어?

노래 조명은 황금 빛이고, 막대기에 램프 셋이 달려서 위에서 내려온다. 칠판에는 이렇게 쓰여 있다.

강도 매키스와 결혼했음을 부모에게 암시하는 폴리의 짧은 노래

폴리

1
한때 나도 바로 당신처럼 처녀였는데*
내가 처녀였을 적에 난 생각했어요.
나에게도 언젠가 한 남자가 오면
난 무엇을 해야 할지 알고 있다고.
그분이 돈이 있고
그분이 친절하고
그분의 옷깃이 평일에도 깨끗하고
그분이 숙녀에게 어울리는
행실을 알고 있었을 때,
난 말했어요, "안 돼요"라고.
그러면 고개를 꼿꼿이 하고
아주 일반적인 이야기를 했어요.
분명히 달은 밤새 비추고
분명히 배는 강가에 매어 있었죠.
하지만 더 이상의 일은 없었죠.
그래요, 그때 마음 편하게 누울 수만은 없어요.
그래요, 그때 차갑고 매몰차야했고
그래요, 그때 정말 많은 일이 일어날 수는 있겠지만
아하, 그러면 오로지 "안 돼요"라는 말만 있겠죠.

2.

맨 처음 온 사람은 켄트 출신 남자
그 사람은 남자다운 남자였어요.
두 번째 남자는 항구에 배 세 척을 가졌고
세 번째 남자는 내게 미쳤었죠.
그들이 돈이 있고
그들이 친절하고
그들의 옷깃이 평일에도 깨끗하고
숙녀에게 어울리는 행실을
그분들이 알고 있었기에,
난 말했죠, "안 돼요"라고.
그때 나는 고개를 꼿꼿이 하고
아주 일반적인 이야기나 했죠.
분명히 달은 밤새 비추고
분명히 배는 강가에 매어 있었죠.
하지만 더 이상의 일은 없었죠.
그래요, 그때 마음 편하게 누울 수만은 없어요.
그래요, 그때 차갑고 매몰차야했고
그래요, 그때 정말 많은 일이 일어날 수는 있었겠지만
아하, 그러면 오로지 "안 돼요"라는 말만 있겠죠.

3

그러나 어느 날, 푸른 어느 날

한 남자가 왔지만, 내게 부탁은 없었죠.
모자를 내 방 못에 벗어 걸었고
난 어떻게 해야 할지 몰랐죠.
그는 돈이 없고
그는 친절하지 않고
그의 옷깃은 평일에도 깨끗하지 않고
숙녀에게 어울리는 행실을
그가 몰랐기에,
그분에게 나는 "안 돼요"라고 말하지 않았어요.
그때 나는 고개를 꼿꼿이 세우지 못하고
아주 일반적인 이야기만 나누지도 못했죠.
분명히 달은 밤새 비추고
분명히 배는 강가에 매어 있었죠.
하지만 더 이상 어쩔 수 없었죠!
그래요, 그때 마음 편하게 누워 있을 수만은 없었어요.
그래요, 그때 차갑고 매몰찰 필요도 없고
아하, 그때 정말 많은 일이 일어날 수밖에 없었죠.
그래요, 그때 "안 돼요"라고 절대로 말할 수 없었죠.

피첨 그래, 저 년이 범죄자의 계집년이 되었군. 잘 되었어. 기분 좋은데.

피첨 부인 네가 막무가내로 결혼을 할 만큼 그렇게 비도덕적인 인간이 되었다면, 왜 하필이면 말 도둑에다 노상강도인 놈과 결혼을 하려 한단 말이냐? 너는 톡톡한 대가를 치러야 할 날이 있을 거야! 그날이 오는 것을 보고야 말겠어. 벌써 어린아이였을 때부터 저년은 마치 영국 여왕이라도 된 듯이 고개를 쳐들고 다녔다니까.

피첨 그렇다면, 저 년이 정말 결혼했다는 말이네!

피첨 부인 네, 어제 저녁 다섯 시에요.

피첨 악명 높은 악당 놈과. 곰곰이 생각해 보면, 이 녀석이 대단히 대담하다는 증거요. 노년기에 내게 마지막으로 도움을 줄 수 있는 돈줄인 내 딸을 줘 버리면, 내 집이 무너지고 마지막 남은 내 개도 달아날 거야. 손톱 밑에 낀 검은 때라도 거저 줄 순 없어. 그렇지 않으면 바로 굶어 죽고 말 테니까 말이야. 우리 셋이서 장작 한 꾸러미로 겨울을 나게 되면, 아마도 다음 해를 다시 볼 수 있겠지. 아마도.

피첨 부인 그래, 도대체 무슨 생각을 하고 있는 거야? 그 모든 것에 대한 대가가 이것이군요. 조나단, 난 미칠 것 같아요. 머릿속이 온통 둥둥 떠 있어. 몸을 지탱할 수가 없고. 오오! (그녀가 기절한다.) 코디알 메독 한 잔 줘!

피첨 네가 네 어미를 어떻게 만들었는지, 보고 있지. 어서 가져와! 그러니까 범죄자의 계집년이 되었단 말이지. 멋있어, 기분 좋은데. 불쌍한 마누라가 마음 쓰는 것도 재미있고. (폴리가 코디알 메독을 한 잔 가지고 온다.) 이것이 불쌍한 네 엄마에게 남은 유일한 위안이야.

폴리 어서 걱정 마시고 두 잔을 드리세요. 어머니는 완전히 제 정신이 아닐 때에는 두 배의 양을 견뎌 내시잖아요. 그래야 다시 일어서실 거예요. (그녀는 내내 행복한 모습을 하고 있다.)

피첨 부인 (깨어나며) 이 년이 또다시 거짓 동정심을 보이며 보살펴 주는 척 하네!

다섯 명의 남자가 등장한다.

거지 아주 세게 항의해야겠어요. 이건 돼지우리예요. 제대로 된 몽당 다리가 아니라, 아주 졸렬한 제품이죠. 이 따위 것에 내 돈을 꼬라박고 싶진 않아요.

피첨 뭘 원하는 거야? 다른 것과 다름없이 훌륭한 몽당 다리인데. 단지 자네가 깨끗이 보관하지 못한 게야.

거지 그래요? 그렇다면 전 왜 다른 사람보다 덜 벌죠? 아니, 당신이 나한테 이럴 수 있소. (몽당 다리를 집어 던진다.) 이따위 것을 원하느니, 차라리 제대로 된 내 다리를 잘라 버리겠어.

피첨 그래, 네 놈들이 뭘 원하는 거야? 사람들의 심장이 차돌멩이처럼 단단한데, 난들 어떻게 해 보겠어? 너희들에게 몽당다리를 다섯 개나 만들어 줄 순 없어! 난 누구든지 5분만 보면 개라도 울지 않고는 못 배길 비참한 불구자로 만들어 놓지. 그러나 인간이 울지 않는다면, 날더러 어떻게 하라는 말이야. 한 개로 충분하지 않으면, 몽당다리가 하나 더 있잖아. 하지만 물건을 잘 간수해야지.

거지 이것으로 될 것 같은데요.

피첨 (다른 사람의 의족을 살펴보며) 가죽이 형편없어, 셀리아. 고무는 구역질나고. (세 번째 남자에게) 혹이 벌써 줄어들고 있군. 이게 너의 마지막 혹이야. 이제 다시 처음부터 시작할 수 있어. (네 번째 남자를 훑어보며) 억지로 만든 부스럼 딱지와 자연스럽게 생긴 부스럼 딱지는 다르지. (다섯 번째 남자에게) 그래, 너는 어떻게 보이냐? 넌 다시 쳐 먹었군. 이제 본때를 보여 주어야겠어.

거지 피첨 사장님. 전 정말로 변변한 것을 먹어 보지 못했어요. 제 살은 비정상적이긴 하지만, 전들 어떻게 하겠어요.

피첨 나도 어떻게 해 볼 수 없어. 넌 해고야. (다시 두 번째 거지에게) "심금을 울리는 것"과 "귀찮게 구는 것"은 물론 다르다. 난 예술가가 필요해. 오늘 같은 날에는 오로지 예술가만이 심금을 울릴 수 있지. 너희들이 제대로 일을 하면, 관객도 박수를 칠거야! 너는 아무 생각도 안 하나 보군! 그러니 난 너의 고용을 당연히 연장할 수 없어.

거지들이 퇴장한다.

폴리 제발 그분을 보세요. 미남인가요? 아니죠. 하지만 그분은 충분한 벌이가 있어요. 그분은 나를 먹여 살린다고요! 그분은 아주 뛰어난 도둑이고, 또한 능숙하고 멀리 내다보는 거리의 강도예요. 그분의 저축액이 현재 얼마인지, 그 액수를 정확하게 제가 잘 알고 있어요. 몇 차례 운 좋게 사업이 잘되면, 우리는 작은 별장으로 물러갈 수 있을 거예요. 아빠가 그토록 좋게 여기는 셰익스피어 씨처럼 말이죠.

피첨 그렇다면, 모든 게 아주 간단하군. 넌 결혼을 했고. 결혼을 했으면, 뭘 하지? 도대체가 생각을 안 해. 자, 이혼을 하는 거지, 안 그래? 그걸 생각하는 게 그렇게 어려운가?

폴리 무슨 말씀을 하시는지 잘 모르겠네요.

피첨 부인 이혼 말이야.

폴리 제가 그분을 사랑하는데, 어떻게 이혼을 생각하겠어요?

피첨 부인 말해 봐, 전혀 부끄럽지 않다는 거야?

폴리 어머니, 어머니도 사랑을 해 보셨다면…….

피첨 부인 사랑이라고! 네가 읽은 그 빌어먹을 놈의 책이 네 머리를 돌게 만들었구나. 폴리야, 모두가 다 그렇게 하는 거야!

폴리 그렇다면 전 예외가 되겠어요.

피첨 부인 그렇다면 내가 네 엉덩이를 두들겨 패 주겠다. 이 예외 같은 년아.

폴리 네, 모든 어머니들은 다 그렇게 하죠. 하지만 그래 봐야 소용없어요. 사랑은 엉덩이를 두들겨 맞는 것보다 더 위대한 법이니까요.

피첨 부인 폴리야, 통의 바닥을 깨지는 말아라.*

폴리 사랑을 도둑맞고 싶지 않아요.

피첨 부인 한 마디만 더 하면, 빰을 때리겠어.

폴리 하지만 사랑은 세상에서 가장 고귀한 것이죠.

피첨 부인 그놈은 여편네가 여럿이야. 그 녀석의 목을 매달면, 모르긴 해도 과부가 된 여편네들 대여섯이 나설 거야. 팔에는 아이 한 명씩 데리고 말이야. 아하, 조나단!

피첨 목을 매단다고! 어떻게 그런 생각을 했소. 그것 참 좋은 생각이네. 어서 썩 꺼져라, 폴리야. (폴리 퇴장한다. 문 뒤에서 엿듣는다.) 맞소. 40파운드가 생기겠는데.

피첨 부인 알겠어요. 경찰서에 고발하죠.

피첨 물론이지. 그렇게 되면 그는 우리에게는 공짜로 목매달려 죽게 되는 셈이지. 일석이조야. 그놈이 어디에 처박혀 있는지만 알면 돼.

피첨 부인 내 말이 정확할 거예요, 여보. 그놈은 아마 자기 여자들 집에 처박혀 있을 거예요.

피첨 하지만 그년들이 그놈을 신고할까.

피첨 부인 내가 해 볼게요. 세상을 지배하는 것은 돈이죠. 내가 곧 턴브리지로 가서 계집애들에게 이야기하겠어요. 이 위인이 지금부터 두 시간 안에 단 한 사람의 여자와 만나기라도 하면, 그는 곧장 넘겨질 거예요.

폴리 엄마, 거기까지 가실 필요 없어요. 맥은 그런 여편네들과 만나기 전에 스스로 올드 베일리의 교도소에 들어갈 거예요. 그가 올드 베일리로 간다고 하더라도, 경찰이 그에게 칵테일 한 잔을 주면서 담배 한 대 피우며 이 거리에서 벌어진 모종의 사업에 관해 이야기할 거예요. 이 거리에서 벌어지는 일들이 모두 정당하게 이루어지는 것은 아니잖아요. 그런데 아빠, 경찰이 제 결혼식에 대해 매우 기뻐하고 있어요.

피첨 경찰 이름이 뭐냐?

폴리 브라운이라고 하던데요. 아빠는 그 사람을 호랑이 브라운으로만 알고 계실 거예요. 그를 무서워하는 사람들은 모두 그를 호랑이 브라운으로 불러요. 그런데 제 남편은 그를 재키라고 불러요. 아세요? 남편에게 그 사람은 그냥 "이봐, 재키"일 뿐이죠. 이들은 어린 시절의 친구거든요.

피첨 그래, 그래. 그들이 친구지. 경찰과 범인 두목, 이들이 이 도시에서 유일한 친구일지도 몰라.

폴리 (문학적으로) 그들은 함께 칵테일을 마실 때마다 서로 뺨을 쓰다듬으며 이렇게 말했어요. "자네가 한 잔 들이키면, 나도 한 잔 들이키겠네." 그리고 한 사람이 밖으로 나가면, 그때마다 다른 사람의 눈이 축축해지며, 이렇게 말해요. "자네가 가는 곳 어디든지, 나도 가겠네." 스코틀랜드 야드에는 맥에게 불리한 것이 아무것도 없어요.

피첨 그래, 그래. 화요일 저녁에서 목요일 새벽까지 매키스 씨가 결혼을 빙자하여 내 딸 폴리 피첨을 유혹하여 부모의 집에서 데려갔다. 이런 이유로 그는 일주일이 다 가기 전에, 교수대로 끌려갈 것이다. 스스로 자초한 일이지. "매키스 씨, 당신은 전에 흰색의 번들거리는 장갑을 끼고, 상아 손잡이가 달린 지팡이를 짚고, 목엔 상처가 난 채, 오징어호텔에 드나들었습니다. 당신의 상처는 아직도 남아 있는데, 이것은 당신의 특징 가운데 가장 평범한 것일지도 모릅니다. 당신은 오로지 새장에나 출입하게 될 뿐, 그 어디서도 볼 수 없게 될 것입니다……."

피첨 부인 아하, 조나단. 당신이 그런 일을 할 수는 없을 거예요. 지금 문제는 칼잡이 매키잖아요. 런던 최대의 범죄자라고 불리는 칼잡이 매키 말이에요. 그놈은 원하는 것은 뭐든지 취하고 말아요.

피첨 칼잡이 매키가 누구야? 어서 준비해요. 우리는 런던 경찰에게 가겠소. 당신은 턴브리지로 가시오.

피첨 부인 그놈의 창녀 같은 년들에게.

피첨 세상의 비열함은 너무나 커서, 두 발로 뛰어다녀야 해. 두 발마저 도둑맞지 않으려면.

폴리 아빠, 저는 브라운 씨와 다시 악수하고 싶어요.

세 사람이 앞으로 걸어 나와서 노래 조명을 받으며 첫 번째 피날레를 노래 부른다. 판자에는 다음과 같이 쓰여 있다.

첫 번째 서푼짜리 피날레: 인간관계의 불안정성에 관하여

폴리

제가 원하는 것이 지나친가요?
쓸쓸하게 살다가 한 번
한 남자에게 헌신하려는 것
그 목표가 너무 높나요?

피첨 (손에 성경을 들고)

짧기만 한 인생이니, 행복해지고
세상의 재미를 함께 나누고
돌멩이가 아니라 먹을 빵을 얻는 것
이것이 이 땅에서 인간의 권리.

이것이 이 땅에서 인간의 솔직한 권리
허나 유감스럽게도 인간은 지금까지
권리를 얻으려 노력하지 않았네 – 아아, 어디에 있나!
누군들 권리를 얻고 싶지 않았겠냐만
하지만 사정이, 그렇지 않아.

피첨 부인

나도 네게 선해지고 싶어.
네게 모든 것을 다 주어
삶의 무엇인가를 갖게 해 주고 싶어.
사람은 누구나 그걸 원하지.

피첨

착한 사람이 되라고?
그래, 누가 원치 않을까?
재물을 가난한 사람에게 주라고, 왜 안 그러고 싶겠어?
모두가 선하면, 천국이 멀지 않은데
누가 하나님의 빛 안에 앉고 싶지 않겠어?
착한 사람이 되라고? 그래, 누가 원치 않을까?
그러나 유감스럽게도 이 별 위에서는
양식이 부족하고, 사람은 거칠어.
누군들 평화롭고 화목하게 살고 싶지 않을까?
하지만 사정이, 그렇지 않아!

폴리와 피첨 부인

유감이지만 이분의 말씀이 옳아요.
세상은 가난하고, 인간은 악해요.

피첨

물론 유감스럽게도 내 말이 옳아.
세상은 가난하고, 인간은 악해.
누가 이 땅이 천국이길 원치 않을까?
하지만 사정이, 허용치 않잖아?
그래, 사정이 허용치 않아.
너에게 매달리는 형제라도
두 사람이 나누기엔 고기가 부족하면
너의 얼굴을 발길로 차버리는데.
정조를 지키는 것, 그래 누가 이를 싫어할까?
너에게 매달리는 아내라도
너의 사랑이 충분치 않거든
너의 얼굴을 발로 차버리는데.
그래, 감사해 하는 것, 누가 이를 싫어할까?
그러나 너에게 매달리는 너의 아이라도
늘그막의 밥벌이가 시원치 않으면
너의 얼굴을 발로 차버리는데.
그래, 인간답게 사는 것, 누가 싫어할까?

폴리와 피첨 부인

그래요, 그것은 정말 유감이에요.
그것은 너무나 힘 빠지는 일이죠.
세상은 가난하고, 인간은 악해요.
유감이지만 이분의 말은 옳아요.

피첨

물론 유감스럽게도 내 말이 옳아.
세상은 가난하고, 인간은 악해.
우리도 그렇게 거칠지 않고, 선해지고 싶어.
하지만 사정이, 그렇지 않아.

셋 모두

그래요, 그러니 이를 어찌해 볼 도리 없어요!
그러니 그 모든 것이 쓸데없어요!

피첨

세상은 가난하고, 인간은 악해.
유감이지만 내 말이 옳아!

셋 모두

그러니 유감이지만
정말로 힘이 빠져요.

그러니 이를 어찌해 볼 도리가 없어요.
그러니 그 모든 것이 쓸데없어요.

제2막

제4장

목요일 오후. 칼잡이 매키는 장인을 피해 하이게이트 늪지대로 피신하기 위해 아내와 작별한다.

[마구간]

폴리 (들어온다.) 맥! 맥, 놀라지 마세요.

맥 (침대에 누워 있다.) 그래, 무슨 일이오. 당신 얼굴이 왜 그래요, 폴리?

폴리 브라운에게 갔었어요. 우리 아버지도 거기 오셨고요. 그들이 당신을 체포하기로 합의했어요. 아버지는 뭔가 끔찍한 것을 내세우며 협박하셨고, 브라운은 당신 편을 드셨으나 곧 무너졌어요. 이제 브라운도 당신이 어서 잠시 동안 눈에 띄지 않게 피신 해 있어야 한다고 말하고 있어요, 맥. 곧 짐을 싸세요.

맥 아하, 말도 안 돼. 짐을 싸다니. 이리와요, 폴리. 짐을 싸느니, 지금 당신과 완전히 다른 어떤 일을 하고 싶어.

폴리 안돼요, 맥. 지금은 안돼요. 저도 깜짝 놀랐어요. 계속해서 목을 매단다는 이야기가 떠돌고 있어요.

맥 당신이 변덕스러운 모습을 보고 싶지 않아, 폴리. 스코틀랜드 야드에는 내게 불리한 것이 아무것도 없다고.

폴리 네, 어제는 그랬을지도 몰라요. 하지만 오늘은 갑자기 엄청나게 많은 일들이 있어요. 제가 고발장을 가져왔어요. 앞으로 더 입수하게 될지 어떨지는 잘 모르겠어요. 이 목록은 끊임없이 쌓이고 있으니. 당신은 장사꾼 둘을 죽였고, 30여 차례 가택 침입을 했고, 스물세 번에 걸쳐 노상강도를 저질렀으며, 방화와 의도적인 살인, 서류 위조와 위증 등등을 1년 반 사이에 저질렀어요. 당신은 참 끔찍한 사람이에요. 그리고 윈체스터에서 당신은 두 명의 미성년 자매를 유혹했어요.

맥 그들은 스무 살이 넘었다고 내게 말했는데. 브라운은 뭐라고 했어요? (그는 천천히 일어서서 담배를 피우며 무대 전면을 따라서 오른쪽으로 간다.)

폴리 복도에서 나를 붙잡고선, 자기도 더 이상 당신을 위해 뭔가를 할 수 없게 되었다고 말했어요. 아아, 맥. (맥의 목에 안긴다.)

맥 좋소. 내가 떠나야 한다면, 당신이 사업 운영을 떠맡으시오.

폴리 사업 이야기는 하지도 마세요, 맥. 그런 말을 들을 수가 없군요. 불쌍한 당신의 아내에게 다시 키스하고 맹세해 주세요. 결코, 결코…….

맥은 갑자기 말을 멈추게 하더니, 그녀를 테이블로 데리고 가서 그곳 의자에 앉힌다.

맥 이게 장부야. 말 잘 들어. 여기 직원들 명부가 있어. (읽는다.) 그러니까, 여기 갈고리 손가락 제이콥이 있소. 1년 반 사업을 함께하고 있어. 그가 벌어들인 것을 보자면, 금시계 하나, 둘, 셋, 넷, 다섯 개군. 이건 그리 많다고 볼 수 없지만, 깔끔한 작업이지. 내 무릎에 앉지 말아요. 난 지금 기분이 안 나니까. 여기는 수양버들 월터가 있어. 믿을 수 없는 개 같은 녀석이야. 묻지도 않고 물건들을 싸게 팔아 치우지. 3주 동안 여유 기간을 준 다음, 쫓아내 버려. 브라운에게 신고해 버리면 간단해.

폴리 (흐느끼며) 간단하게 브라운에게 신고해 버릴게요.

맥 지미 2세, 이 녀석은 뻔뻔스런 놈이지. 벌이는 제법 되지만, 뻔뻔스러워. 상류사회 여인들의 엉덩이 아래에 깔린 이불을 훔쳐 오는 놈이야. 선불을 줘!

폴리 선불을 줄게요.

맥 톱날 로버트, 잡동사니들을 모아 오는 놈이야. 천재의 흔적은 없고, 교수대에 갈 재목은 아니고, 남기는 것도 없어.

폴리 남기는 것도 없어요.

맥 그 밖에 지금까지 해 오던 방식으로 계속하시오. 일곱 시에 일어나서, 세수하고 한 번씩 목욕하고 말이야.

폴리 당신 말이 옳아요. 이를 악물고 사업에 전념하겠어요. 당신 것이 이제 내 것이기도 하니까요. 안 그래요, 맥? 그런데 당신 방은 어떻게 되었어요, 맥? 그것들을 포기해야 하지 않을까요? 월세가 너무 가슴 아프긴 하지만 말이에요.

맥 아니오, 난 아직도 이 방들이 필요해요.

폴리 하지만 왜 그렇죠? 우리 돈만 드는 일인데!

맥 당신은 내가 다시는 돌아오지 못할 거라고 믿는 것 같소.

폴리 왜 그렇게 생각하세요? 돌아오시면 다시 빌릴 수도 있잖아요. 맥……, 맥, 난 더 이상 할 수 없어요. 계속 당신 입만 바라보고 있지만, 당신 말이 잘 들리지 않군요. 아직도 저에 대한 신뢰를 가지고 계시겠죠, 맥?

맥 물론 난 당신을 믿어요. 난 이에는 이로 갚아 줄 거야. 내가 당신을 사랑하지 않는다고 생각하는 거요? 다만 난 당신보다 멀리 내다볼 뿐이오.

폴리 당신에게 매우 고마워하고 있어요, 맥. 당신은 나를 돌보고 있고, 다른 사람들은 마치 피에 굶주린 개처럼 당신 뒤를 쫓고 있어요…….

'피에 굶주린 개'라는 말을 듣자, 그의 표정이 굳어진다. 그는 일어서서, 오른 쪽으로 가서 웃옷을 벗어 던지고 손을 씻는다.

맥 (급하게) 순익은 앞으로도 계속 맨체스터의 잭 풀 은행에 보내시오. 우리끼리 말이지만, 내가 전적으로 은행업 분야로 옮겨 가는 것은 몇 주 걸리느냐의 문제일 뿐이오. 그것이 보다 더 안전할 뿐만 아니라 수익도 많으니까. 기껏해야 두 주 후에는 이 사업에서 돈을 빼야할 거요. 그런 다음 당신이 브라운에게 가서 경찰에 명단을 넘겨주시오. 많아야 4주 후면, 이 쓰레기 같은 인간들은 올드 베일리의 감옥으로 사라지고 말 거요.

폴리 하지만, 맥! 당신이 그들을 없애 버리고, 그 사람들이 교수대에 목이 매달린 것이나 다름없는데, 당신이 그 사람들의 눈을 제대로 쳐다볼 수 있을까요? 당신이 그들과 악수나 제대로 할 수 있을까요?

맥 누구랑? 톱날 로버트, 동전 매티아스, 갈고리 손가락 제이콥이랑?

일당이 등장한다.

맥 이봐, 자네들을 만나게 되어 기뻐.

폴리 안녕하세요, 여러분.

매티아스 대위, 대관식 행사 일정표를 지금 입수했습니다. 힘들기 이를 데 없는 일을 해야 할 날들이 눈앞에 있다고 말씀드릴 수 있습니다. 30분 후면 캔터베리 대주교가 도착합니다.

맥 언제라고?

매티아스 5시 30분이죠. 어서 가야합니다, 대위.

맥 그래, 당신들도 떠나야겠군.

로버트 당신들이라니, 누구를 말하는 거죠?

맥 나로 말할 것 같으면, 미안하지만 어쩔 수 없이 잠깐 여행을 떠나야겠어.

로버트 빌어먹을, 그들이 당신을 체포하려 합니까?

매티아스 하필이면, 대관식이 임박한 시점에! 당신이 빠진 대관식은 숟가락 없는 죽과 같소.

맥 주둥이 좀 닥쳐! 이를 위해 잠시 동안 사업의 경영을 내 아내에게 맡기겠소. 폴리! (그가 폴리를 밀어내고, 자신은 뒤로 가서 거기에서 그녀를 지켜본다.)

폴리 젊은 양반들, 우리 대위께서 이제 마음 편하게 여행을 할 수 있을 거라고 생각해요. 일은 우리가 해낼 수 있을 거고요. 일류로 말이에요. 안 그래요, 젊은 양반들?

매티아스 네, 전 드릴 말씀이 없습니다. 하지만 이런 일을, 이런 시기에 여자가 해낼 수 있을지 모르겠습니다. 그렇다고 당신을 반대하는 것은 아닙니다, 사모님.

맥 (뒤쪽에서) 이 말에 대해 당신은 어떻게 생각하나요, 폴리?

폴리 개돼지 같은 놈! 시작 참 잘하네. (소리 지른다.) 물론 이 말이 나를 향한 것은 아닐 거야. 그렇지 않다면 여기 이분들이 벌써 오래전에 네 놈의 바지를 벗기고 엉덩이를 마구 두들겨 팼겠지. 안 그렇습니까, 여러분?

잠깐 동안의 침묵. 이어 모두가 마치 홀린 듯이 박수를 친다.

제이콥 네, 뭔가 일리가 있는 말씀이야. 사모님 말씀을 믿어도 돼.

월터 멋져요. 대위 부인께서 제대로 말씀을 하셨습니다! 폴리 만세!

모두 폴리 만세!

맥 기분 나쁘게도 난 대관식에 참석할 수 없어. 이것이야말로 백퍼센트 확실한 사업인데. 낮엔 온 집이 비고, 밤엔 상류층 사람들이 모두 취해 있는데 말이야. 게다가 넌 엄청나게 마셔대잖아, 매티아스. 지난주에 넌 또다시 그리니치 아동 병원의 방화가 너의 소행임을 암시하고 말았어. 그런 일이 다시 벌어지면, 넌 해고야. 아동 병원에 방화한 사람이 누구야?

매티아스 접니다.

매키스 (다른 사람들에게) 누가 아동 병원에 방화했어?

다른 사람들 당신이죠, 매키스 나리.

매키스 그러니까 누구냐고?

매티아스 (투덜거리며) 당신입니다, 매키스 나리. 이런 식으로 하면 우리 같은 사람은 절대로 출세할 수 없어.

매키스 (손짓으로 목을 매다는 흉내를 내며) 이미 넌 출세했어. 나와 겨루겠다는 생각을 한다면 말이야.

로버트 존경하는 부인, 당신의 남편께서 여행 중일 때, 우리에게 명령을 내려서 매주 목요일 결산서를 제출하게 하시죠.

폴리 매주 목요일이요, 젊은 양반들.

일당 퇴장한다.

맥 자, 이제 안녕, 내 사랑. 늘 생기를 잃지 말고, 날마다 화장하는 것도 잊지 마시오. 내가 있을 때와 똑같이 말이오. 이것은 참 중요한 일이요, 폴리.

폴리 여보, 맥. 더 이상 어떤 여자도 만나지 않고, 곧 출발하겠다고 약속해 줘요. 당신의 귀여운 폴리가 질투심 때문에 이런 말을 하는 것이 아니라, 아주 중요하기 때문에 하는 말이라고 생각해 주세요, 맥.

맥 하지만 폴리, 내가 왜 물이 다 빠져나가 버린 양동이 같은 여자들에게 관심을 갖겠소. 내가 사랑하는 사람은 당신뿐이오. 어둠이 충분히 깔리면, 난 마구간에서 가라말을 꺼내어 당신의 창가에서 당신이 달을 보기 전에, 이미 난 하이게이트 습지를 뒤로 하고 있을 거요.

폴리 아아, 맥. 내 심장이 터지게 하지 말아요. 제 곁에 머물러 계시면서, 행복해지게 해 주세요.

맥 내 심장이 터질 것 같소. 난 떠나야 하고, 또 언제 돌아올지 아무도 모르니.

폴리 너무 짧았어요, 맥.

맥 끝장났단 말이요?

폴리 아아, 어젯밤에 꿈을 꾸었어요. 꿈속에서 난 창밖을 내다보았어요. 골목에서 웃음소리가 들렸고, 내다보니까 우리의 달이 보였어요. 달은 아주 얇았어요, 닳고 닳은 1페니짜리 동천처럼 말이죠. 낯선 도시에 가더라도 저를 잊지 마세요, 맥.

맥 절대로 잊지 않겠소, 폴리. 키스해 줘, 폴리.

폴리 잘 가요, 맥.

맥 잘 있어, 폴리. (퇴장한다.)

폴리 (혼자서) 이이는 다시 오지 못할 거야.

종이 울리기 시작한다.

이제 여왕께서 런던으로 들어오실 텐데
대관식 날 우리는 어디에 있을까!

피첨 부인이 선술집의 제니와 함께 막 앞으로 나온다.

피첨 부인 너희들이 조만간에 칼잡이 매키를 보거든, 인근 경찰에게 가서 신고해라. 그러면 그 대가로 10실링을 받을 거야.

제니 경찰이 그의 뒤를 쫓고 있는데, 우리가 그 사람을 발견하게 될까요? 그에 대한 사냥이 시작되면, 그는 우리들과 시간을 소비하지 않을 텐데요.

피첨 부인 네게 말하는데 말이야, 제니. 런던 전체가 그의 뒤를 쫓고 있어도, 그 때문에 매키스가 자신의 평소 버릇을 바꾸지는 않을 거야. (그녀가 노래한다.)

성적인 종속에 관한 발라드

지금 여기 누군가는 사탄이야.

그자는 백정이고 다른 사람들은 어린 송아지!
몹시도 뻔뻔한 개! 몹시도 악독한 포주!
모든 사람을 해치우는 그놈을 누가 해치울까? — 여자들이지.
원하든 원치 않든 — 그놈은 준비되어 있어.
이것이 성적인 종속이야.
그놈은 성경을 믿지 않아. 민법을 비웃어.
그놈은 스스로가 최고의 이기주의자라고 생각해.
계집을 보면, 벌써 뿅 간다는 것도 알지.
그러니 계집이 가까이 가는 것을 못 참지.
그는 저녁이 되기 전에 하루를 칭찬해서는 안 될 거야.
밤이 되기 전에, 벌써 또다시 올라타고 있을 테니.

그렇게 죽어 없어지는 사람들이 더러 있어.
위대한 정신의 소유자가 창녀에 빠져 있어!
그들이 맹세하는 것을 함께 바라본 사람들*
그들이 죽으면, 누가 묻나요? — 창녀들이지.
원하든 원하지 않든 — 그들은 준비되어 있어.
이것이 성적인 종속이야.
그 사람은 성경에 매달리네. 그 사람은 민법을 고치네.
사내는 기독교도, 유태인은 무정부주의자!
점심엔 샐러리를 먹지 않으려고 애쓰고
오후엔 이념에 전념하고.
저녁엔 말하네, 나는 상승하고 있다고.

그러다가 밤이 되기 전에, 다시 올라타고 있네.

제5장

대관식 종소리가 아직 사라지지 않고, 칼잡이 매키는 턴브리지의 창녀 곁에 앉아 있다. 창녀들이 그를 신고한다. 시간은 목요일 저녁.

[턴브리지의 사창가]

평소와 같은 오후. 창녀들이 대부분 속옷 차림으로 빨래한 옷을 다리고, 장기 놀이를 하고, 몸을 씻는다. 시민 계층의 전원적인 일상. 갈고리 손가락 제이콥이 주변 사람들에 아무런 신경도 쓰지 않은 채 신문을 읽는다. 그는 오히려 방해가 된다.

제이콥 (잠시 멈춘다.) 그 사람은 오늘 안 와.
창녀 그래요?
제이콥 그 사람은 더 이상 안 올 것 같은데.
창녀 안 되었군요.
제이콥 그래? 내가 알기로, 그는 벌써 도시 경계를 넘어갔을 거야. 이번엔 도망친 거야.

매키스가 등장한다. 모자를 못에 걸고, 테이블 뒤에 있는 소파에 앉는다.

맥 내 커피 가져와!

빅센 (재차 놀라며) "커피 가져와!"

제이콥 (놀라며) 왜 하이게이트에 가 있지 않은 거야?

맥 오늘이 나의 목요일이야. 이런 사소한 일 때문에 난 내 습관을 버릴 수 없어. (고소장을 바닥에 내던진다.) 게다가 비가 내리는데.

제니 (고소장을 읽으며) 왕의 이름으로 매키스 대위에 대한 고소가 제기되었다. 세 번에 걸쳐…….

제이콥 (그녀에게서 고소장을 빼앗으며) 나도 거기에 나와?

맥 물론이지, 모든 직원이 다!

제니 (다른 창녀에게) 이봐, 이게 고소장이야. (사이) 맥, 손 좀 이리 줘 봐요.

그는 손을 내민다. 다른 손으로는 커피를 마신다.

몰리 그래, 제니. 그분의 손금 좀 봐. 너 그거 잘 하잖아. (석유등을 갖다 댄다.)

맥 유산을 많이 받겠어?

제니 아니요, 유산이 많지 않아요.

베티 왜 그렇게 바라보는 거야, 제니. 등골이 오싹하게.

맥 곧 먼 여행을 떠날까?

제니 아니요, 먼 여행은 안 해요.

빅센 도대체 뭐가 보이는 거야?

맥 제발, 나쁜 것 말고, 좋은 것만!

제니 아 뭐야, 비좁은 어두운 것만 보이고 빛은 안보이네. 그리고 ㄱ자가 보여요. 여자의 간계 말이에요. 그리고 또 보이는 게…….

맥 잠깐. 예를 들면 비좁은 어두운 것과 간계에 관하여 상세한 것을 알고 싶어. 예를 들면 간계를 꾸미는 여자의 이름이라든가.

제니 이름이 ㅈ으로 시작한다는 것만 보이는데요.

맥 그렇다면 틀렸는데. 그 사람은 ㅍ으로 시작해.

제니 맥, 웨스트민스터 사원의 대관식 종소리가 울리면, 당신은 힘들어질 거예요.

맥 더 말해 봐!

제이콥 (껄껄 웃는다.)

맥 대체 무슨 일이야? (제이콥에게 달려가서, 읽어 본다.) 완전히 틀렸어. 셋뿐이었는데.

제이콥 (웃으며) 맞아요.

맥 예쁜 속옷을 입고 계시네.

창녀 요람에서 무덤까지, 우선은 속옷이죠!

늙은 창녀 난 비단은 안 입어. 남자들이 병 걸렸다고 생각하니까.

제니는 몰래 문 쪽으로 빠져나간다.

두 번째 창녀 (제니에게) 어디가, 제니?

제니 곧 알게 될 거야. (퇴장)

몰리 집에서 만든 아마포 옷도 흉물스러워.

늙은 창녀 집에서 만든 아마포 옷으로 대대적인 성공을 거뒀어.

빅센 남자들은 그런 옷을 입으면 편안해져.

맥 (베티에게) 아직도 검은 술장식을 달고 다녀?

베티 아직도 달고 다니죠.

맥 네 속옷은 어떤 것인데?

두 번째 창녀 아아, 전 금방 부끄럼을 타요. 전 아무도 제 방에 데리고 갈 수 없어요. 제 아주머니는 남자에 환장했어요. 집 현관에서는, 당신들도 아시겠지만, 전 아예 속옷을 입지도 않아요.

제이콥 (웃는다.)

맥 다 읽었어?

제이콥 아니요, 지금 강간 부분을 읽는 중입니다.

맥 (다시 소파에 앉아서) 그런데 제니는 어디 있어? 숙녀 여러분, 내 별이 이 도시 위에 떠오르기 훨씬 전에…….

빅센 내 별이 이 도시 위에 떠오르기 훨씬 전에…….

맥 난 여러분 가운데 한 여자랑 남루하게 살았습니다, 숙녀 여러분. 내가 오늘날에도 칼잡이 매키지만, 행복할 때에도 결코 내 어두운 날의 동반자를 잊지 않을 겁니다. 누구보다도 제니를 말입니다. 제니는 모든 아가씨들 가운데에서도 제일 사랑스러웠던 사람이었으니까요. 자, 주목해 주세요!

맥이 노래하는 동안, 창문 앞 오른 쪽에 제니가 서서 경찰 스미트에게 눈짓을 한다. 이어 피첨 부인도 그녀와 합류한다. 가로등 아래에 이

세 사람이 서서 왼쪽을 바라본다.

포주의 발라드

1

맥

오래전에 흘러가 버린 옛날
우리는 함께 살았지, 그녀와 나
내 머리와 그녀의 몸을 먹고 살았지.
난 그녀를 지키고, 그녀는 날 먹여 주었어.
다른 방법도 있겠지만, 그렇게도 살 수 있었어.
손님이 오면, 난 침대에서 기어 내려가
버찌술 한 잔 걸치며 친절했어.
그가 돈을 지불하면, 난 말했어. "손님,
다시 오고 싶으면, 언제든지 오세요."
꼬박 반년을 그렇게 버텼어.
사창가에서, 우리가 살림을 차린 사창가에서.

제니가 문에 등장하고, 그 뒤에 스미트가 있다.

2

제니

이제는 흘러가 버린 옛날

심심하면 저 사람은 나를 윽박질렀어.
돈이 없으면, 나를 닦달하며
이렇게 말했지 이년아, 네 속옷이라도 맡기자.
속옷, 좋지, 없어도 되니까.
하지만 나도 심술이 나서, 그래 좋아!
다짜고짜 물었지, 왜 그렇게 뻔뻔하냐고
그러면 내 잇몸에 주먹을 날리더군.
그러면 나는 병들어 눕고!

둘이서

그때 그 반년은 정말로 좋았어.
사창가에서, 우리가 살림을 차린 사창가에서.

3

둘이서 (함께 그리고 교대로)

이제는 흘러가 버린 옛날.

남자

지금처럼 그렇게 우울하지 않았지.

여자

낮에만 함께 누울 수 있었지만.

남자

말했듯이, 그녀는 밤엔 손님이 있었으니!

보통은 밤에 하지만, 낮에도 할 수 있어!

여자

그러다 한 번 난 당신의 아이를 가졌어.

남자

그래서 우린 이렇게 했지, 내가 그녀의 밑에 눕기로.

여자

자궁 속에서 아이가 깔리지 않도록.

남자

하지만 아이도 잃어버릴 운명이었어.

그리고 반년의 세월도 곧 끝났지.

사창가에서, 우리가 살림을 차린 사창가에서.

춤춘다. 맥은 칼 달린 지팡이를 들고, 제니는 그에게 모자를 건넨다. 맥은 계속 춤을 춘다. 그때 스미트가 그의 어깨에 손을 올린다.

스미트 자, 출발해도 되겠지!

맥 이 더러운 방구석엔 출구가 여전히 하나뿐인가?

스미트는 매키스에게 수갑을 채우려 한다. 맥이 스미트의 가슴을 쳐서 그가 비틀거리고, 맥은 창가로 뛰어간다. 창 앞에는 피첨 부인이 경찰들을 데리고 서 있다.

맥 (차분하고, 매우 공손하게) 부군께서는 어떻게 지내시는지요?

피첨 부인 이보세요, 매키스 씨. 내 남편이 말하더군요. 세계사의 위대한 영웅들도 이 작은 문지방에 걸려 넘어졌다고 말입니다. 유감스럽지만, 당신도 이제 매력적인 이 여자들과 작별해야겠습니다! 경찰관, 이분을 새 집으로 데려가세요. (맥이 끌려 나간다. 창 안쪽을 향해) 숙녀 여러분, 이분을 방문하려면, 언제든지 집에서 만날 수 있어요. 이제부터 이분은 올드 베일리에서 살게 됩니다. 이 사람이 창녀들 곁에서 빈둥거릴 거라고 알고 있었어요. 계산은 내가 하겠어요. 잘 계세요, 숙녀 여러분. (퇴장)

제니 여보세요, 제이콥. 무슨 일이 일어났어요.

제이콥 (읽느라 아무것도 알아차리지 못한 채) 대체 맥은 어디 있어?

제니 경찰들이 와 있어요!

제이콥 맙소사, 그런데도 나는 읽고, 읽고, 또 읽고만 있었군. 이런, 이런. (퇴장)

제6장

창녀들의 배신을 당한 매키스는 다른 여자의 사랑으로 감옥에서 풀려난다.

[올드 베일리의 감옥, 감방]

브라운 등장한다.

브라운 부하들이 그를 붙잡지 못해야 할 텐데! 그가 하이게이트 늪지대 저편으로 말을 달려, 재키를 생각해 준다면 좋겠는데. 하지만 모든 위대한 사나이들이 그렇듯이, 그도 참 경박해. 그가 붙들려 와서 친한 친구를 바라보는 눈빛으로 나를 보게 될 경우, 난 견딜 수가 없을 거야. 다행히도, 적어도 달빛은 있어. 늪지 위로 말을 달리면, 적어도 길에서 벗어나지는 않겠지. (뒤쪽에서 소음이 들린다.) 저게 뭐지? 오오, 맙소사. 그가 끌려오고 있어.

맥 (두툼한 밧줄에 묶인 채, 여섯 명의 경찰에 이끌려 당당한 자세로 등장한다.) 이 바보 같은 놈들. 이제 우리는 다행히도 우리의 옛 별장으로 다시 돌아왔어.

그가 브라운을 알아본다. 브라운은 감방 뒤쪽 구석으로 피한다.

브라운 (한참 쉰 후에, 그의 단짝 친구의 두려운 시선을 받으며) 아아, 맥. 내가 그런 게 아니었어……. 난 할 일을 다 했지……. 날 그렇게 바라보지 말라고, 맥……. 견딜 수가 없어……. 자네의 침묵도 두렵고…….(경찰을 향해 소리 지른다.) 동아줄로 그렇게 매단 채 끌지 마, 이 돼지 같은 놈아. 뭔가 말을 해 보게, 맥. 이 불쌍한 재키에게 뭐라고 해 봐……. 한 마디라도 해……. (몸을 벽에 기댄 채 흐느낀다.) 저 친구가 나를 한 마디 말도 해 줄 가치가 없다고 생각하고 있어. (퇴장)

맥 이 불쌍한 브라운. 나쁜 양심의 화신. 바로 이런 녀석이 경찰의 최고 수장이라고? 내가 소리 지르지 않은 게 다행이야. 처음엔 그럴 생각도 했지. 하지만 곧 난 제때 생각하게 되었지. 힐책하는 듯한 깊은 눈초리로 바라보면, 이 녀석의 등골이 오싹해질 것이라고 말이야. 그게 적중했어. 내가 그 녀석을 노려보자, 그 녀석이 비통하게 울었어. 성경에서 배운 전략이지.

스미트가 수갑을 들고 등장한다.

맥 자, 교도관님. 당신이 가지고 오신 게 제일 무거운 거죠? 선심을 베풀어 제가 약간이라도 편한 것을 차게 해 주세요. (그가 수표책을 꺼낸다.)

스미트 하지만, 대위님. 수갑이야 가격에 맞게 골고루 있습니다. 당신이 얼마를 투자하려고 하느냐가 관건이죠. 1기니에서 10기니까지 있습니다.

맥 아예 수갑을 안 차려면 얼마죠?

스미트 50기니입니다.

맥 (수표를 쓴다.) 루시와의 스캔들이 들통 나는 것이 최악이지. 친구를 배반하고 내가 그의 딸과 뭔가 일을 저질렀다는 것을 브라운이 알면, 그는 호랑이로 변하겠지.

스미트 그렇죠, 자리를 까는 대로 거기서 자는 법*입니다.

맥 그 창녀 같은 년이 저 바깥에서 기다릴 거야. 처형당할 때까지 멋진 날이 되겠군.

노래 조명. 판에는 '편한 삶에 관한 발라드'라는 제목이 적혀 있다.

여러분, 직접 판단해 보시오. 이것이 인생인가요?
이 모든 것에 흥미가 없어요.
어렸을 적에 떨면서 난 들었다오.
부유하게 사는 사람만이 편하게 산다고!

편한 삶에 관한 발라드

1
배는 비어도 책을 들고
쥐가 갉아먹는 오두막집에서
살아가는 위대한 정신의 소유자들의 삶을 칭송한다.
그러한 풀죽을 가진 사람들 내게 얼씬도 마라!
검소한 삶, 원하는 사람이나 살아 보시라!
나는 (우리끼리 말인데) 그런 삶 질렸소.
여기에서 바빌론까지 그 어떤 놈도
이런 음식 하루도 못 견딜 걸.

이런 판에 자유가 뭐야? 편하지 않아.
부유하게 사는 자만이 편하게 살아!

2
본성이 대담하고
살갗이라도 장에 내다 팔 욕심이 있는 모험가들은
늘 자유로워 진리를 말한다.
속물도 뭔가 대담한 것을 읽을 수 있도록.
이들의 모습을 보면, 저녁이면 얼어붙고
냉담한 아내와 말 없이 잠자리에 들고
누가 박수 치는지, 아무것도 이해 못하는지 귀를 쫑긋하다가
쓸쓸하게 서기 5천 년을 응시한다.
이제 묻노니, 이것이 편안한가?
부유하게 사는 자만이 편하게 살아!

3
차라리 위대하고 고독한 자신의 모습이 더 좋다면
스스로 자기 자신을 잘 이해한 셈.
그러나 그런 사람을 가까이서 보면
난 말한다, 그러기를 포기하라고.
가난은 지혜 외에도 짜증을 가져다주고
대담함은 명성 외에도 쓰디쓴 고난을 가져다준다.
넌 가난하고 고독하며, 현명하고 대담했으니

이제 넌 위대하기를 그만두어라.
그러면 저절로 행복의 문제가 해결될 것이니,
부유하게 사는 자만이 편하게 살아!

루시가 등장한다.

루시 이 천박한 악당 놈아. 네 놈이 어떻게 내 얼굴을 쳐다볼 수 있어? 우리 사이에 이 모든 일들이 일어났는데 말이야.

맥 루시, 당신은 따뜻한 마음도 없어? 당신 남편의 모습을 이렇게 보면서도 말이야!

루시 내 남편이라고! 이 짐승만도 못한 놈! 네 놈이 피첨 양과 벌인 스캔들을 내가 모를 줄 알아! 네 놈의 눈깔을 뽑아 버릴까 보다!

맥 루시, 진심인데, 당신이 그렇게 바보인가? 폴리에게 질투하는 거야?

루시 네 놈이 그 년과 결혼하지 않았어? 이 짐승아.

맥 결혼이라고! 좋아. 내가 그 집에 드나들어. 그녀와 이야기도 하고. 가끔씩 키스 같은 것도 하고 말이야. 이제 이 바보 같은 아가씨가 이리저리 돌아다니며 나와 결혼했다고 나팔을 불고 다니지. 루시, 당신을 진정시키는 일이라면 뭐든지 할 준비가 되어 있어. 그녀가 나와 결혼했다고 당신이 생각한다면 말이야. 좋아, 신사가 무슨 말을 더 하겠어? 더 이상 할 말이 없지.

루시 오, 맥. 나도 점잖은 아내가 되고 싶어요.

맥 나와 결혼해서 점잖은 아내가 된다고 당신이 생각한다면 좋아, 신사가 무슨 말을 더 하겠어? 더 이상 할 말이 없지!

폴리가 등장한다.

폴리 내 남편이 어디 있지? 아하, 맥. 여기 계셨군요. 시선을 돌리지 말아요. 나를 부끄러워할 필요 없어요. 전 당신의 아내잖아요.

루시 아, 이 천박한 악당 놈아.

폴리 아아, 매키가 감옥에 가다니! 당신은 왜 하이게이트의 늪지대를 말 타고 넘지 않았어요? 여자들에게는 가지 않겠다고 내게 말하지 않았나요. 여자들이 당신에게 무슨 짓을 할 지 난 잘 알고 있었어요. 그래도 전 당신에게 말하지 않았죠. 당신을 믿었으니까요. 맥, 전 당신 곁에 있어요, 죽을 때까지. 아무 말도 없군요, 맥. 보지도 않고. 아아, 맥, 당신의 모습을 보면, 당신의 폴리가 얼마나 고통을 겪게 되는지를 생각해 주세요.

루시 아아, 이 창녀 같은 년.

폴리 이게 무슨 뜻이죠, 맥? 저 사람은 대체 누구예요? 저 사람에게만은 말해 주세요, 내가 누구인지. 제발 저 사람에게 말해 줘요, 내가 당신 아내라고요. 제가 당신의 아내가 아닌가요? 저 좀 보세요, 제가 당신의 아내가 아니에요?

루시 사기꾼 비렁뱅이 놈아, 네 놈은 아내가 둘이야? 이 몹쓸 놈.

폴리 말해요, 맥. 내가 당신의 아내가 아닌가요? 제가 당신을 위해서 뭐든지 다하지 않았던가요? 전 처녀의 몸으로 당신과 결혼했어요, 당신도 알잖아요. 당신은 저에게 일당들도 넘겨주셨고,

저는 우리가 약속한 대로 모든 일들을 다 처리했어요. 제이콥도 전해달라고 말했어요…….

맥 당신들이 단 2분 동안이라도 주둥이를 닥치고 있으면, 모든 것이 밝혀질 텐데.

루시 아니, 난 내 주둥이를 닥칠 수 없어. 난 참을 수가 없거든. 피와 살이 있는 사람이라면 절대로 이런 일을 참지 못해.

폴리 자, 아가씨. 물론 여자란…….

루시 여자라고!!

폴리 여자가 뭔가 자연스럽게 우선권을 가집니다. 유감스럽게도, 아가씨, 적어도 바깥으로는 그렇죠. 인간은 그렇게 귀찮은 일 때문에 미쳐 버릴 수밖에 없습니다.

루시 귀찮은 일이라고, 좋아. 당신이 찾아낸 것이 뭐야? 이 더러운 년! 그러니까 이 년이 당신이 위대하게 정복한 년이네! 이 년이 당신이 얻은 소호의 미인이야!

질투의 이중창

1

루시

이리 나와, 너 소호의 미녀!
예쁜 네 다리를 보여 줘!
나도 예쁜 것을 보고 싶어.
너처럼 예쁜 사람 없으니!

네가 내 맥에게 그렇게 강한 인상 준다면서!

폴리

내가 정말 그래? 정말 그래?

루시

하, 정말로 웃기네.

폴리

정말로 웃겨? 정말 웃겨?

루시

하, 정말로 웃겨!

폴리

그래? 정말로 웃겨?

루시

맥이 너를 좋아한다면!

폴리

맥이 나를 좋아한다면.

루시

하하하! 이런 여자와

상대할 남자는 어쨌든 없어.

폴리와 루시

자, 두고 보자.

그래, 두고 보자!

폴리와 루시

매키와 나, 우리는 마치 비둘기처럼 살았어.

그이는 나만을 사랑하고, 난 그 사랑 빼앗기기 싫었어.

난 마음대로 해야 해.

더러운 짐승 같은 년이 나타나도

사랑이 끝날 수는 없어!

웃기는 일이야!

2

폴리

아아, 나는 소호의 미녀

내 다리가 예쁘다고들 하지.

루시

이 다리가 예쁘대?

폴리

사람들은 뭔가 예쁜 것을 보고 싶어 하지.
이렇게 예쁜 사람 없다고들 말해.

루시

이 더러운 잡년아!

폴리

자기도 더러운 잡년이면서!
나는 내 남편에게도 참으로 강한 인상을 준다는데.

루시

네가 그렇대? 네가 그렇대?

폴리

그래, 정말로 웃을 수밖에 없군.

루시

정말 그래? 정말 그래?

폴리

그러니 웃음이 나오네!

루시

아하, 웃음이 나오네!

폴리

누구도 나를 좋아하지 않는다면

루시

누구도 너를 좋아하지 않는다면

폴리

여러분도 이렇게 생각하세요, 이런 여자와
상대할 남자는 어쨌든 없다고?

루시

자, 두고 보자.

폴리

그래, 두고 보자.

루시

자, 두고 보자고.

둘이서

매키와 나, 우리는 마치 비둘기처럼 살았어.

그이는 나만을 사랑하고, 난 그 사랑 빼앗기기 싫었어.

난 마음대로 해야 해.

더러운 짐승 같은 년이 나타나도

사랑이 끝날 수는 없어!

웃기는 일이야!

매키스 그러니까 루시, 진정해, 응? 이것은 폴리의 속임수에 불과할 뿐이야. 그녀는 당신과 나를 이간질시키려고 해. 내가 교수형에 처해지면, 그녀는 내 미망인 행세를 하며 돌아다니고 싶어 해. 정말이야, 폴리. 지금은 시기가 좋지 않아.

폴리 나를 모른다고 말할 생각인가요?

매키스 당신은 내가 결혼했다고 계속해서 말할 생각이야? 왜 나의 비참함을 확대해야만 해, 폴리? (탓하며 머리를 흔든다.) 폴리, 폴리!

루시 정말로, 피첨 양. 당신은 본색을 드러낼 뿐이군요. 그뿐만 아니라, 이런 사정에 처해 있는 한 남자를 이토록 흥분시키다니, 참 끔찍하군요.

폴리 존경하는 아가씨, 제 생각으론, 아주 간단한 예법만 알아도 아내와 함께 있는 남자에게는 뭔가 좀 더 공손하게 대해야 한다는 것을 쉽게 알 텐데요.

매키스 진심으로 말하는데, 폴리, 농담이 정말 지나쳐.

루시 존경하는 부인, 이곳 감옥에서 한 바탕 소동을 벌이고 싶으시면, 전 어쩔 수 없이 교도관을 불러와서, 당신을 쫓아낼 수밖에 없습니다. 유감이군요, 귀하신 아가씨.

폴리 부인! 부인! 부인! 이런 말씀드리는 것을 용서하십시오. 귀하신 아가씨, 당신이 취하신 태도는 당신에겐 어울리지 않습니다. 제 남편 곁에 머무는 것이 제 의무이니, 어쩔 수 없군요.

루시 뭐라고 하셨나요? 무슨 말씀을 하세요? 아하, 가지 않겠다는 건가! 여기 서서, 내팽개쳐져도 가지 않겠다! 좀 더 분명하게 말해줘야 하나?

폴리 야! 이제 더러운 네 주둥이를 닥쳐. 안 그러면 주둥이를 한대 쥐어박아 놓을 거야, 귀하신 아가씨!

루시 내팽개쳐질 사람은 너야, 이 뻔뻔스러운 인간아! 너에겐 분명히 해 둘 수밖에 없어. 부드럽게 말하면 이해를 못하니까 말이야.

폴리 네가 부드럽게 말한다고! 오호, 내 품위만 잃지! 그러기엔 난 너무 고상해……. 어쨌든. (울부짖는다.)

루시 내 배 좀 봐라, 이 빌어먹을 년아! 신선한 공기를 마셔서, 이렇게 되나? 넌 눈도 없어, 응?

폴리 아 그래! 배가 부르네! 그걸 뽐내고 싶어 하나 본데? 저 사람을 못 올라가게 했어야 하는 건데, 이 세련된 부인!

매키스 폴리!

폴리 (눈물을 흘리며) 이건 너무 심해. 맥, 이래서는 안돼요. 도대체 어떻게 해야 할지 모르겠어요.

피첨 부인이 등장한다.

피첨 부인 그럴 줄 알았어. 이 년이 저 놈 곁에 있다니. 이 더러운 년아, 어서 이리와. 저 놈의 목을 매달면, 너도 목을 매달거야. 점잖은 네 어미에게 이럴 수가 있냐. 내가 너를 감옥에서 꺼내야 되겠어? 저 놈은 두 년을 동시에 가지고 있네. 이 네로 같은 놈아!

폴리 제발 놔둬요, 어머니. 아시겠지만…….

피첨 부인 집으로 가자, 어서 당장에.

루시 들어 봐요, 당신 어머니가 어떻게 해야 좋을지 알려 주실 거예요.

피첨 부인 가자.

폴리 당장 가죠. 단지 뭔가……. 뭔가 저 분에게 한 마디 해야겠어요. 정말로…… 아시죠, 이것은 매우 중요해요.

피첨 부인 (그녀의 뺨을 때린다.) 그래, 이것도 중요하다. 어서 가!

폴리 오오, 맥! (끌려간다.)

맥 루시, 아주 멋지게 해냈어. 물론 난 저 여자가 불쌍했어. 그래서 내가 저 여자에게 응분의 대우를 하지 않은 거야. 당신도 처음엔 저 여자의 말에 뭔가 진실이 담겨 있을 거라고 생각했지. 내 말이 맞지?

루시 네, 그랬어요, 여보.

맥 뭔가 들어 있었다면, 그녀의 어머니가 나를 이 지경으로 몰고 가진 않았을 거야. 그녀가 나를 대하는 말을 들었지? 어머니로서 그렇게 다룰 수 있는 사람은 유혹하는 사람이지 결코 사윗감이 아니야.

루시 진심으로 그렇게 말씀하신다면, 전 참 행복하군요. 전 당신을 너무나 사랑해요. 그래서 전 당신이 다른 여자의 품에 안겨 있는 것보다는 차라리 교수대에 매달려 있는 모습을 보고 싶어요. 이것 참 특이하지요?

맥 루시, 당신 도움을 받아 목숨을 건지고 싶어.

루시 이런 말을 하다니, 놀랍군요. 다시 한 번 말해 보세요.

맥 루시, 당신 도움을 받아 목숨을 건지고 싶어.

루시 당신과 함께 도망갈까요, 여보?

맥 그래요, 단지 알아 둘 것은 우리 둘이 함께 달아나면, 우리는 숨을 곳을 찾지 못할 거요. 수색이 중단되면, 당신을 데려오도록 할게. 그것도 특급 우편으로 말이요. 당신도 상상이 될 거요!

루시 제가 당신을 어떻게 도와드릴까요?

맥 모자와 지팡이를 가져와!

루시가 모자와 지팡이를 가지고 되돌아와서, 그의 감방 안에 던져 넣어 준다.

맥 루시, 당신이 품에 담고 있는 우리 사랑의 열매가 영원히 우리를 묶어 줄 거요.

루시 퇴장한다.

스미트 (등장하여, 감방 안으로 들어가서 맥에게 말한다.) 지팡이 좀 이리 줘.

스미트가 의자와 쇠막대기로 맥을 이리저리 몰아대며 쫓지만 맥은 창살을 뛰어 넘는다. 경찰이 그의 뒤를 추격한다. 브라운 등장한다.

브라운 (목소리) 어이, 맥! 맥, 제발 대답해. 나 재키가 여기 있어. 맥, 제발 호의를 베풀어 대답하라고. 난 더 이상 견딜 수 없어. (들어온다.) 매키! 이게 뭐야? 떠나 버렸군! 맙소사! (간이침대에 앉는다.)

피첨 (감방 앞에 나타난다.) 여보세요! 여기 매키스 씨가 있나요? (브라운이 침묵한다.) 아, 그렇군! 아하, 다른 분은 아마 산책하러 갔나 보군요? 범인을 방문하기 위해 들어왔는데, 여기 누가 앉아 있는 거야. 브라운 씨, 호랑이 브라운이 앉아 있네. 그리고 그의 친구 매키스는 여기 없고.

브라운 (신음소리를 내며) 오, 피첨 씨. 이것은 내 잘못이 아닙니다.

피첨 물론 아니지요. 도대체 왜, 당신이 직접 그럴 리는 없죠……. 그럴 경우 당신은 어려운 상황에 빠질 텐데……. 그럴 리 없소, 브라운.

브라운 피첨 씨, 전 미치겠어요.

피첨 나도 그렇게 생각합니다. 당신은 끔찍하겠죠.

브라운 네, 무기력한 이 느낌이야말로 사람을 마비시킵니다. 그놈들은 자신들이 원하는 것을 마음대로 합니다. 끔찍하죠, 끔찍해.

피첨 잠깐 눕지 않겠습니까? 그냥 눈을 감고 아무 일도 없었던 듯이 해 보세요. 멋진 푸른 풀밭에 있다고 생각해 보세요. 흰 구름이 그 위에 떠 있고요. 중요한 것은 당신이 이 끔찍한 일들을 머리에서 떨쳐 버리는 것이죠. 이미 있었던 일과 앞으로 벌어질 일을 말입니다.

브라운 (불안해져서) 그게 무슨 뜻이오?

피첨 당신은 놀랍게도 잘 견디시는군요. 내가 당신 입장이라면 그냥 쓰러져서, 침대에 기어들어 가 뜨거운 차나 마실 겁니다. 그리고 무엇보다도, 누군가 내 머리에 손을 올려 주기를 기다리죠.

브라운 빌어먹을. 그놈이 빠져 나가도 난 속수무책입니다. 경찰은 손을 쓸 수가 없어요.

피첨 그래요, 경찰이 손을 쓸 수가 없어요? 우리가 매키스 씨를 여기서 다시 만나게 되리라고 생각하지 않으시나요?

브라운이 어깨를 으쓱한다.

피첨 그렇다면 당신에게 일어날 일은 끔찍하게도 부당하겠군요. 이제 사람들이 말하겠죠, 경찰이 그를 달아나게 내버려 둬서는 안 되는 거였다고 말이요. 네, 번쩍이는 대관식 행렬, 그걸 난 아직 보지 못했소만.

브라운 그게 무슨 뜻이죠?

피첨 역사적인 사건을 하나 떠올리게 해 드리고 싶습니다. 그 당시 그러니까 기원전 1400년에 수많은 이목을 끌었지만, 오늘날엔 대부분의 사람들이 망각하고 있는 사건 말입니다. 이집트의 왕 람세스 2세가 죽자, 니니베 아니면 카이로의 경찰 총수는 국민의 최하층 사람들에게 사소한 잘못을 저질렀어요. 그 결과는 당시로서는 끔찍했죠. 왕위를 계승한 세미라미스 여왕의 대관식 행렬은, 역사책에 쓰여 있기로 '국민 최하위층이 열렬하게 참여한 탓에 연속적인 파국으로' 끝났다고 합니다. 역사가들은 세미라미스 여왕이 경찰 총수에 대해 얼마나 가혹한 형벌을 내렸는지 경악한 채 제정신이 아니었죠. 제 기억이 희미합니다만, 여왕이 그의 가슴을 뱀이 물어뜯게 했다고 합니다.

브라운 정말입니까?

피첨 주님이 당신과 함께하길 빕니다, 브라운. (퇴장한다.)

브라운 이제는 쇠 같은 주먹만이 도움이 될 수 있어. 직원들 모두 회의실로 집합, 비상!

막. 매키스와 선술집의 제니가 막 앞으로 나와 노래 조명이 비추는 가운데 노래한다.

두 번째 서푼짜리 피날레

맥

이봐요, 선량하게 살면서
죄와 악행을 피하는 법을 가르친 양반들.
먼저 먹을 것을 준 후에라야
말할 수 있겠죠, 그렇게 살기 시작하라고.
자기들은 배 채우고, 우리는 선량하기를 좋아하는 양반들아

한 가지만은 영원히 알아 두시라.
당신들이 어떻게 둘러대고 농간을 쳐도
먹는 것이 먼저요, 도덕은 그 다음이네.
우선은 가난한 사람도
커다란 빵을 잘라 자기 몫을 챙길 수 있어야 하네.

무대 뒤에서

도대체 인간은 무얼 먹고 사나요?

맥

도대체 인간은 무얼 먹고 사냐고? 시시각각
사람을 괴롭히고, 벗겨 먹고, 덮치고, 목 졸라 펴먹지.
인간은, 자신이 인간임을
철저하게 망각함으로써만 살 수 있어.

합창단

이 양반들아, 헛된 생각일랑 말아요.
인간은 오로지 악행으로 살아요.

선술집의 제니

당신들은 가르쳐요, 계집이 언제 치마를 들어 올리고
눈을 옆으로 굴리는지를.
먼저 우리에게 먹을 것을 준 후에라야

말할 수 있겠죠, 그렇게 살기 시작하라고.

우리더러는 부끄러워하라 하고, 자기들은 즐기려고만 드는 양반들아

한 가지만은 영원히 알아 두시라.

당신들이 어떻게 둘러대고 농간을 쳐도

먹는 것이 먼저요, 도덕은 그 다음이네.

우선은 가난한 사람도

커다란 빵을 잘라 자기 몫을 챙길 수 있어야 하네.

무대 뒤에서

도대체 인간은 무얼 먹고 사나요?

선술집의 제니

도대체 인간은 무얼 먹고 사냐고? 시시각각

사람을 괴롭히고, 벗겨 먹고, 덮치고, 목 졸라 퍼먹지.

인간은, 자신이 인간임을

철저하게 망각함으로써만 살 수 있어.

합창단

이 양반들아, 헛된 생각일랑 말아요.

인간은 오로지 악행으로 살아요.

막.

제3막

제7장

같은 날 밤 피첨은 행진 준비를 한다. 비참한 상황을 과시함으로써 그는, 대관식 행렬을 방해하려고 한다.

[피첨의 거지 의상실]

거지들이 넓은 판에 '내 눈을 국왕께 바쳤습니다.' 등등의 글을 쓴다.

피첨 여러분, 이 순간 드루리 레인에서 턴브리지에 이르기까지 우리의 열한 개 지사에서는 1,432명의 직원들이 이런 넓은 판을 제작하고 있습니다. 우리 여왕님의 대관식에 동참하기 위해서죠.

피첨 부인 빨리, 빨리! 작업하기 싫으면, 구걸도 할 수 없어. 넌 맹인이라면서 여왕을 뜻하는 'ㅇ'자 하나 제대로 못 만드네? 그건 아이들 글씨체여야 하는데, 노인의 글씨체잖아.

요란한 북소리.

거지 이제 대관식 경호대가 집총식을 거행하네. 군대 생활 중 가장 멋진 날에 우리와 함께하게 될 줄은 이들도 전혀 몰랐을 거야.

필치 (들어오며, 알린다.) 피첨 부인, 저기 밤을 지새운 열두어 명의 암탉들이 뒤뚱거리며 오고 있습니다. 여기서 돈을 받게 될 거라고 주장하는데요.

창녀들 등장한다.

제니 귀하신 부인…….

피첨 부인 너희들은 마치 횃대에서 떨어진 것처럼 보이는데. 너희들의 매키스를 잡는 걸 도와준 대가를 받으러 온 것 아니야? 그러니 너희들에게 한 푼도 못 줘, 알겠어? 한 푼도.

제니 그 말씀을 어떻게 이해해야 하나요, 귀하신 부인?

피첨 부인 내 가게에 한밤중에 쳐들어오다니. 새벽 세 시에 점잖은 집안에 말이야! 너희들 직업도 직업이니만큼 차라리 푹 자는 편이 좋을 텐데. 꼴을 보니 마치 토한 우유 같아.

제니 그렇다면, 우리는 매키스 씨를 붙잡은 대가로 계약에 따라 정해진 보수를 못 받는다는 말씀이군요, 귀하신 부인?

피첨 부인 바로 그거야. 똥이나 받는다면 모를까, 배반의 대가는 한 푼도 없어.

제니 왜 그렇습니까, 귀하신 부인?

피첨 부인 이 고결한 매키스 씨가 다시 사방으로 흩어져 버렸기 때문이야. 그 때문이지. 그러니 이제 정갈한 내 방에서 나가요, 아가씨들.

제니 이것 참 너무하시군. 우리를 그렇게 취급하지 마세요. 분명히 말해 두고 싶군요. 우리를 그렇게 대하지 마세요.

피첨 부인 필치, 이 아가씨들이 끌려 나가고 싶은가 봐.

필치가 여자들에게 가자, 제니가 그를 밀쳐 낸다.

제니 부탁이니, 똥 묻은 주둥이 좀 닥치시오. 안 그러면 이렇게…….

피첨 등장한다.

피첨 무슨 일이오. 이 자들에게 돈을 주진 않았겠지? 그렇죠, 아가씨들? 매키스 씨가 감옥에 들어가 있소, 아니오?

제니 내게 매키스 씨 이야기는 그만 좀 해요. 그분에게 당신이 물 한 잔이라도 가져다 줄 수 있소? 전 지난밤에 손님 한 분을 그냥 가게 내버려 둘 수밖에 없었어요. 내가 이 신사 분을 당신에게 팔아넘긴 것을 생각하니, 베개가 젖도록 눈물을 흘릴 수밖에 없었으니까요. 그래요, 아가씨들. 오늘 아침에 무슨 일이 일어났는지 알겠어요? 한 시간도 채 안되었어요. 전 울다가 잠이 들었는데, 휘파람 소리가 들렸어요. 도로 위에 나를 울린 이분이 서서, 열쇠를 던져 달라고 부탁하셨어요. 내 품에 안겨 그분은 나로 하여금 내가 그분에게 끼친 잘못된 행동을 잊게 해 주고 싶어 했지요. 그분은 런던의 마지막 신사입니다, 아가씨 여러분. 우리 동료 수키 토드리가 이곳에 함께 오지 못한 것은, 그녀를 위로하기 위해 그가 나와 함께 그녀에게 갔기 때문입니다.

피첨 (혼자서) 수키 토드리…….

제니 그래요, 이제 당신이 그분에게 물이라도 한 잔 건네줄 수 없음을 아실 겁니다. 천박한 스파이 같은 분.

피첨 필치, 어서 근처의 파출소로 가서, 매키스 씨가 수키 토드리의 집에 머물고 있다고 알려. (필치 퇴장) 하지만 아가씨들, 우리가 왜 싸우죠? 돈은 당연히 지불될 것인데요. 셀리아, 여기서 상스러운 욕이나 하느니, 당신은 차라리 안으로 가서 이 아가씨들을 위해 커피라도 끓여요.

피첨 부인 (퇴장하며) 수키 토드리!

저기 한 남자가 교수대에 거의 목이 매달릴 지경이네.
몸에 두를 석회도 이미 사 놓았네.
그의 목숨은 끊어질 듯한 실에 달려 있네.
저 사람 아직도 무슨 생각을 하고 있을까? — 여자 생각.
벌써 교수대 아래에서도 저 사람은 늘 그 생각이야.
이것이 성적인 종속이야.

그는 살갗도 머리카락도 모두 팔린 몸.
그는 여자의 손에서 배신의 대가를 보았네.
이제 그도 이해하기 시작했어.
계집의 구멍은 그에게 무덤구덩이라는 것을.
이제 그는 스스로에 대해 화가 나 미쳐 날뛰어도
밤이 되기 전에 그는 다시 그 위에 올라가 있네.

피첨 빨리, 빨리! 너희들은 턴브리지의 시궁창에 빠졌을 거야, 내가 밤잠을 설쳐 가면서 너희들의 가난을 이용해서 한 푼이라도 끌어낼 궁리를 하지 않았다면 말이야. 그러나 난 또 알아냈지, 이 땅의 가진 자들은 비록 가난을 만들어 낼 줄은 알지만, 그러나 가난을 제대로 바라보지는 못한다는 점을 말이야. 그들은 약하고 바보들이니까, 바로 너희들처럼 말이야. 그들은 마지막 날까지 처먹을 게 있고 방바닥도 버터로 떡칠을 해 놓아서 식탁에서 떨어지는 빵부스러기에도 기름덩이가 묻을 정도지만, 그래도 그들은 배가 고파서 쓰러지는 사람을 아무렇지도 않은 듯이 바라보지는 못하지. 하지만 가난한 사람이 쓰러지는 곳은 그들의 집 앞이어야 하지.

피첨 부인이 커피 잔이 가득 든 쟁반을 들고 등장한다.

피첨 부인 당신들은 내일 사무실에 들러서 돈을 찾아가세요. 하지만 대관식 끝나고 와야 해요.

제니 피첨 부인, 제가 말문이 막힌다는 것을 아시죠.

피첨 집합, 한 시간 후에 버킹엄궁전 앞으로 집합. 출발!

거지들 등장한다.

필치 (급히 뛰어 들어오며) 경찰이야! 파출소까지 갈 수도 없었어. 벌써 경찰이 와 있어!

피첨 숨어! (피첨 부인에게) 합창단을 꾸려, 어서! 내가 "아무렇지도 않다"고 말하는 것을 듣게 되면, 내 말 알아듣겠어? "아무렇지도 않다"는 말…….

피첨 부인 아무렇지도 않다고요? 전혀 이해할 수 없는데요.

피첨 물론 당신은 아무것도 이해하지 못하겠지. 그러니까 내가 "아무렇지도 않다"고 말하면……. (문 두드리는 소리가 난다.) 맙소사, 열쇠가 여기 있군. 내가 "아무렇지도 않다"고 말하면, 너희들은 아무런 음악이든 연주하는 거야. 시작!

피첨 부인이 거지들과 함께 퇴장한다. '군대 횡포의 희생자'라는 판을 든 소녀를 제외하고, 거지들은 모두 자기 물건들을 가지고 뒤쪽 오른편 옷걸이 막대 뒤로 가서 숨는다. 브라운과 경찰 등장한다.

브라운 자, 이제 과감하게 나가겠소, 거지의 친구 양반. 당장 쇠고랑에 채워, 스미트. 아 저기 매력적인 판자들이 있군. (아가씨에게) '군대 횡포의 희생자'라! 당신이 그런 사람이오?

피첨 안녕하시오, 브라운. 안녕하시오, 잘 잤소?

브라운 뭐?

피첨 안녕하시오, 브라운.

브라운 이 사람이 내게 그런 말을 하나? 아니면 너희들 가운데 누구를 아나? 자네를 알면 기분 좋겠지만, 그렇지 않은 것 같은데.

피첨 그래요, 모른다고요? 안녕하시오, 브라운.

브라운 모자 좀 벗겨 봐.

스미트가 그렇게 한다.

피첨 여보시오, 브라운. 당신이 가는 길에 우연히 이곳을 지나게 되었으니, 우연히 지나게 되었다고 난 말했소, 브라운. 그러니 부탁 하나 합시다. 매키스라는 인물을 끝내 꽁꽁 붙잡아 두시오.

브라운 저 사람이 미쳤군. 웃지 마, 스미트. 말해봐, 스미트. 어떻게 이 악명 높은 범인이 런던을 활보할 수 있게 되었지?

피첨 저 사람이 당신 친구니까요, 브라운.

브라운 누가?

피첨 칼잡이 매키 말이오. 난 아니죠. 난 범인이 아니에요. 난 가난한 사람일 뿐입니다, 브라운. 나를 형편없이 대접해서는 안 됩니다. 브라운, 당신은 인생의 고비에 서 있어요. 커피라도 드시겠소? (창녀들에게) 얘들아, 경찰 총수님께 한 모금 갖다 드려라. 이것 참 예의가 아니군. 우린 모두가 사이가 좋잖아. 우리 모두는 법을 잘 지키고! 법이란 오로지 이를 이해하지 못한 사람이나 지독하게 가난해서 법을 지킬 수 없는 사람들을 착취하기 위해 만들어지는 거야. 이러한 착취에서 자기 몫을 챙기려는 사람은 법을 철저히 잘 지켜야지.

브라운 그래요. 그러니까 당신은 우리의 재판관들이 매수될 수 있다고 여기는 군요.

피첨 그 반대죠, 나리, 그 반대예요! 우리의 재판관들은 절대로 매수될 수 없습니다. 그 어떤 뇌물을 주어도 정당한 판결을 하도록 매수되지 않지요.

두 번째 북소리.

피첨 열병하기 위해 부대가 출발하는군. 30분 후에 거지 가운데 상거지들이 출발합니다.

브라운 네, 맞습니다, 피첨 씨. 30분 후에 거지 가운데 상거지들이 겨울 숙소인 올드 베일리의 감옥으로 출발합니다. (경찰관에게) 자, 이봐. 거기 있는 자들을 모두 모아. 여기에 있는 애국자들은 모조리 집합시켜. (거지들에게) 호랑이 브라운에 관해서 뭔가 들은 게 있나? 지난밤에, 피첨, 내가 해법을 찾아냈어. 죽음의 위기에서 친구를 구조했다고나 할까. 내가 당신의 소굴 전체를 소탕해 버리겠어. 그리고 모두 다 감옥에 처넣겠어. 자, 뭐 때문이라고 할까. 그래, 노상 구걸 행위로 말이야. 자네가 내게 슬며시 말한 것 같은데. 나와 여왕의 목을 조르기 위해서 오늘 거지들을 보내겠다고 말이야. 이 거지들을 내가 체포하겠어. 자네도 뭔가 배우게 될 거야.

피첨 아주 좋아. 그런데 어떤 거지들 말이오?

브라운 그래, 여기 이 병신들 말이지. 스미트 이 애국 인사들을 당장 끌고 가자고.

피첨 브라운, 당신이 조급하게 서두르지 않도록 해 드리죠. 다행히도 당신이 내게 와 주었어요. 보세요, 브라운. 물론 당신은 "아무렇지도 않은" 이 몇몇 사람들을 체포할 수는 있어요. "아무렇지도 않은" 사람들 말이요…….

음악이 시작된다. 「불충분함에 관한 노래」 몇 박자를 미리 연주한다.

브라운 대체 이게 뭐야?

피첨 음악이지요. 할 수 있는 한 최대한 잘 연주를 하고 있죠. 「불충분함에 관한 노래」를 말입니다. 당신은 모르시나요? 당신도 뭔가 배우게 될 거요.

음악이 울리며 조명이 비춘다. 판에는 '인간 노력의 불충분함에 관한 노래'라고 쓰여 있다.

인간 노력의 불충분함에 관한 노래

피첨

인간은 머리로 사는데

그의 머리는 안 따라 줘.
아무리 머리를 써 봐도, 네 머리를
먹고 사는 것은 기껏해야 이 한 마리.

이런 삶을 살기 위해서는
아무리 교활해도 충분치 않으니
이 거짓과 속임수
결코 알아차릴 수 없어.

그래, 계획이나 짜서
큰 불빛이나 되고
그런 다음 또 두 번째 계획을 짜도
둘 다 되는 법이 없어.

이런 삶을 살기 위해서는
아무리 교활해도 충분치 않아.
그러나 보다 높은 추구는
아름다운 행진이야.

그래, 행복만을 향해 달리되
너무 많이 달리지는 마.
모두가 행복을 향해 달리니
행복은 뒤따라 올 뿐이야.

이런 삶을 살기 위해서는
인간은 아무리 까다로워도 충분하지 않아.
그러니 인간의 추구는 모두
자기기만일 뿐이야.

피첨 당신의 계획은, 브라운, 독창적이지만 실행할 수 없어요. 당신이 여기서 체포할 수 있는 사람은 젊은 사람 몇몇일뿐이요. 여왕의 대관식이 기뻐서 작은 가면무도회를 열려고 하는 사람들 말이요. 정말로 가난한 사람들이 오게 되면 — 그런 사람이 한두 명이 아니오 — 수천 명이 오게 될 거요. 바로 그겁니다. 당신은 가난한 사람들의 그 엄청난 숫자를 잊고 있었던 겁니다. 이들이 교회 앞에 서게 되면, 축제 같은 모습은 결코 아닐 겁니다. 이 사람들은 좋게 보일 리가 없죠. 얼굴에 핀 장미 모양이 무엇을 뜻하는지 알고 계시죠, 브라운? 지금은 겨우 120명의 얼굴에 장미 모양의 병증이 나타나 있소. 젊은 여왕은 장미에 파묻혀야지 단독* 으로 얼굴에 피어난 장미 모양에 파묻혀야 되겠소? 그리고 또 교회 현관 앞에 모여들 이 사람들 말이오. 이 사람들도 피해야 합니다, 브라운. 당신은 이렇게 말하겠죠. 경찰이 우리 가난한 사람들을 끝장낼 거라고 말이요. 그러면서도 그걸 직접 믿지는 않겠죠. 대관식 날 6백 명의 가난한 병신들이 몽둥이로 마구 두들겨 맞아 쓰러지면 그 꼴이 어떻겠소? 참 보기 흉할 겁니다. 혐오스럽기도 할 거고요. 토할 듯한 느낌이 나겠죠. 이것을 생각하면 기운이 쭉 빠집니다, 브라운. 작은 의자 좀 이리 줘.

브라운 (스미트에게) 이것은 위협인데. 이봐, 이것은 협박이야. 이 인간에게 아무런 조치도 취할 수 없어. 공공질서를 위해서 이 녀석에게 아무런 조치도 취할 수 없을 것 같아. 이런 일이 결코 한 번도 없었는데 말이야.

피첨 하지만 지금 이런 일이 생기고 있어요. 당신에게 말해 주고 싶은데, 영국 여왕에게는 당신 마음대로 처신해도 좋아요. 하지만 런던에서 가장 가난한 사람의 발가락을 밟으면 안 됩니다. 그럴 경우 당신의 지위도 끝장입니다, 브라운 씨.

브라운 내가 칼잡이 매키를 체포하라는 말이오? 체포? 당신, 말은 잘하는군. 체포하려면 사람이 있어야지.

피첨 그렇게 말씀하시면, 내가 반박할 수는 없습니다. 그렇다면 내가 당신에게 그놈을 데려다 드리죠. 도덕이란 게 존재하는지를 한 번 두고 봅시다. 제니, 매키스 씨가 어디에 머물고 있죠?

제니 옥스퍼드 거리 21번지, 수키 토드리의 집에요.

브라운 스미트 어서 옥스퍼드 거리 21번지 수키 토드리의 집으로 가서, 매키스를 체포해서 올드 베일리로 데려가. 그 사이 나는 예복으로 갈아입겠어. 이런 날엔 예복을 입어야지.

피첨 브라운, 여섯 시에 그 녀석이 교수형에 처해지지 않으면…….

브라운 오오, 맥. 이건 어쩔 수 없었어. (경찰과 함께 퇴장)

피첨 (뒤에 대고 소리친다.) 뭔가 배운 게 있지, 브라운!

(세 번째 북소리) 세 번째 북소리야. 출동계획 수정. 새로운 방향, 올드 베일리의 감옥. 출발!

거지들 퇴장한다.

인간은 결코 선하지 않아.
그러니 그놈의 모자를 때려.
그놈의 모자를 때리면
그놈이 선해질지도 몰라.
이런 삶을 살기 위해서는
인간은 아무리 선해도 충분하지 않아.
그러니 그놈의 모자를
마음 놓고 때려.

막. 막 앞에 제니가 손풍금을 들고 등장하여 노래를 부른다.

솔로몬의 노래

제니

현명한 솔로몬을 보셨죠. 그렇다면
그가 어떻게 되었는지 아실 겁니다.
그에게는 모든 게 분명했죠.
태어난 시간을 저주했고
모든 것은 공허함을 알고 있었죠.
참으로 위대하고 현명한 솔로몬!
그러나 보시오, 아직 밤은 오지 않았으나

세상은 그 결과를 다 알고 있었으니
지혜가 그를 그 지경으로 만들었소.
부러워라, 지혜와는 거리가 먼 자!

아름다운 클레오파트라를 보셨죠. 그렇다면
그녀가 어떻게 되었는지 아실 겁니다.
두 황제가 그녀를 빼앗으려 들었죠.
그래서 그녀는 몸 팔며 살다
시들어 먼지가 되어 죽었죠.
참으로 멋지고 위대한 바빌론!
그러나 보시오, 아직 밤은 오지 않았으나
세상은 그 결과를 다 알고 있었으니
미모가 그녀를 그 지경으로 만들었소.
부러워라, 미모와는 거리가 먼 자!

용맹한 시저를 보셨죠. 그렇다면
그가 어떻게 되었는지 아실 겁니다!
신처럼 제단에 앉아서
살해되었죠, 아시는 바와 같이
그것도 삶의 절정에 있었을 때.
얼마나 큰 소리로 외쳤던가요, “아, 너마저도, 내 아들아!”라고.
그러나 보시오, 아직 밤은 오지 않았으나
세상은 그 결과를 다 알고 있었으니

용맹이 그를 그 지경으로 만들었소.
부러워라, 용맹과는 거리가 먼 자!

이제 매키스 씨를 보고 계십니다.
일체의 탐욕도 없이
늘 우리에게 적선했죠.
그가 빈손이 되자
그는 팔려 가서 교수형에 처해졌죠.
그는 우리에게 일곱 배의 임금을 주었소.
그러나 보세요, 아직 밤은 오지 않았으나
세상은 그 결과를 다 알고 있었으니
낭비가 그를 그 지경으로 만들었소.
부러워라, 낭비와는 거리가 먼 자!

제8장

재산을 둘러싼 다툼.

[올드 베일리에 있는 어느 아가씨의 방]

루시.

스미트 귀하신 부인, 폴리 매키스 부인이 뵙고 싶어 하십니다.

루시 매키스 부인이라고? 안으로 들어오시라고 하세요.

폴리가 등장한다.

폴리 안녕하세요, 귀하신 부인. 귀하신 부인, 안녕하세요!

루시 뭘 원하십니까?

폴리 저를 알아보시겠어요?

루시 물론 당신을 압니다.

폴리 어제 행실에 대해 죄송하다는 말씀을 드리기 위해서 왔습니다.

루시 아주 재미있군요.

폴리 어제 제 행실에 대해서 본래 그 어떤 변명도 할 수가 없습니다. 제가 운이 나빴다는 말 외에는요.

루시 그래요, 그래.

폴리 귀하신 부인, 저를 용서해 주셔야겠습니다. 어제 저는 매키스 씨의 태도 때문에 매우 흥분되어 있었어요. 어제 그 사람이 우리를 그런 상황으로 몰고 가서는 안 되었는데, 안 그래요? 그 사람을 만나면 말씀 좀 해 주세요.

루시 난, 난, 그 남자를 만나지 않아요.

폴리 그 사람을 만날 거예요.

루시 만나지 않는다니까요.

폴리 죄송합니다.

루시 그 사람이 당신을 아주 좋아하는데요.

폴리 아, 아니에요. 그 사람은 당신만 좋아할 뿐이에요. 전 아주 잘 알아요.

루시 몹시 친절하시군요.

폴리 하지만 귀하신 부인. 남자는 아주 좋아하는 여자에 대해서는 겁을 내는 법이죠. 자연히 남자는 그 여자를 소홀히 하거나 피하기도 합니다. 그 사람이 내가 알 수 없는 어떤 방식으로 당신에게 매달려 있음을 첫눈에 알게 되었어요.

루시 진심으로 하시는 말씀인가요?

폴리 물론입니다. 물론, 아주 진심이죠, 귀하신 부인.

루시 폴리 양, 우리 둘은 그 사람을 너무나 사랑했군요.

폴리 아마 그럴 거예요. (침묵) 이제, 귀하신 부인. 모든 것을 당신에게 설명해 드리겠어요. 10일 전에 전 오징어호텔에서 매키스 씨를 처음으로 만났어요. 저희 어머니도 거기에 있었죠. 그로부터 5일 후, 그러니까 대략 그제쯤, 우리는 결혼했어요. 어제 알게 되었죠, 경찰이 몇 가지 혐의로 그분을 찾고 있음을요. 현재로선 일이 어떻게 될지 저는 모르겠어요. 12일 전만 해도, 귀하신 부인, 저는 예상도 못했어요. 제가 도대체 어떤 남자에게 빠지게 되리라고 말입니다.

침묵.

루시 알겠습니다, 피첨 양.

폴리 매키스 부인입니다.

루시 매키스 부인.

폴리 게다가 전 최근 들어 이 사람에 대해 매우 많은 생각을 했습니다. 그게 그렇게 단순하지 않군요. 아시죠, 아가씨. 그 사람이 최근에 당신에 대해 분명하게 보여 준 태도 때문에, 전 당신이 매우 부러웠습니다. 내가 그 사람을 떠나야 했을 때, 물론 그것은 우리 어머니가 강요한 것이긴 합니다만, 그 사람은 저에게 일말의 서운한 감정도 보여 주지 않았어요. 따뜻한 마음이라곤 하나도 없고, 그 대신에 가슴속에 돌덩어리만 하나 가지고 있는 듯했어요. 어떻게 생각하세요, 루시?

루시 네, 아가씨. 그 책임을 오로지 매키스 씨에게만 돌려야 하는지는 잘 모르겠어요. 아가씨는 자신의 분수를 지켰더라면 좋았을 걸 그랬어요, 아가씨.

폴리 매키스 부인이에요.

루시 매키스 부인.

폴리 전적으로 맞습니다. 적어도 전 모든 것을, 아빠가 늘 원하셨던 대로, 사업적인 토대 위에서 처리했어야 했어요.

루시 물론입니다.

폴리 (울며) 그 사람은 나의 유일한 재산이에요.

루시 이것 봐요. 이것은 아무리 똑똑한 여자에게라도 생길 수 있는 불행이에요. 하지만 당신은 공식적으로 그 사람의 아내니까, 이걸로 마음을 달랠 수 있겠네요. 우울해 하는 당신의 모습을 더 이상 함께 보고 있을 수가 없군요. 뭐라도 좀 드실래요?

폴리 뭘요?

루시 뭔가 먹을 거라도!

폴리 아, 네. 조금만 주세요. (루시 퇴장한다.)

폴리 (혼자서) 대단한 년이군!

루시 (커피와 과자를 들고 되돌아온다.) 이 정도면 충분하겠죠.

폴리 수고가 많으시군요, 귀하신 부인. (침묵. 먹으며) 저기 그 사람의 멋진 사진이 있군요. 그 사람이 저걸 언제 가져왔죠?

루시 가져왔다니?

폴리 (아무렇지도 않게) 그 사람이 저걸 언제 당신에게 가지고 왔느냐는 말입니다.

루시 그 사람이 가져온 게 아니에요.

폴리 그 사람이 이걸 당신에게 직접 이곳 이 방에서 주었나요?

루시 그는 이 방에 없었어요.

폴리 아, 그래요. 여기서 무슨 일이야 있었겠어요, 안 그래요? 운명의 실은 이미 끔찍하게도 뒤엉켜 있었는데요.

루시 그런 바보 같은 소리 좀 그만 하세요. 여기서 이런 저런 것들을 염탐하려는 것이죠?

폴리 그 사람이 어디에 있는지 아시죠, 안 그래요?

루시 내가요? 당신은 모르나요?

폴리 그 사람이 어디에 있는지, 당장 말해 봐요.

루시 전혀 모르겠는데요.

폴리 아아, 그 사람이 어디에 있는지 당신은 모르군요. 정말이죠?

루시 네, 전 몰라요. 그래요, 당신도 모르죠?

폴리 네, 섬뜩하군요. (폴리는 웃고, 루시는 눈물을 흘린다.)

이제 그는 두 가지의 의무를 지고 있어요. 그런데 떠나 버리다니.

루시 난 더 이상 참을 수 없어요. 아아, 폴리. 참 끔찍해요.

폴리 (흥겹게) 루시, 기쁘게도 난 이 비극의 결말 부분에서 이런 친구를 만났어요. 어쨌든, 뭐 좀 더 들겠어요? 과자라도 조금 더?

루시 조금만요! 아아, 폴리. 내게 그렇게 친절을 베풀지 말아요. 정말로 난 그럴 자격이 없어요. 아아, 폴리. 남자들은 그럴 만한 가치가 없어요.

폴리 물론 남자들은 그럴 가치가 없죠. 하지만 어떻게 하겠어요?

루시 안돼요! 이제 내가 결단을 내겠어요. 폴리, 그걸 나쁘게 생각할 거예요?

폴리 뭘요?

루시 이 사람은 진짜가 아니야.

폴리 누가요?

루시 여기 이 사람! (그녀는 자기 배를 가리킨다.) 모든 게 그 악당 때문이야.

폴리 (웃으며) 아아, 그것 참 멋지군요! 그게 솜뭉치였나요? 아아, 너야말로 대단한 년이네! 네가 매키를 갖고 싶어? 네게 주겠어. 찾으면, 가져라! (복도에서 목소리와 발걸음 소리가 들린다.) 저게 뭐지?

루시 (창가에서) 매키야! 그가 다시 붙잡혔어.

폴리 (쓰러진다.) 이제 모든 게 끝장이네.

피첨 부인이 등장한다.

피첨 부인 아하, 폴리. 네가 여기 있었구나. 옷을 갈아입어. 네 남편이 교수형에 처해진다. 상복을 내가 가져왔다.

폴리 (옷을 벗고 상복을 입는다.)

피첨 부인 넌 과부로서 그림처럼 예쁘게 보일 거야. 이제 조금이나마 기분이 좋아지네.

제9장

금요일 오전 5시. 칼잡이 매키는 또다시 창녀들에게 갔다가, 또다시 창녀들에게 배반당한다. 그는 이제 목이 매달린다.

웨스트민스터 사원의 종소리가 울린다. 경찰들이 매키스를 포승에 묶어 감방으로 끌고 온다.

스미트 그자를 이 안으로 데려와요. 웨스트민스터 사원에서 첫 종소리가 울리는군. 얌전하게들 서 있어. 당신들이 왜 그렇게 엉망인 표정을 짓고 있는지는 내가 알려고 들지 않겠어. 부끄러운 모양이지. (경찰들에게) 웨스트민스터 사원의 종소리가 세 번째 울리면, 그때가 약 여섯 시쯤 될 텐데, 저 자의 목을 매달아야 해. 모두 다 잘 준비해.

경찰 뉴게이트의 모든 도로는 15분 전부터 가득 찼습니다. 온갖 신분의 사람들로 말이죠. 그래서 더 이상 지나갈 수 없게 되었습니다.

스미트 특이하군. 그들이 미리 알았단 말이오?

경찰 이런 식으로 계속된다면, 15분 후면 온 런던이 다 알게 될 겁니다. 그러면 별 생각 없이 대관식 행렬을 보러 갔던 사람들도 모두 이쪽으로 올 겁니다. 그럴 경우 여왕께서는 텅 빈 거리를 지나가게 될 것이고요.

스미트 그러니까 우리가 서둘러야지. 여섯 시에 끝나면, 사람들은 일곱 시까지는 대관식 행렬을 보러 갈 수 있겠지. 이제 출발.

맥 여보게, 스미트. 몇 시인가?

스미트 눈도 없소? 5시 4분이오.

맥 5시 4분이라.

스미트가 감방 문을 밖에서 잠그자, 브라운이 온다.

브라운 (감방 쪽으로 등을 돌린 채, 스미트에게 묻는다.) 그가 이 안에 있나?

스미트 그를 만나 보시겠습니까?

브라운 아니, 아니, 아니, 절대 아니야. 모든 것을 혼자서 처리해. (퇴장)

맥 (갑자기 나지막한 소리로 끊임없이 이야기하며) 그러니까, 스미트, 난 아무 말도 하지 않겠소. 뇌물 따위에 관해선 아무 말도 하지 않겠어, 걱정하지 마시오. 난 모든 걸 알고 있소. 당신이 뇌물을 받으면, 적어도 국외 추방될 거요. 그래요, 그럴 수밖에 없죠. 그럴 경우 당신은 평생 동안 걱정 없이 살 정도로 많이 가지고 있어야지. 천 파운드 정도 되지 않을까, 안 그렇소? 아무 말도 하지 않는군요. 20분 후면, 내가 당신에게 묻게 되겠죠. 당신이 천 파운드의 돈을 오늘 정오께까지 소유하게 될 것인지를 말이오. 난 감정 따위를 말하는 게 아니요. 나가서 냉정하게 생각해 보시오. 인생은 짧고, 돈은 부족해. 게다가 내가 이 돈을 마련하게 될지도 도대체 모르겠소. 하지만 원하는 사람은 누구든지 나한테 들어오게 해 주시오.

스미트 (천천히) 그건 말도 안 됩니다. 매키스 씨. (퇴장)

맥 (나지막하지만 빠른 템포로 노래한다.)

연민을 호소하는 소리 들으라.
매키스는 이곳 산사나무 아래 누워 있는 게 아냐.
너도밤나무 아래도 아니고, 무덤 안에 누워 있어.
운명의 가시가 그를 이곳으로 몰고 왔어.
그의 마지막 말을 들으라!
두텁디 두터운 벽이 그를 이제 가두네!
친구들아, 그가 있는 곳 묻지 않는가?
그가 죽으면 계란술을 데울지언정
그가 살아 있는 한은, 그의 편이 되어 줘!
그의 고난이 영원히 지속되기를 원하는가?

매티아스와 제이콥이 복도에 나타난다. 이들은 매키스에게 가고 싶어 한다. 그들은 스미트에게 말을 건다.

스미트 이봐, 친구. 넌 마치 내장을 꺼낸 청어 같은 꼴이네.

매티아스 대위가 떠난 후, 난 우리 아가씨들이 면책조항의 혜택을 받도록 아가씨들을 임신시켜야 해! 이 일을 견디기 위해서는 말과 같은 정력이 필요해. 대위와 말을 나누어야 하는데.

두 사람이 맥에게 간다.

맥 5시 25분이야. 여유만만하군.

제이콥 자, 저희들도 마침내…….

맥 마침내, 마침내 내가 교수형에 처해진다는 말이야, 인마. 너희들에게 화를 낼 시간도 없어. 5시 28분이야. 지금 당장 너희들 통장에서 얼마나 꺼내올 수 있어?

매티아스 우리 통장에서? 새벽 다섯 시에?

제이콥 벌써 그 지경까지 왔어?

맥 4백 파운드정도, 될 수 있을까?

제이콥 네, 그럼 우리는? 이게 전부인데.

맥 너희들이 교수형에 처해지냐? 아니면 내가 교수형에 처해지냐?

매티아스 (흥분하며) 우리가 도망가지 않고 수키 토드리 집에 누워 있었다는 말이요? 우리가 수키 토드리 집에 누워 있었습니까, 아니면 당신이 그랬습니까?

맥 주둥이 닥쳐. 난 곧장 그 창녀 집이 아닌 다른 곳에 누워 있게 될 거야. 5시 30분이네.

제이콥 자, 이제 그렇게 해야겠어. 매티아스.

스미트 브라운 씨가 물어보라고 하는데, 식사로 뭘 먹고 싶은지.

맥 날 내버려 두시오. (매티아스에게) 그래, 하겠어? 아니면 안하겠어? (스미트에게) 아스파라거스.

매티아스 내게 소리 지르는 건 절대 허락할 수 없어.

맥 내가 너에게 소리를 지르는 것은 아니야. 이유는 말이야……. 그러니까, 매티아스, 자네는 내 목이 매달리게 내버려 두고 싶어?

매티아스 물론 내가 자네의 목을 매달리게 내버려 두지는 않지. 누가 그런 말을 해? 하지만 그게 전부야. 여기 있는 것은 4백 파운드가 전부라고. 이런 정도의 말은 해도 되겠지.

맥 5시 38분이야.

제이콥 자, 어서 속도를 내, 매티아스. 안 그러면 모든 게 헛일이 되고 말거야.

매티아스 뚫고 지나갈 수 있으면 좋겠는데, 지금 모두 가득 차 있으니. 이 빌어먹을 놈들.

맥 6시 5분 전에도 안 오면, 너희들은 더 이상 나를 보지 못할 거야. (소리지른다.) 나를 더 이상 보지 못해.

스미트 벌써 가버렸소. 자, 어떻게 되어 가나? (돈을 세는 모습을 한다.)

맥 4백.

스미트 (어깨를 으쓱하며 퇴장한다.)

맥 (뒤에서 부른다.) 내가 브라운과 이야기해야겠어.

스미트 (경찰과 함께 들어온다.) 비누 있어?

경찰 한 명 하지만 제대로 된 비누도 아닙니다.

스미트 10분 후에 그것을 세워 놓을 수 있어야 해.

경찰 한 명 하지만 발판이 작동을 하지 않는데요.

스미트 잘 돼야 해. 벌써 두 번째 종소리가 울렸잖아.

경찰 한 명 이건 참 돼지우리 같군.

맥 (노래한다.)

이제 와서 봐, 그의 꼴 엉망이야.

이제 그는 정말로 파산 지경이야.

최고의 권위로

더러운 돈만을 인정하는 놈들아

그가 너희들을 무덤으로 데려가지 않도록 조심해!

너희들 당장 여왕에게 가야지, 떼거지로.

하여 그에 대해 여왕과 뭔가 대화를 나눠야지.

돼지들처럼 앞뒤로 서서 달려라.

아아, 그의 이빨은 갈퀴처럼 된 지 벌써 오래.

그의 고난이 영원하길 원하느냐?

스미트 들여보낼 수 없소. 당신은 겨우 16번이잖아요. 아직 차례가 아니요.

폴리 아, 16번이라니, 그게 무슨 말이요. 당신은 관료주의자도 아니잖습니까. 난 저 사람의 아내입니다. 저 사람을 만나야 해요.

스미트 최대한으로 5분입니다.

폴리 무슨 말입니까, 5분이라니! 이것 참 말도 안돼요. 5분이라니! 그렇게 말해서는 안 되죠. 이게 그렇게 간단하지 않아요. 이것은 영원한 작별이라고요. 그러니 아내와 남편 사이에서는 논

의할 일이 참으로 많죠……. 그분은 어디 있나요?

스미트 저기, 안 보여요?

폴리 네, 보여요. 고마워요.

맥 폴리!

폴리 네, 매키. 제가 왔어요.

맥 물론이지!

폴리 지내기가 어때요? 아주 힘들죠? 힘들 거예요!

맥 그래, 당신은 이제 뭘 할 생각이요? 당신은 이제 어떻게 될까?

폴리 아시잖아요, 우리 사업이 아주 잘 되고 있어요. 최소한 이정도만 되어도. 매키, 당신은 아주 초조해 보여요……. 당신 아버지는 본래 어떤 분이셨어요? 그런 이야기는 아직 제게 안 해 주셨잖아요. 전 도무지 이해할 수 없어요. 당신은 본래 아주 건강했는데.

맥 여보, 폴리. 날 좀 도와 꺼내 줄 수 없겠소?

폴리 물론 그러고 싶죠.

맥 돈으로 말이요. 내가 저 교도관과…….

폴리 (천천히) 돈은 사우스햄튼으로 보냈는데.

맥 그럼 당신에겐 돈이 한 푼도 없소?

폴리 네, 한 푼도 없죠. 하지만 당신도 아시겠지만, 매키, 전 누구라도 만나서 대화를 나눌 수 있어요. 심지어는 여왕에게도 부탁을 해 볼 수 있어요. (폴리가 쓰러진다.) 오, 매키!

스미트 (폴리를 끌어낸다.) 자, 이제 천 파운드를 모았소?

폴리 잘 있어요, 매키. 잘 지내세요. 그리고 날 잊지 말아요! (퇴장)

스미트와 경찰이 아스파라거스가 있는 식탁을 가져온다.

스미트 아스파라거스가 부드러운가?

경찰 물론입니다. (퇴장)

브라운 (등장. 스미트에게 간다.) 스미트, 저 사람이 내게 뭘 바라는가? 자네가 식탁을 차려 놓고 나를 기다린 것은 잘한 일이야. 우리가 저 사람에게 갈 때, 이 식탁을 함께 가지고 갈 거야. 우리가 저 사람에 대해서 어떤 생각을 하고 있는지를 알게 해 주기 위해서 말이야. (이들 두 사람이 식탁을 들고 감방 안으로 들어간다. 스미트 퇴장. 침묵) 안녕, 맥. 여기 아스파라거스가 있네. 조금 들어 보지 않겠나?

맥 애쓰지 마시오, 브라운 씨. 내게 최후의 존경심을 보여 줄 사람은 얼마든지 있소.

브라운 아아, 매키!

맥 결산해 주시오! 그동안 내가 먹는 것을 허락해 주시오. 결국 나의 마지막 식사니까. (먹는다.)

브라운 많이 들게. 아아, 맥, 자넨 마치 뜨겁게 달군 쇠로 내 마음을 찌르는 듯하네.

맥 결산해 주시오, 나리, 제발. 감상은 필요 없소.

브라운 (한숨을 쉬며 작은 장부를 가방에서 꺼낸다.) 내가 가져왔어, 맥. 지난 반년의 결산이 여기 담겨 있어.

맥 (칼로 자르는 듯이) 아하, 당신이 여기 온 것은 오로지 당신의 돈을 여기서 더 빼가기 위해서였군요.

브라운 그게 아니라는 것을 알 텐데.

맥 당신이 손해 보게 하고 싶지는 않소. 내가 진 빚이 얼마요? 자세한 계산서를 내놓으시오. 살다 보니 불신감이 늘었소……. 바로 당신 같은 사람은 이 말을 가장 잘 이해할 텐데.

브라운 맥, 자네가 그렇게 말하면, 난 아무런 생각도 할 수가 없네.

뒤쪽에서 문 두드리는 소리가 묵직하게 들린다.

스미트의 목소리 그래, 이것 단단한데.

맥 결산을 하죠, 브라운.

브라운 그렇다면, 자네가 그렇게 원한다면, 먼저 자네나 자네의 부하들이 살인자들 체포에 도움을 준 데에 대한 보상금이 있어. 자네는 정부로부터 받은 액수가 모두 합해서…….

맥 건당 40파운드씩 세 건이니까 120파운드. 당신 몫이 4분의 1이니까, 30파운드에 달하는데, 이 액수는 내가 당신에게 빚을 지고 있는 셈이요.

브라운 그래, 그래. 하지만 난 정말로 모르겠어, 맥. 우리가 마지막 순간을…….

맥 제발, 그런 수다는 그만 두시죠, 네? 30파운드. 그리고 도버에서의 일로 8파운드.

브라운 왜 겨우 8파운드야, 그때…….

맥 날 믿습니까 아니면 못 믿습니까? 당신이 지난 반년간의 결산에서 38파운드를 받게 되겠군요.

브라운 (큰 소리로 울며) 평생을……. 내가 자네에게…….

두 사람 눈만 봐도 모든 걸 알았어.

맥 인도에 3년 있었지요. 조지도 함께 있었고, 짐도 거기 있었고. 런던에서 5년. 그런데 그 고마움의 표시가 이건가. (교수형을 당한 모습이 어떨지를 암시하며)

여기 매키스가 목 매달렸네, 이 한 마리 죽이지 못했건만
못된 친구가 발목을 잡았다네.
한 아름 길이의 올가미에 목매여
자기 엉덩이 무게가 얼마나 되는지를 목에서 느끼네.

브라운 맥, 자네가 내게 그런 식으로 나오면……. 내 명예를 공격하는 사람은 나를 공격하는 거나 다름없어. (감방에서 화가 나서 달려 나간다.)

맥 자네의 명예라고…….

브라운 그래, 내 명예. 스미트, 시작해! 사람들을 들여보내! (맥에게) 제발, 날 용서하게.

스미트 (급히 매키스에게) 지금이라도 당신을 빼줄 수 있어요. 하지만 1분만 지나도 더 이상 어떻게 해 볼 수 없어. 돈은 모았소?

맥 네, 애들만 돌아오면.

스미트 안 보이는데. 그러면, 끝났지.

사람들이 안으로 들어온다. 피첨, 피첨 부인, 폴리, 루시, 창녀들, 목사, 매티아스 그리고 제이콥이 그들이다.

제니 사람들이 우리를 들여보내지 않으려고 했어요. 하지만 그들에게 말했죠. 너희들이 머리에서 똥바가지를 치우지 않으면, 선술집 제니가 누구인지 알게 해 주겠다고 말이에요.

피첨 내가 그 사람의 장인이요. 실례합니다만, 여기 계시는 분들 중에 누가 매키스 씨요?

맥 (자기를 소개한다.) 맥키스입니다.

피첨 (감방 앞을 지나, 오른 쪽에 선다. 다른 사람들도 모두 따라서 한다.) 운명의 섭리에 따라, 매키스 씨, 난 당신을 알지도 못하는데, 당신은 내 사위가 되었군요. 처음으로 당신을 대면하는 이 상황이 너무나 비극적이요. 매키스 씨, 당신은 한때 번들거리는 흰색 장갑을 끼고, 상아 손잡이가 달린 지팡이를 들고, 목에는 흉터가 난 채 오징어호텔에 나타났어요. 아마도 당신을 나타내는 특징 가운데 가장 값어치가 없을 것임에 틀림없는 흉터는 아직도 남아 있군요. 이제 당신은 감방에나 나타날 뿐, 어디에도 모습을 보이지 못하니…….

폴리는 울며 감방을 지나서 오른 쪽에 선다.

맥 참 예쁜 옷을 입었군.

매티아스와 제이콥이 감방을 지나서 오른 쪽에 선다.

매티아스 우린 뚫고 지나올 수가 없었습니다. 워낙 혼잡해서. 하도

급히 뛰는 통에 제이콥이 심장마비라도 걸리지 않을까 걱정했을 정도예요. 우리의 말을 믿으신다면…….

맥 내 부하들이 뭐라고 했어? 자리는 잘 잡았던가?

매티아스 아시죠, 대위님. 당신이 우리를 이해하실 것으로 믿었습니다. 아시겠지만, 대관식이 매일 있는 것도 아니죠. 사람들은 할 수 있을 때, 벌어야 합니다. 안부 전해 드립니다.

제이콥 진심으로!

피첨 부인 (감옥에 나타나서, 오른쪽에 선다.) 매키스 씨, 누가 이걸 생각이나 했겠습니까, 우리가 일주일 전에 오징어호텔에서 잠깐 스텝을 맞추어 춤을 출 때 말입니다.

맥 네, 잠깐 스텝을 맞추었죠.

피첨 부인 하지만 속세의 운명은 끔찍해요.

브라운 (뒤에서 목사에게) 이 사람과 전 아제르바이잔에서 어깨를 맞대고 격렬한 포격전을 치렀죠.

제니 (감방으로 온다.) 드루리 레인에서 우리는 완전히 제정신이 아니었죠. 아무도 대관식에 가지 않았어요. 모두들 당신을 보고 싶어 해요. (오른 쪽에 선다.)

맥 나를 보려 해.

스미트 자, 그럼 출발합니다. 여섯 시입니다. (그를 감방에서 나오게 한다.)

맥 우리는 사람들을 기다리게 해서는 안 돼. 여러분, 여러분은 몰락하는 신분의 몰락하는 대표자를 보고 계십니다. 소시민 수공업자인 우리는 튼실한 쇠막대로 영세 가게 주인의 니켈 금고 제

작을 했죠. 그런 우리를 대기업가가 먹어 삼켰는데, 그들의 배후엔 은행이 있었기 때문이죠. 주식 한 장과 인간 디트리히를 맞바꾼들 그게 무슨 의미가 있습니까? 은행의 설립과 맞서 은행에 침입하는 것을 맞바꾼들 그게 무슨 의미가 있습니까? 한 남자를 고용하는 것과 한 남자를 살해하는 것을 맞바꾼들 그게 무슨 의미가 있겠어요? 시민 여러분, 이로써 전 여러분에게 작별을 고합니다. 와 주셔서 감사합니다. 여러분 가운데 몇은 저와 아주 가까웠죠. 제니가 저를 신고했다는 사실이 놀랍습니다. 이것이야말로 세상이 늘 똑같이 남아 있다는 분명한 증거입니다. 몇 가지 불행한 사태들이 겹치는 바람에 제가 쓰러진 겁니다. 좋습니다. 제가 쓰러지겠습니다.

매키스가 모든 사람에게 용서를 비는 발라드

우리 이후에 살아갈, 그대 인간 형제들아
우리에 대해 마음 가혹하게 먹지마라.
우리가 교수대에 매달려도 웃지 마라.
수염 뒤의 바보 같은 웃음, 웃지 마라.
저주하지도 마라, 우리가 쓰러져도
재판관처럼 그렇게 우리에게 분노하지도 마라.
우리 모두는 뜻을 정하지 못했을 뿐이니
그대 인간들아, 경솔한 마음을 버리고
그대 인간들아, 우리를 교훈 삼아

하느님께 기도하라, 날 용서하라고.

비가 우리를 씻겨 정결케 하고
잘 먹은 우리의 살을 깨끗하게 해 준다.
너무 많이 보고 탐내
까마귀가 우리의 눈을 쪼아 먹는다.
우리는 정말로 너무 높이 올라갔다가
여기에 매달려 있다, 마치 오만 때문인 듯.
탐욕스런 새끼 새에 찍혀
마치 길가에 놓인 말똥처럼.
형제들아, 우리를 그대들을 위해 경고로 삼아
하느님께 기도하라, 우리를 용서하라고.

보다 쉽게 남자들 붙잡으려
가슴을 보여 주는 아가씨들.
그런 여자의 몸값을 낚기 위해
그 여자에게 눈길을 주는 놈들.
건달들, 창녀들, 뚜쟁이들
게으름뱅이들, 추방된 사람들
직업 살인자들, 화장실의 계집들
그들에게 부탁하노니, 나를 용서하라.

저녁이건, 아침이건

내 입에 껍질이나 넣어 주고
또 근심과 걱정만을 일으키는
개 같은 경찰관에겐 부탁하지 않겠어.
그놈들을 지금 저주할 수는 있지만
오늘은 그러고 싶지 않아.
더 이상의 거래, 하지 않으려고.
그들에게 부탁하노니, 나를 용서하라.

그들의 주둥이를 내리쳐라.
무거운 쇠망치로.
그 밖의 것들은 잊으리.
하여 부탁하노니, 나를 용서하라.

스미트 어서, 매키스 씨.
피첨 부인 폴리와 루시, 너희 남편의 마지막 순간을 지켜봐라.
맥 여러분, 비록 우리 사이에 무슨 일이…….
스미트 (그를 데리고 나간다.) 앞으로!

[교수대로 가는 길]

모두가 왼쪽 문을 지나간다. 이 문들은 영사막 안에 있다. 다른 쪽 무대에서 모두가 바람막이 등불을 들고 다시 들어온다. 매키스가 위쪽 교수대에 서 있고, 피첨이 말한다.

피첨 존경하는 관객 여러분, 여기까지 보셨죠.

피첨 씨는 목이 매달립니다.
기독교계 어디에서고
이 인간에게 아무런 도움도 전해지지 않았으니까요.

이 일에 우리도 동참하고 있다고
여러분이 생각하지 않도록
매키스 씨의 목이 매달리지 않게
우리는 다른 결말을 생각해 냈습니다.

여러분께서 오페라에서 적어도
한번쯤은 자비가 법보다 앞선다는 것을 보시도록
이제 말 탄 왕의 사신이 나타납니다.
우리는 여러분을 좋게 생각하기 때문입니다.

판에는 이렇게 쓰여 있다. '말 탄 사신의 출현'

세 번째 서푼짜리 피날레

합창단

들으라, 누가 온다!
왕의 말 탄 사신이 온다!

말 위에 탄 브라운이 사신의 모습으로 등장한다.

브라운 대관식을 맞이하여 여왕께서는 매키스 대위를 즉각 석방하도록 명을 내리셨소. (모두가 환호한다.) 동시에 그는 세습 귀족 신분으로 격상되어 (환호) 마르마렐 성과 만 파운드의 연금을 종신으로 지급받습니다. 여왕께서는 여기에 계신 신랑신부에게 왕실의 축하를 보내 주셨습니다.

맥 살았다, 살았어! 그래, 곤경이 가장 깊은 곳에 구원도 가장 가깝다는 말의 의미를 느낄 수 있겠어.

폴리 살았다, 내 남편 매키가 살았어. 너무 행복해.

피첨 부인 이렇게 모든 것이 결국엔 행복하게 되는구나. 말 탄 왕의 사신이 언제든지 오게 된다면, 우리의 삶도 참으로 경쾌하고 평화로울 텐데.

피첨 그러니 모두는 자기가 서 있는 곳에 서서, 가난한 사람들 가운데에서도 가장 가난한 사람들의 찬송을 부릅시다. 이들의 힘겨운 삶을 오늘 그대들이 연기해 주었소. 실제로 바로 이들의 종말은 비참한 법이니. 왕의 말 탄 사자가 오는 것은 아주 드물고, 짓밟은 사람들은 또다시 짓밟지요. 그러니 너무 지나치게 불의를 추궁하지는 말아야지요.

다음에 이어지는 노래 가사가 투사된다.

모두 (앞으로 가며, 오르간에 맞추어 노래한다.)

너무 지나치게 불의를 추궁하지 마라, 금방
저절로 얼어 버리니, 날씨가 추우니까.
어둠과 가혹한 추위를 생각하라.
비참이 메아리치는 이 계곡에서.

주

8 **불목하니** 절에서 밥을 짓고 물을 긷는 일을 맡아서 하는 사람.

61 **|:, :|** 도돌이표 같은 반복기호로, 표시한 부분을 되풀이할 것을 지시하는 표.

116 **내가 달을 고소하는 것이군요** 내용상 '나, 달이 고소하는 것이군요'가 맞는 것으로, 초판본이라 작가의 실수가 남은 것이거나 의도적으로 작품의 허구성을 보여 주기 위한 생소화 효과로 추측된다.

136 **슈물** 슈물은 독일식 이름의 하나이며, 구약에 나오는 사무엘에서 유래하여 변형된 형태이다.

155 **치펜데일** 영국의 가구 디자이너 치펀데일(Thomas Chippendale)의 이름을 딴 가구 스타일로, 로코코 취향을 바탕으로 여러 시대 및 지역의 양식을 도입한 스타일이다.

루이 카토르즈 프랑스 절대 왕조 시대, 즉 루이 14세 시대의 화려한 로코코풍의 조형예술의 양식을 총칭하는 개념.

159 **셀프리지** 1909년 런던에 세워진 고급 백화점. 설립자 해리 고든 셀프리지에서 유래.

168 **올드 베일리** 런던 소재 중앙 형사 법원.

172 **스코틀랜드 야드** 런던 경시청 본부에 대한 은유.

174 **은매화** 축하의 나무라고도 하며, 결혼식의 꽃다발로 이용된다.

176 **당신처럼 처녀였는데** 어머니가 처녀였을 때처럼 처녀였다는 의미.

182 **통의 바닥을 깨지는 말아라** 일을 망쳐 놓는다는 의미로, 우리 말로 산통을 깬다는 뜻.

199 **그들이 맹세하는 것을 함께 바라본 사람들** 위대한 정신의 소유자와 창녀가 서로 사랑을 맹세하는 광경을 지켜본 사람들.

210 **자리를 까는 대로 거기서 자는 법** 뿌린 대로 거둔다는 의미.

238 **단독** 피부의 헌데나 다친 곳으로 세균이 들어가서 열이 높아지고 얼굴이 붉어지며 붓게 되어 부기, 동통을 일으키는 전염병.

브레히트와 그의 연극

김길웅(성신여자대학교 독어독문학과 교수)

베르톨트 브레히트(Bertolt Brecht, 1898~1956년)의 작품과 미학은 크게 세 단계의 진행 과정을 보여 준다. 20세기 초의 유럽의 지적 세계와 예술에서 흔히 드러나듯이, 인간의 쾌락과 그 배후에 도사리는 허무의식에 경사된 경향성이 초기 작품들(『바알』, 『한밤의 북소리』)에 집중적으로 나타난다. 이 시기에는 집단이 아니라 개인이 더 중시되며, 불안한 현실의 영향으로 인간의 강력한 쾌락과 허무라는 대립적인 가치들이 선호된다. 이 작가의 연구에서 대체로 이러한 성향을 1차 세계대전이라는 시대적 배경과 니체라는 정신사적 영향으로 설명하곤 한다.

이어 이에 대립하는 강력한 정치적 참여 성격의 작품들이 쓰였다. 이런 작품들이 쓰인 배후에는 1920년대 중후반 독일에서 일었던 공산주의 운동이 자리 잡고 있는데, 브레히트 스스로도 자본주의 시장의 메커니즘을 이해하기 위해 1926년 마르크스의 『자본론』을 읽었다. 흔히 학습극이라는 개념으로 총칭하는 이 시기의 작품들은 내용상으로 개인보다는 집단의 우월성을 보여 주고 동시에 집단 속에서 개인이 새롭게 태어날 것을 강조한다. 예컨대 『긍정자, 부정자』는 개인이 집단의 존속과 이익에 방해가 될 경우 자신의 희생을 자원하는 내용으로 되어 있다. 물론 개인의 소멸이 작가가 의도했던 궁극적인 메시지는 아니었다. 작가 스스로 개인의 희생과 집단 속에서의 재탄생 혹은 이에 대한 동의가 작품의 주제가 아님을 주장하였고, 기존의 연구사에서도 이러한 주장을 대체로 승인하는 입장이 뚜렷하다. 다시 말하면 이 시기의 작품들, 즉 학습극에서 작가가 원한 것은 틀에 박힌 사고 곧 이데올로기에 침윤된 사유의 타파였으며, 이를 위하여 개인과 집단의 관계가 사용되었음을 부정할 수는 없을 것이다. 그러나 당시 브레히트는 공산주의 혁명의 실현에 많은 기대를 품고 있었고, 연극을 통해 혁명에 대비한 '자세의 훈련'을 의도했음을 염두에 두면, 집단 안에서의 개인의 재탄생이 이 중기 작품에서 무시할 수 없는 중요성을 보여 준다고 볼 수 있다. 이 시기에 쓴 대표적인 작품들이 『린드버그들의 비행』, 『동의에 관한 바덴의 학습극』, 『긍정자, 부정자』, 『조처』 등이다.

학습극 실험은 단명할 수밖에 없었다. 곧 실현될 것으로 예상했던 혁명은 히틀러의 집권으로 무산되었고, 작가는 정처 없이 망명을 떠날 수밖에 없었다. 이 시기가 대체로 1933년 무렵인데, 브레히트는 더 이상 연극을 공연하는 배우들을 대상으로 '자세의 훈련'을 실험할 수 없었고, 또 공연을 기약할 수 없는 상황에서 '서랍에 넣어 두기 위해서' 대본을 쓸 수밖에 없었다. 뿐만 아니라 브레히트에게는 혁명보다도 히틀러의 국가사회주의를 극복하는 일이 더 급했다. 이를 위하여 브레히트는 히틀러라는 "선전 선동의 위대한 작품" 앞에서 그 본질을 폭로하는 작업에 심혈을 기울였다. 브레히트는 히틀러와 같은 국가사회주의가 위기에 처한 자본주의의 변형이자 종말적인 현상이라고 확신하였다. 따라서 히틀러의 본질을 폭로하는 것은 자본주의의 본질을 드러내는 것과도 같은 맥락이다. 브레히트 연구에서 이 시기를 제3기로 보고, 그 작품 유형을 서사극 대작이라고 부른다. 이 시기의 주요 작품으로는 『갈릴레이의 생애』, 『억척어멈과 그 자식들』, 『사천의 선인』, 『푼틸라 씨와 그의 하인 마티』가 있다.

브레히트가 전통극에 맞서 새로운 유형의 연극을 발전시킨 이유는 연극을 통해 세계를 변화시키겠다는 야심찬 의도 때문이었다. 연극을 통해 세계를 변화시키겠다는 구상은 지극히 낭만적으로 들리지만, 이 작가의 입장에서는 매우 진지한 시도였다. 학습극 시기의 배우나 서사극 대작 시기의 관객은 연극의 공연과 관람을 통해 현실에 내재한 모순을 깨닫고, 그럴 경우 즉각적으로 모순의 타파에 나설 것이라는 기대를 브레히트가 품고 있었기에, 이러한 시도가 가능했다. 현실은 늘 모순으로 이루어져 있다는 생각은 헤겔의 변증법적 세계관과 직결되며, 브레히트 작품의 중심원리로 변증법을 운위할 수 있게 해 준다. 원리로 따져 볼 때, 변증법적 구성은 현실이 모순으로 구성되어 있음을 보여 주는데, 작가는 이러한 모순의 인지를 가능하게 하기 위해 관객의 흥미와 놀라움을 일깨우고자 했다. 다시 말하면 아리스토텔레스의 『시학』에 기초를 둔 전통극이 관객의 몰입과 이로 인한 수동적 태도를 강요하여 비판적인 사유를 못하게 한다는 점을 내세우며, 브레히트는 관객의 능동적인 사유를 자극함으로써 현실의 모순을 더욱 분명하게 발견해 낼 수 있음을 강조한다. 바로 이러한 맥락에서 전통극과는 다른 새로운 유형의 연극이 만들어지는데, 작가는 이를 서사극이라고 불렀다.

서사극이라는 개념의 원형은 이미 학습극 시절에 두드러지게 나타난다. 전술했듯이 학습극이 틀에 박힌 사고, 곧 이데올로기에 침윤된 사유의 타파를 추구했다는 점은 학습극에 이미 서사극적 요소가 살아 있음을 보여 준다. 이 책은 브레히트의 중후기 연극 원형의 뿌리를 잘 보여 주는 두 작품, 즉 『남자는 남자다』와 『서푼짜리 오페라』에 주목하였다. 『남자는 남자다』는 개인이 집단 속에서 재탄생한다는 주제를 두드러지게 보여 주고 있고, 『서푼짜리 오페라』는 경찰이 강도와 내통해 있음을 보여 주어 경찰과 강도라는 이분법적 사고를 비판하고, 변증법적 사고를 보여 준다. 이제 각각의 작품을 더 자세히 살펴보기로 하자.

『남자는 남자다』

생성사, 줄거리

브레히트의 이 작품은 1926년 9월 25일 독일의 다름슈타트에서 초연되었다. "아니요"라는 말을 할 줄 모르는 제품 포장공 갈리 가이는 어느 날 아침, 점심에 먹을 생선을 한 마리 사서 아내에게 줄 목적으로 집을 나선다. 그러나 무심코 떠난 길이 갈리 가이의 인생에 많은 굴곡과 변화를 가져다주고, 마침내 주인공은 완전히 다른 사람으로 변하고 만다.

생선을 사러 가는 도중에 갈리 가이는 군 시설 주변에서 군인들에게 술을 파는 과부 벡빅을 만난다. 심성이 곱고 순한 갈리 가이는 그녀의 짐을 들어 주다가 생선을 사야한다는 것을 잊고 만다. 그러다 그는 인도에 주둔 중인 식민 모국 영국 군대의 자동화기 분대 소속 세 군인을 만난다. 이들은 인도의 사원 '황인사'를 털다가 머리카락이 뽑힌 제라이아 집이라는 이름의 동료를 현지 가마 속에 숨겨 놓고, 발각의 위험을 벗어나기 위해 집을 대신할 수 있는 '네 번째 남자'를 찾고 있었다. 바로 이런 상황에서 그들은 갈리 가이를 만나고, 점호에 집의 역할을 대신해 줄 것을 요청하며 온갖 회유와 협박을 다한다. 사납기로 이름난 찰스 페어차일드가 점호를 하게 되는데, 점호 시에 한 명이 부족할 경우, 생명을 담보하기 어렵기 때문이다. 과부 벡빅은 비만 오면 성욕이 발동하여 음탕해지는 페어차일드의 관심을 돌려, 이들의 음모를 돕기로 되어 있다. 치밀한 회유와 위협 끝에 갈리 가이는 제라이아 집이 되기로 동의하고, 자동화기 분대라는 집단 속에 편입된다. 이들은 코끼리를 이용한 장사를 매개로 갈리 가이를 유혹하고, 갈리 가이는 이 유혹을 쉽게 떨쳐 버리지 못하기 때문이다. 제라이아 집으로의 변신은 매우 철저하다. 갈리 가이는 귀가하지 않는 남편을 찾아온 아내 앞에서까지 스스로를 부인한다.

마치 부품을 이용하여 기계를 조립하듯이, 갈리 가이는 자신의 정체성을 포기하고 자동화기 분대라는 집단 속에 편입된다. 갈리 가이가 본격적으로 집단 속에 편입되는 과정이 매우 치밀하게 묘사된 9장 앞의 막간사에는 이러한 과정을 빗대어 이렇게 묘사한다.

> 베르톨트 브레히트 씨는 주장합니다, 남자는 남자라고.
> 이거야 누구나 주장할 수 있습니다.
> 그러나 베르톨트 브레히트 씨는 증명까지 합니다.
> 사람을 가지고 많은 일을 해낼 수 있음을.
> 오늘 밤 이곳에서 한 인간이 마치 자동차처럼 조립됩니다.

집단으로의 본격적인 변신 과정은 9장에서 묘사된다. 9장은 일종의 극중극과 같은 구조로, 모두 6개의 작은 부분으로 구성된다. 이제 갈리 가이는 코끼리를 이용한 장사에 솔깃하여 가담하지만, 결국 코끼리는 종이로 만든 가짜임이 밝혀지고, 사기 혐의로 체포되어 사형을 선고받는다. 총살 명령이 내려지면서 경악한 갈리 가이는 기절한다. 그러나 발사된 총알은 가짜였고, 따라서 갈리 가이는 다시 깨어날 수 있었지만, 깨어난 그는 완전히 다른 사람이 되어 있다. 갈리 가이는 스스로의 정체성을 포기하고 집이 되겠다고 나서며, 자신 앞에서 추도사를 낭독한다. 갈리 가이가 자동화기 분대원으로 변해가는 과정과 평행하게, 난폭한 군인인 페어 차일드는 민간인 개인으로 변해 간다. 그는 성욕을 이기지 못하는 평범한 개인이 되는 것이다.

집단의 일원으로 개조된 갈리 가이는 마지막 장에서 전쟁기계로 변해 있다. 그는 무려 7천명의 난민들이 목숨을 잃은 시르 엘 느코브르 산악 요새를 정복한다. 이 장면에서 실제의 집이 나타나지만, 그는 더 이상 집으로 인정받지 못한다. 티베트 국경을 넘어가며 갈리 가이가 자신의 세 동료의 신분증을 빼앗는 대목이 나오는데, 이것은 갈리 가이가 집단 속에 어느 정도로 확고하게 뿌리를 내리고 있는지 상징적으로 보여 준다.

개인과 집단

브레히트가 이 작품을 구상한 것은 그의 나이 겨우 20세인 1918년으로 소급한다. 당시는 제1차 세계대전의 상흔이 채 가시기도 전인데, 바로 이러한 시대적 배경이 브레히트로 하여금 이 작품을 쓰게 한 동기인 것으로 알려져 있다. 세계인의 경험 지평을 온통 뒤흔들어 놓은 세계대전의 과정에서 개인의 정체성이 소멸되고, 개인은 오로지 집단 속에서 존재하며, 개인은 다른 개인과 교환 가능하다는 생각이 이 작품을 구상하게 된 직접적인 배경이었다. 이를 뒷받침하듯 1920년 7월에 쓴 그의 일기에는 이런 대목이 나온다. "… 시민 요젭 갈가이가 악한의 손아귀에 들어간다. 악한들은 그에게 못된 짓을 저지르고, 이름을 빼앗으며, 살갗을 벗긴 채 누워 있게 한다. 그러니 누구나 자기 살갗을 조심하시라!" 개인의 정체성의 상실, 교환 가능성과 같은 생각들은 같은 해에 쓴 그의 시 「이 사람이 시민 갈가이였다」에도 나타난다. "시민 갈가이는 / 충분히 다른 사람이 될 수도 있다." 일기와 시에 등장하는 갈가이라는 인물의 콘셉트가 어떤 상황에서든지 마치 자동차처럼 조립될 수 있는 존재에 맞추어져 있음을 염두에 두면, 1차 세계대전과 그로 인한 인간 정체성의 상실과 집단성의 문제가 이 작품을 탄생시킨 직접적인 배경임을 알 수 있다.

흥미롭게도 브레히트가 주목했던 주제, 즉 환경에 의해 인간은 얼마든지 변할 수 있으며, 개인보다는 집단 안에 존재해야 더욱 인간적이라는 내용은 브레히트에게는 상당히 매력적이면서 동시에 긍정적인 주제였다. 브레히트는 1924년경 작품명을 『갈가이』에서 『남자는 남자다』로 바꾸었고, 이어 1927년에는 방송극의 형식으로 이 작품을 탈고하면서, 이렇게 말했다. “갈리 가이는 결코 약자가 아니다. 그 반대로 강하기 이를 데 없는 사람이다. 그는 사적인 인물이기를 그만두고 나서 비로소 강자가 되었다. 그는 집단 속에서 비로소 강해진다.” 개인보다 집단을 중요시하는 그의 관점은 1926년 이후 ‘학습극’에서도 반복되어 나타난다. 예컨대 이 시기의 그의 작품 『동의하는 사람 / 동의하지 않는 사람』이나 『조치』에는 개인이 집단의 결정에 동의하는 과정이 반복되어 나타나는데, 이러한 구상은 『남자는 남자다』와 깊은 상관관계를 제시한다.

브레히트가 개인보다는 집단을, 다시 말하면 집단 속의 개인을 중시한 것은 사실이지만, 이 관심은 히틀러가 집권하면서, 전체주의적인 속성을 보이면서 사라지고 만다. 이와 같은 관심의 변화는 이 작품의 공연사에서도 그대로 나타난다. 브레히트는 1931년 베를린에서 이 작품을 공연하면서, “포장공 갈리 가이의 변신이 어떤 목적으로 이용되는지를 [이 작품의] 9장이 충분히 보여 주었다”는 이유로, 10장과 11장을 공연에서 제외한 바 있다. 반군국주의, 다시 말하면 반파시즘적인 경향은 향후 이 작품의 개작에 더욱 강하게 반영된다. 1938년 말리크 출판사에서 발행한 이 작품의 판본과 1954년의 판본은 이를 입증한다. 1938년의 판본에서 브레히트는 나치-독일과의 관련성을 더욱 강하게 시사하며, 이 작품을 반군국주의적 관점으로 몰고 갔으며, 1954년에도 이 작품을 개작하며 이 작품과 히틀러의 잘못된 집단주의에 대한 비판을 더욱 강력하게 암시하기도 하였다. 히틀러의 잘못된 집단주의에 대한 대안으로 브레히트가 노동자들을 염두에 두고 '진정한 사회주의적 집단'을 제시한 것은 이 작가의 신념의 표현으로 간주되어야 할 것이다.

1924년에서 25년 사이에 이 작품에 관한 구상이 바뀐다. 극의 무대는 인도로 옮겨지고, 배경은 군대로 바뀐다. 주인공도 더 이상 시민이 아니고, 항구의 노동자로 변모한다. 이러한 변화는 당시 브레히트가 관심을 갖고 읽었던 키플링의 영향으로 간주된다. 작중의 제라이아 집이 가마에 갇히는 장면, 인도의 절이 등장하는 장면들이 키플링의 소설 『크리슈나 물바니의 화신』에서도 유사하게 전개되기 때문이다.

분석과 해설

작중 인물 갈리 가이는 쉽게 제라이아 집으로 변신한다. 이것은 개인의 익명성이나 개성의 상실과 관련된 주제로, 20세기 초 유럽에서는 보편적인 시대 현상이었다. 이 작품의 주제는 여기에 그치지 않고, 개인이 집단 속에서 새롭게 태어남을 분명하게 보여 준다. 집단속에서 개인이 새롭게 태어난다는 브레히트의 구상은 그러나 때때로 심각한 비난의 표적이 되기도 했다. 특히 1926년 판본에서처럼 주인공 갈리 가이가 합류한 집단이 군대였고, 집단에 합류하여 마치 전쟁기계처럼 환호하는 모습은 훗날 히틀러의 파시즘과 관련하여 부정적인 인상을 남기기에 충분했다.

이 작품은 여러 측면에서 이 작가의 전환기의 면모를 보여 준다. 이 작품에서 브레히트는 최초로 '비유극 형식'을 선보였는데, 이것은 훗날 서사극 대작에까지 이어지는 그의 대표적인 글쓰기 방식으로 선호된다. 또 이 작품에는 동일한 주제를 다양한 방식으로 다층화시켜 묘사하는 서술 기법이 발전된다. 잘 알려져 있듯이 브레히트는 하나의 주제를 노래로, 비유로, 등장인물의 서사적 보고 등으로 반복하여 이성적 분석과 관찰의 계기를 마련하는데, 이 작품에도 그 맹아가 충분하게 나타난다. 예컨대 극중극이 등장하는 것이나, 서사적 서술 기교("나는 과부 벡빅입니다. 그리고 이것은 나의 맥주 파는 열차고요.")가 나타나는 이유도 여기에 있다. 이 작품이 학습극을 포함한 서사극으로 이행해 가는 과도기의 산물임은 분명하다.

『서푼짜리 오페라』

생성사, 영향사

브레히트가 『서푼짜리 오페라』를 쓰게 된 데에는 두 가지의 계기가 있었던 것으로 전해진다. 먼저 1927년 말과 이듬해 초, 동료

로서 브레히트와 깊은 협력 관계를 유지하고 있었던 엘리자베트 하우프트만(Elisabeth Hauptmann)이 영국의 극작가 존 게이(John Gay)의 작품 『거지의 오페라』(1729)를 독일어로 초역하였고, 브레히트는 이 작품에 상당한 관심을 갖게 되었다. 이어 이와 비슷한 시기에 브레히트는 베를린 쉬프바우어담에서 극장을 열고 새로운 작품 공연을 구상 중이던 에른스트 요제프 아우프리히트(Ernst Josef Aufricht)를 만나, 게이의 작품을 개작한 이 작품의 일부를 보여 주었고, 아우프리히트는 이에 흥미를 가졌다.

우리나라에도 영화로 소개되어 낯설지 않은 『거지의 오페라』는 변호사이자 장물아비인 피첨과 지하 세계를 주름잡는 거지 패거리 및 갱단의 두목인 매키스 사이의 갈등이 중심 스토리를 구성한다. 존 게이의 원작에서 매키스는 피첨에게 장물을 대 주고, 피첨은 이를 팔아 이익을 챙긴다. 따라서 두 사람은 사업적 동지 관계이지만, 갈등도 보여 준다. 보다 고상한 사람과의 혼인을 기대한 아버지의 기대와는 달리 딸 폴리가 매키스와 사랑에 빠지자, 아버지 피첨은 매키스를 고발하여 교수대로 보낸다. 신분 규정이 여전히 유효했던 18세기의 상황에서 지하 갱단과 거지의 세계를 작품에 반영했다는 사실뿐만 아니라 피첨과 매키스 사이에 벌어지는 동료 관계와 배반이라는 주제가 서사극이라는 작가 특유의 전략을 통해 시민사회의 위선을 드러내려는 브레히트에게 큰 감명을 준 것으로 보인다.

1928년 8월 31일 베를린에서 초연된 『서푼짜리 오페라』는 당시로서는 유례를 찾기 힘들 정도로 대대적인 성공을 거두었고, 브레히트를 일약 세계적인 희곡작가로 알리는 데 기여했다. 공연이 성공을 거둔 이유는 다양할 수 있겠지만, 이 작품에 사용된 음악도 중요한 역할을 한 것으로 평가된다. 당시의 기록을 보면, 두 번째 장면까지는 작품의 내용이나 관객의 반응이 비교적 평범했지만, 「대포의 노래」가 불리면서 객석은 갑자기 활기를 띠며 미친 듯이 열광하며 흥분된 반응을 보인 것으로 알려진다. 공연에 사용된 음악은 1920년대 브레히트와 공동 작업을 통해서 12음계 계열의 신음악을 선보인 쿠르트 바일(Kurt Weil)이 주로 담당하였다. 조화와 균형보다는 불안과 불균형을 특징으로 하는 무조 음악 특유의 분위기는 작품이 의도했던 시민사회의 불안정한 모습과 이에 대한 풍자를 효과적으로 전달하였고, 거지와 지하 세계의 갱단이 등장하는 극의 분위기와 일치하였다.

1928년 독일에서 시작된 이 작품의 성공은 이듬해 유럽 전체로 파급되었다. 이 작품은 1929년 1월 29일 취리히에서 다시 공연되었고, 같은 해 3월 9일에는 빈에서 그리고 5월 31일 바젤에서도 공연되었다. 뿐만 아니라 1930년에는 러시아에서, 1933년에는 뉴욕에서 공연되었다. 흥미와 비판이 고루 갖추어졌기 때문에 이 작품은 1945년 종전 후 독일에서 재공연되기도 하였다.

줄거리와 분석

작품의 시대적 배경이 언제인지에 관해서는 아무런 언급이 없다. 그러나 배경으로 영국 여왕의 대관식이 언급되어 있고, 마지막 대관식이 1837년에 있었음을 고려하면, 이 작품의 시대적 배경은

19세기 중반일 것으로 추측해 볼 수 있다. 그러나 중요한 것은 단순히 연대기적인 배경이 아니라, 19세기 중반이 의미하는 시민사회의 발달 단계이다. 작품에서 드러나듯이 이 시대는 이미 산업혁명이 상당 부분 진행되었고 또 영국과 프랑스를 비롯하여 산업화가 빨랐던 지역에서는 대도시화가 진전된 상황이었다. 1926년을 전후하여 브레히트가 마르크스주의에 심취하였고, 이와 더불어 문학을 통해 세계를 변화시킬 수 있다는 확신에 차서 자본주의 사회의 왜곡된 이데올로기와 시민사회의 허위의식에 대한 폭로에 나섰음을 고려하면, 작품의 시대적 · 공간적 배경은 산업화와 그로 인한 자본주의화가 상당히 진전된 19세기 말 혹은 20세기 초 유럽의 상황으로 보아도 좋을 것이다. 작품에서 병들고 타락한 시민사회의 질서에 대한 비판을 읽을 수 있는 근거도 여기에 있다.

변증법을 세계를 바라보는 핵심적인 방법으로 받아들인 브레히트는 세계 만물은 모순으로 구성되어 있음을 확신하고, 이를 자본주의 사회에도 적용하여 변화의 기틀을 마련하겠다는 것이 서사극을 이론적 골격으로 채택한 이 작가의 전략이었다. 겉으로 봐서는 정의로 보이는 것이 실제로는 불의임을 폭로하여 독자의 의식을 변화시키고, 여기에서 새로운 사회로의 발전의 터전이 마련된다는 원리에서 브레히트는 시민사회의 잘못된 이데올로기를 폭로하는데, 이러한 일반적인 전략은 『서푼짜리 오페라』의 구조를 각인한다. 흔히 자주 지적되듯이, 이 작품을 일관하는 주제는 도덕과 복지 그리고 질서라는 허울 아래 감추어진 시민사회의 질서가 실제로는 강도의 그것임을 폭로하는 것이었다. 시민이 강도요, 강도가 시민이며, 질서와 정의를 수호하는 경찰이 실제로는 노묵과 내통하고 있고, 사랑도 상품처럼 사고파는 대상임을 드러냄으로써 시민사회가 얼마나 모순에 찬 잘못된 사회체제인지를 폭로하려는 것이 브레히트의 진정한 의도였다. 이제 작품 안으로 들어가 보자.

먼저 사업가 매키스에 주목해 보면, 자본주의 사회에서 사업의 성격이 고스란히 드러난다. 그의 회사에 고용된 직원들은 강도질로 돈을 벌고, 매키스는 이들을 착취하여 먹고 산다. 그의 상대방 역인 피첨 역시 거지들에게 독점적인 구역을 할당하고, 여기에서 나오는 이익을 받아 챙기는 독점 자본가의 모습을 보여 준다. 피첨에게 고용된 거지들은 구걸해서 모은 돈을 결국 빼앗기고 마는데, 이것은 자본주의 사회에서의 노동자의 삶을 빗댄 것으로 볼 수도 있다. 작품에 등장하는 창녀 제니와 매키스의 관계에서도 시민사회에서 인간의 관계가 어떻게 물신화되는지를 잘 보여 준다. 돈에 눈이 먼 매키스는 제니를 팔아 치우고, 제니 역시 매키스를 배반한다. 이러한 과정에서 인간은 매매의 대상이 되는 상품임이 드러난다. 상품으로서의 인간은 피첨의 딸 폴리의 경우에서도 예외가 아니다. 아버지 피첨은 런던에서 가장 가난한 남자를 자처하며 거지들을 규합하여 구걸 사업에 나서고, 폴리는 아버지의 사업을 위해 시민들의 동정심을 유발하는 역할을 맡는다. 딸을 사업에 이용하는 피첨은 사랑하는 폴리에게 모든 것을 허락하지만, 사업에 방해가 되는 일은 결코 허용할 수 없다. 피첨이 폴리의 결혼을 극구 말리는 이유도 결혼할 경우 폴리가 시민들의 동정을 끌어옴으로써 사업을 번성케 하는 일에서 멀어질 것이라는 우려 때문이다. 친근

한 인간적 관계인 딸과의 관계까지도 오로지 물질적인 측면에서 유지되고, 사업에 위기를 가져올 경우 인간적인 관계는 고려의 대상이 되지 못한다. 시민사회의 도덕적 기본 원리였던 가족, 결혼, 신뢰 등의 요소가 실제로는 물질적인 관계를 유지하기 위한 수단일 뿐, 그 자체로 존중받아야 할 인간적인 관계가 아님이 이러한 설정에서 드러난다.

1920년대 중반, 서사극을 설계하면서 브레히트가 내세웠던 목표는 즐거움과 교훈을 동시에 제공하는 것이었다. 작품 내용인 지하 갱단과 거지라는 사회적 하층민의 삶과 이들 사이의 갈등과 거래 그리고 경찰과의 유착은 그 자체로 즐거움을 선사한다. 그러나 원작인 『거지의 오페라』와 비교했을 때, 브레히트의 각색이 보여주는 두드러진 업적은 사회 비판이고, 이것이 교훈과 연결된다. 물론 교훈은 작품 속에서 직접적으로 주어지지 않는다. 작품은 인간적인 삶을 불가능하게 만드는 현실을 보여 주고, 이를 모델로 하여 독자와 관객 스스로 사고를 작동하게 만든다. 피첨이 사랑하는 딸 폴리까지도 상품으로 여길 수밖에 없는 이유는 피첨의 개인적인 성격 때문인가, 아니면 인간적인 사랑보다는 물질적인 가치를 우선시하는 사회체제 때문인가를 독자와 관객은 스스로 판단할 수밖에 없다. 정의를 지킨다고 믿는 경찰이 실제로는 불의와 결탁해 있는 현실은 자본주의 사회의 구조적인 왜곡과 관련된다. 이러한 사회적 현실이 독자의 판단에 개입하여, 인간다운 삶을 불가능하게 만드는 것은 자본주의 사회 현실임을 독자 스스로 깨닫게 되는데, 이러한 요소는 — 훗날 서사극 대작으로 꼽히는 『사천의 선인』의에필로그에 등장하는 대사에서 알 수 있듯이 — 브레히트의 서사극이 제시하는 일반적인 구조이다.

구조적인 요소들 : 서사극과 관련하여

『서푼짜리 오페라』에는 서사극의 중심적인 요소들, 이른바 '생소화 효과'들이 매우 풍부하게 담겨 있다. 1920년대 중반 마르크스주의에 접하면서 브레히트는 문학을 통해 세상을 바꿀 수 있다는 확신에 이르렀고, 이를 위해서는 현실이 모순으로 이루어져 있음을 독자 스스로 인식하는 것이 급선무라고 판단하였다. 독자들이 스스로 현실의 모순을 인식할 경우, 즉각적인 실천이 이어지고 실천을 통해 현실은 변화될 거라는 것이 — 다소 낭만적인 요소가 있지만 — 이 작가의 믿음이었고, 이러한 믿음이 결국 서사극의 설계로 이어졌다.

능동적인 현실 인식은 낯익은 것을 생소하게 보고, 비판적으로 사유함으로써 가능해지는데, 이를 위해 작품에는 다양한 기법이 등장한다. 먼저 눈에 띄는 방식은 작품의 중단이다. 서사극과 영화의 관계에서 몽타주의 요소를 중시한 월터 베냐민(Walter Benjamin)은 서사극의 본질을 극 흐름의 중단에서 찾는데, 중단이라는 범주는 브레히트가 강조한 서사극의 핵심적인 요소이기도 하다. 브레히트는 부분과 부분의 결합이 이질적이어야 하고, 이질적인 부분들을 서로 결합하는 과정에서 독자는 능동적인 사유를 작동시킨다고 믿었다. 작품에서 중단은 다양한 범주를 통해 이루어진다. 예를 들면, 결혼식이 진행되는 동안 폴리는 「해적 제니」를 부른다.

겉으로 보기에는 작품의 줄거리와는 아무런 직접적인 관련도 없는 이 노래가 삽입되면서 극의 흐름이 중단된다. 더욱이 노래가 시작되면서 노래를 위한 조명이 무대에 새로 비춰지고, "막대기에 램프셋이 달려 위에서 내려오면서" 기존의 극의 흐름은 완전히 배제되고, 제니의 노래만 무대에 새롭게 등장한다. 이렇게 하여 극 가운데 새로운 극이 시작되는 효과가 연출되고, 노래가 시작되기 전에 무대에 등장하던 갱단 역할을 하던 배우들은 제니의 노래를 듣는 관객으로 변하며, 원래의 관객은 관객의 관객으로 바뀐다. 따라서 「해적의 노래」는 일종의 극중극의 역할을 한다. 흥미로운 사실은 제니가 부른 노래의 내용이다. 제니의 노래에는 미래의 혁명적 상황을 암시하는 대목이 많다. 소호의 술집 노동자인 제니가 고통을 받다가, "여덟 개의 돛에 / 오십 개의 대포를 단 배가" 몰려와 소호에 포격을 가하여 새로운 세상이 열릴 것을 암시하기 때문이다. 이러한 요소는 자본주의 사회에 대한 혁명적인 전복을 담고 있다. 이런 맥락에서 판단해 보면, 노래가 삽입되면서 지하 갱단의 이야기가 중단되고, 관객들은 극 안으로 수동적으로 휩쓸려 들어가지 않고 거리를 두며 극의 흐름에서 빠져 나온다. 관객은 인간에 대한 착취와 부정적인 거래로 얼룩진 지하 갱단과 거지의 세계에 대해 비판적인 거리를 취하고 미래에 대한 전망을 고려하여 스스로 사유를 작동시킬 수 있다.

작품에는 극의 흐름을 중단시키는 다양한 요소들을 선보인다. 위에 언급한 노래의 삽입 외에도 관객에게 말걸기, 극중극, 화자의 등장과 서사적 보고 등이 이 작품에서 다양하게 선보이고 있는데,

이것들은 대표적인 '생소화 효과'를 염두에 둔 서사극의 기법들이기도 하다.

판본 소개

번역의 원본으로는 통일 전 동서독 학자들의 공동 작업을 거쳐, 가장 최근에 발간된 브레히트 전집(Bertolt Brecht Werke. Große kommentierte Berliner und Frankfurter Ausgabe, hrsg. v. Werner Hecht, Jan Knopf, Werner Mittenzwei, Klaus-Detlef Müller, Bd. 2, Suhrkamp Verlag 1988)을 사용하였다. 이 판본에 실린 희곡들은 초판본과 최종 판본을 함께 제시하는 경우가 많은데, 그럴 경우 초판본을 선택하였다. 여기에 번역한 두 작품들이 대체로 학습극(『남자는 남자다』)이거나 서사극 대작으로 넘어가는 과도기적 작품(『서푼짜리 오페라』)임을 고려하여, 브레히트가 이 연극 유형을 구상했던 초기의 모습을 충실하게 보여 줄 필요가 있다고 판단하였기 때문이다.

베르톨트 브레히트 연보

1898 독일 바이에른주 아우크스부르크의 시민계층 가문에서 출생.

1917 김나지움을 졸업하고, 뮌헨대학교 의과대학에 입학.

1918 허무주의적이고 무정부주의적인 작품 『바알』 초판본을 완성함.

1919 위와 같은 성격의 초기 작품 『한밤의 북소리』를 집필.

1921 당시 유럽의 대도시 베를린을 방문하고, 그 참혹한 체험을 반영하여, 희곡 『도시의 정글 속에서』를 집필.

1922 마리안네 조프와 결혼, 「한밤의 북소리」 초연.

1923 「도시의 정글 속에서」 초연.

1924 베를린으로 이주하여 『남자는 남자다』 집필 시작. 평생 동반자 관계를 유지하게 될 동료 엘리자베트 하우프트만을 만남.

1926 마르크스의 『자본론』을 읽고, 공산주의적 이념에 깊은 관심을 가짐. 「남자는 남자다」 초연.

1927 시집 『가정기도서』 출판. 『서푼짜리 오페라』 집필 시작. 마리안네 조프와 이혼.

1929 『동의에 관한 바덴의 학습극』 집필, 「린드버그들의 비행」, 「동의에 관한 바덴의 학습극」 초연.

1930 『조치』 집필, 『긍정자, 부정자』 개작, 『서푼짜리 오페라』를 영화화하는 과정에서 법정 소송을 벌임. 이 경험을 토대로 『서푼짜리 소송』 집필.

1933 히틀러가 집권하자 "신발보다 더 자주 나라를 바꾸며" 스위스, 체코, 스웨덴, 핀란드로 정처 없이 망명을 떠남.

1934 시집 『노래, 시, 합창』 출판. 『호라치 사람들과 쿠리아치 사람들』 집필.

1935 모스크바 방문. 나치스의 이데올로기를 폭로하기 위한 기법을 천착하며, 『진실을 쓸 때의 다섯 가지 어려움』을 발표.

1937 『제3제국의 공포와 참상』, 『카라 부인의 무기』 집필.

1938 「제3제국의 공포와 참상」 초연, 『갈릴레이의 생애』 집필.

1939 『사천의 선인』 집필, 『스벤보르 시집』 출판, 『억척어멈과 그 자식들』 집필.

1940 『푼틸라 씨와 그의 하인 마티』 집필.

1941 「억척어멈과 그 자식들」 초연.

1943 「사천의 선인」 초연.

1947 미국에서 취리히로 돌아옴.

1948 「푼틸라 씨와 그의 하인 마티」 초연.

1953 베를린에서 노동자 시위 발생, 이를 계기로 『부코 비가』 집필.

1956 베를린에서 심장마비로 사망, 도로테아 공동묘지의 헤겔 묘지 건너편에 안장.

새롭게 을유세계문학전집을 펴내며

을유문화사는 이미 지난 1959년부터 국내 최초로 세계문학전집을 출간한 바 있습니다. 이번에 을유세계문학전집을 완전히 새롭게 마련하게 된 것은 우리가 직면한 문화적 상황에 적극적으로 대응하기 위해서입니다. 새로운 을유세계문학전집은 세계문학의 역할이 그 어느 때보다 중요해졌다는 인식에서 출발했습니다. 오늘날 세계에서 타자에 대한 이해는 우리의 안전과 행복에 직결되고 있습니다. 세계문학은 지구상의 다양한 문화들이 평등하게 소통하고, 이질적인 구성원들이 평화롭게 공존할 수 있는 문화적인 힘을 길러 줍니다.

을유세계문학전집은 세계문학을 통해 우리가 이런 힘을 길러 나가야 한다는 믿음으로 만들어졌습니다. 지난 5년간 이를 준비하기 위해 많은 노력을 기울였습니다. 세계 각국의 다양한 삶의 방식과 문화적 성취가 살아 있는 작품들, 새로운 번역이 필요한 고전들과 새롭게 소개해야 할 우리 시대의 작품들을 선정했습니다. 우리나라 최고의 역자들이 이들 작품 속 한 문장 한 문장의 숨결을 생생히 전하기 위해 심혈을 기울였습니다. 또한 역자들은 단순히 번역만 한 것이 아니라 다른 작품의 번역을 꼼꼼히 검토해 주었습니다. 을유세계문학전집은 번역된 작품 하나하나가 정본(定本)으로 인정받고 대우받을 수 있도록 최선을 다했습니다. 세계문학이 여러 경계를 넘어 우리 사회 안에서 주어진 소임을 하게 되기를 바라며 을유세계문학전집을 내놓습니다.

을유세계문학전집 편집위원단

최윤영(서울대 독문과 교수)
박종소(서울대 노문과 교수)
김월회(서울대 중문과 교수)
고(故) 신광현(서울대 영문과 교수)
신정환(한국외대 스페인어통번역학과 교수)

을유세계문학전집

BC 401 **오이디푸스 왕 외**
소포클레스 | 김기영 옮김 |42|
수록 작품: 안티고네, 오이디푸스 왕, 콜로노스의 오이디푸스
그리스어 원전 번역
「동아일보」 선정 '세계를 움직인 100권의 책'
서울대 권장 도서 200선
고려대 선정 교양 명저 60선
시카고 대학 선정 그레이트 북스

1191 **그라알 이야기**
크레티앵 드 트루아 | 최애리 옮김 |26|
국내 초역

1496 **라 셀레스티나**
페르난도 데 로하스 | 안영옥 옮김 |31|

1608 **리어 왕 · 맥베스**
윌리엄 셰익스피어 | 이미영 옮김 |3|

1630 **돈 후안 외**
티르소 데 몰리나 | 전기순 옮김 |34|
국내 초역 「불신자로 징계받은 자」 수록

1699 **도화선**
공상임 | 이정재 옮김 |10|
국내 초역

1719 **로빈슨 크루소**
대니얼 디포 | 윤혜준 옮김 |5|

1749 **유림외사**
오경재 | 홍상훈 외 옮김 |27, 28|

1759 **신사 트리스트럼 섄디의 인생과 생각 이야기**
로렌스 스턴 | 김정희 옮김 |51|
노벨연구소 선정 100대 세계 문학

1774 **젊은 베르터의 고통**
요한 볼프강 폰 괴테 | 정현규 옮김 |35|

1799 **휘페리온**
프리드리히 횔덜린 | 장영태 옮김 |11|

1804 **빌헬름 텔**
프리드리히 폰 쉴러 | 이재영 옮김 |18|

1831 **예브게니 오네긴**
알렉산드르 푸슈킨 | 김진영 옮김 |25|

1835 **고리오 영감**
오노레 드 발자크 | 이동렬 옮김 |32|
서머싯 몸 선정 세계 10대 소설
연세 필독 도서 200선

1836 **골짜기의 백합**
오노레 드 발자크 | 정예영 옮김 |4|

1847 **워더링 하이츠**
에밀리 브론테 | 유명숙 옮김 |38|
서머싯 몸 선정 세계 10대 소설
서울대 선정 동서 고전 200선
미국대학위원회 SAT 권장 도서

1850 **주홍 글자**
너새니얼 호손 | 양석원 옮김 |40|

1855 **죽은 혼**
니콜라이 고골 | 이경완 옮김 |37|
국내 최초 원전 완역

1880 **워싱턴 스퀘어**
헨리 제임스 | 유명숙 옮김 |21|

1888 **꿈**
에밀 졸라 | 최애영 옮김 |13|
국내 초역

1896 **키 재기 외**
히구치 이치요 | 임경화 옮김 |33|
수록 작품: 섣달그믐, 키 재기, 탁류, 십삼야, 갈림길, 나 때문에

체호프 희곡선
안톤 파블로비치 체호프 | 박현섭 옮김 |53|
수록 작품: 갈매기, 바냐 삼촌, 세 자매, 벚나무 동산

1899 **어둠의 심연**
조지프 콘래드 | 이석구 옮김 |9|
수록 작품: 어둠의 심연, 진보의 전초기지, 『청춘과 다른 두 이야기』 작가 노트, 『나르시서스호의 검둥이』 서문
미국대학위원회 SAT 권장 도서
연세 필독 도서 200선

1900 **라이겐**
아르투어 슈니츨러 | 홍진호 옮김 |14|
수록 작품: 라이겐, 아나톨, 구스틀 소위

1908 **무사시노 외**
구니키다 돗포 | 김영식 옮김 |46|
수록 작품: 겐 노인, 무사시노, 잊을 수 없는 사람들, 쇠고기와 감자, 소년의 비애, 그림의 슬픔, 가마쿠라 부인, 비범한 범인, 운명론자, 정직자, 여난, 봄 새, 궁사, 대나무 쪽문, 거짓 없는 기록
국내 초역 다수

1909 **좁은 문 · 전원 교향곡**
앙드레 지드 | 이동렬 옮김 |24|
1947년 노벨문학상 수상

1924 **마의 산**
토마스 만 | 홍성광 옮김 |1, 2|
1929년 노벨문학상 수상
서울대 권장 도서 100선
연세 필독 도서 200선
「뉴욕타임스」 선정 '20세기 최고의 책 100선'
미국대학위원회 SAT 권장 도서

1925 **소송**
프란츠 카프카 | 이재황 옮김 |16|

요양객
헤르만 헤세 | 김현진 옮김 |20|
수록 작품: 방랑, 요양객, 뉘른베르크 여행
1946년 노벨문학상 수상
국내 초역 「뉘른베르크 여행」 수록

위대한 개츠비
프랜시스 스콧 피츠제럴드 | 김태우 옮김 |47|
미 대학생 선정 '20세기 100대 영문 소설' 1위
모던 라이브러리 선정 '20세기 100대 영문학' 중 2위
미국대학위원회 추천 '서양 고전 100선'
「르몽드」 선정 '20세기의 책 100선'
「타임」 선정 '20세기 100대 영문 소설'

1925 **서푼짜리 오페라 · 남자는 남자다**
베르톨트 브레히트 | 김길웅 옮김 |54|

1927 **젊은 의사의 수기 · 모르핀**
미하일 불가코프 | 이병훈 옮김 |41|
국내 초역

1929 **베를린 알렉산더 광장**
알프레트 되블린 | 권혁준 옮김 |52|

1930 **식(蝕) 3부작**
마오둔 | 심혜영 옮김 |44|
국내 초역

1935 **루쉰 소설 전집**
루쉰 | 김시준 옮김 |12|
서울대 권장 도서 100선
연세 필독 도서 200선

1936 **로르카 시 선집**
페데리코 가르시아 로르카 | 민용태 옮김 |15|
국내 초역 시 다수 수록

1938 **사형장으로의 초대**
블라디미르 나보코프 | 박혜경 옮김 |23|
국내 초역

1946 **대통령 각하**
미겔 앙헬 아스투리아스 | 송상기 옮김 | 50 |
1967년 노벨문학상 수상 작가

1949 **1984년**
조지 오웰 | 권진아 옮김 |48|
1999년 모던 라이브러리 선정 '20세기 100대 영문학'
2005년 「타임」 선정 '20세기 100대 영문 소설'
2009년 「뉴스위크」 선정 '역대 세계 최고의 명저' 2위

1954 **이즈의 무희 · 천 마리 학 · 호수**
가와바타 야스나리 | 신인섭 옮김 |39|
1952년 일본 예술원상 수상
1968년 노벨문학상 수상

1955 **엿보는 자**
알랭 로브그리예 | 최애영 옮김 |45|
1955년 비평가상 수상

1955 **저주받은 안뜰 외**
이보 안드리치 | 김지향 옮김 |49|
수록 작품: 저주받은 안뜰, 몸통, 술잔, 물방앗간에서, 올루야크 마을, 삼사라 여인숙에서 일어난 우스운 이야기
세르비아어 원전 번역
1961년 노벨문학상 수상 작가

1964 **개인적인 체험**
오에 겐자부로 | 서은혜 옮김 |22|
1994년 노벨문학상 수상

1970 **모스크바발 페투슈키행 열차**
베네딕트 예로페예프 | 박종소 옮김 |36|
국내 초역

1979 **천사의 음부**
마누엘 푸익 | 송병선 옮김 |8|

1981 **커플들, 행인들**
보토 슈트라우스 | 정항균 옮김 |7|
국내 초역

1982 **시인의 죽음**
다이허우잉 | 임우경 옮김 |6|

1991 **폴란드 기병**
안토니오 무뇨스 몰리나 | 권미선 옮김 |29, 30|
국내 초역
1991년 플라네타상 수상
1992년 스페인 국민상 소설 부문 수상

1996 **아메리카의 나치 문학**
로베르토 볼라뇨 | 김현균 옮김 |17|
국내 초역

2001 **아우스터리츠**
W. G. 제발트 | 안미현 옮김 |19|
국내 초역
전미 비평가 협회상
브레멘상
「인디펜던트」 외국 소설상 수상
「LA타임스」, 「뉴욕」, 「엔터테인먼트 위클리」 선정 2001년 최고의 책

2002 **야쿠비얀 빌딩**
알라 알아스와니 | 김능우 옮김 |43|
국내 초역
바쉬라힐 아랍 소설상
프랑스 툴롱 축전 소설 대상
이탈리아 토리노 그린차네 카부르 번역 문학상
그리스 카바피스상

새로운 을유세계문학전집은 구 을유세계문학전집(1959~1975, 전100권)에서 단 한 권도 재수록하지 않았습니다.
을유세계문학전집은 계속 출간됩니다.